U0921346

侦——探——往——事

时晨 著

北京联合出版公司
Beijing United Publishing Co.,Ltd.

献给中国侦探小说的先驱们

当民国侦探遇见“黄金时代”

> 所以，在这里，我们的侦探小说的读者的依然尚以“福尔摩斯”为“王”，不免是可怜的愚昧。这毛病是出在近年来的欧美侦探小说之新作被翻译介绍过来的，委实太少了的缘故。

1947年，姚苏凤（1905—1974）在《生活》杂志创刊号发表了《欧美侦探小说新话》的第一部分，说出了上面的话。

其时，他颇为痛心疾首地感慨：直到20世纪40年代还要让“福尔摩斯”作为侦探小说读者“唯一的偶像”，“这犹如在今天介绍战争武器，还在介绍毛瑟枪，而竟不提起原子弹”。

这位自称读过一千种欧美侦探小说的姚苏凤先生，早年曾创作过几篇“鲍尔文探案”系列侦探小说（署名姚赓夔），在1948年之后还翻译过欧美侦探小说“黄金时代”三大家（阿加莎·克里斯蒂、埃勒里·奎因和约翰·迪克森·卡尔）的作品，可能是当时最了解世界侦探小说发展状况的中国人了。彼时，他为中国出版界没能及时翻译引进欧美最新的侦探小说而遗憾，为中国侦探作家没能及时接触到欧美同行们更加优秀的作品而惋惜。

1949 年之后，还处于草创期的中国侦探小说几近夭折，被强行推到了另一条路上：学习苏联的反特小说。

——被福尔摩斯和亚森·罗苹引领、走上侦探小说写作之路的民国侦探作家们，终究还是没能领略“黄金时代”的迷人风采！

所以，我时常在想：程小青、孙了红等民国侦探小说名家，在阅读过“黄金时代”各家名作之后，会产生怎么的思想激荡，并会创作出什么样的作品呢？如果让民国时代的各位名侦探遭遇“不可能犯罪”谜题，他们又能给出怎样的解答呢？

也许，在时晨最新创作的这部《侦探往事》中，我们倒是可以找出一些可能性来。

在推理小说“中国化”的道路上，时晨一直在做着有益的尝试，如在“数学家陈爝”系列之《枉死城事件》中融入古墓冒险一类的元素和中国民俗学的内容等。这次，他选择以民国时代为背景，创作“密室小丑”的起源故事。

在时晨看来，科学和技术并不发达的民国时期，恰好是一个适合“黄金时代”本格推理小说生存的年代，相近的时代背景也让故事少了违和感。

《侦探往事》以 20 世纪 30 年代初的上海滩为舞台，以一连串可疑的富豪“自杀”案为开端，引出了这座“魔幻之都”中形形色色的人物和团体：租界巡捕、洋人老板、畸人杂技团……当然，更有以民国侦探小说中的名侦探为原型的众多大侦探家！

时晨大胆地将一个完整的探案故事，以风格迥异的两部分呈现在读者面前。

第一部“犯罪之都”读起来颇具一种上海方言小说的况味，恍惚间让人觉得是在读民国作家创作的侦探小说，时代代入感极强；第二部“洋房血案”则画风一变，以人物列表开篇，将有限的“嫌疑人”

集中在相对封闭的空间内，营造出一种典型的阿加莎式侦探小说风格，并安排众多民国大侦探家上演“多重解答”的好戏，凸显了“黄金时代”本格推理小说的特色。

读完这部小说，我仿佛经历了一次跨越时空的旅行，与民国侦探作家前辈们进行了一次对话。

回望来路，我们还能看到前辈们留下的已经有些模糊不清的足迹，更期待着华文推理的“黄金时代”早日到来！

华斯比

2021年5月16日晚于上海

【作者简介】

华斯比，独立书评人，类型文学研究者，中国首个私人推理小说奖“华斯比推理小说奖”创办人，连续多年担任《中国悬疑小说精选》主编。目前专注于晚清民国原创侦探小说的收藏与整理，主编“中国近现代侦探小说拾遗”丛书。

目录

CONTENTS

启者，兹有畸人杂技名班不日由广州来沪，大约西历十月九号礼拜四便可开演。现已有该班代理人柴贵生在上海法租界敏体尼荫路与爱多亚路大世界游艺场盖搭篷场、遮覆布帐，以为演戏之地。其篷场之广，约可容千人，届期请勿吝玉，以博一笑，是祈。本班乃纳奇录异之名班，随之带来演戏者，均为侏儒、树人、犬皮人、两头异颈等畸异怪胎者也，又有各种异兽。表演诸戏，如翻杠钻圈、驱蛇调狮，诚令人目不及瞬、口不能状。无论山陬海澨、通邑大都，观者无不心悖神惊，得未曾有之趣。

上等官座每间玖元，客座每位壹元。

第一部 犯罪之都

那里猖獗着所有的犯罪行为，充满了所有的罪恶。偷盗、杀人、欺诈、赌博、绑架、走私者、秘密帮会、卖淫、恐吓、美人计、吸食鸦片以及各种大大小小的犯罪，不分昼夜，不分区域，一年四季都在上演。

——［日］村松梢风《魔都》

第一回　自杀疑云

这个故事发生在二十世纪三十年代的上海。

立冬刚过，天气也渐渐凉了下来。在马斯南路的一栋洋房里，一位文人模样的男子正坐在客厅的沙发上阅读报刊。

他上身穿着一件白色衬衫，衬衫外罩着灰色的西装马甲，下面是黑色的西裤，足上是一双揩得油光锃亮的牛津皮鞋。此人看上去四十岁左右，长了一张长脸，高挺的鼻梁上架着一副金丝边眼镜，头发梳得一丝不苟，整体显得很斯文。

在他面前的几案上，还散落着另外几份报纸，其中有洋文的《字林西报》，也有以新闻摄影为主的《良友》画报。

说起这位先生，他可是一位闻人，在生物学界占有相当重要的地位。他毕业于复旦大学，在德国图宾根大学读了博士，后又回南京中央大学生物系任教，主要研究方向是动物个体发育、细胞常数、昆虫内分泌腺等，研究成就以细胞重建最为突出。提起陈应现教授，学术圈内的没有不表示钦佩的。

而此时，镜片后他那双锐利的眼睛正聚焦在手里那份《时报》上。本埠新闻栏里的一篇报道引起了他的注意。

这篇新闻占据的版面很大，使人难以忽略它。这新闻的标题是《地皮大王周金林昨夜自杀离世》。下面附着一段冗长的记载，大意是：知名地产商周金林于昨夜在家中书房投缳，家人听见异响，赶忙进屋去救，谁知书房从内反锁，家仆费了九牛二虎之力才破门而入，将周金林救下，但为时已晚，人早没了呼吸，享年五十一岁。

新闻里还提到，房屋的两扇窗户都从内锁上了。

此案影响重大，警务处总巡捕房的高层十分重视，派出著名的华人探长叶智雄前往周府。叶智雄仔细检查了书房，因无出入口，故排除了他杀的可能性。但其家眷坚持认为周金林不会自杀，案子一定另有隐情。

这周金林不过是个小开，本身并没有多大本领，全仗着父辈留下的财产，才混得一个“地皮大王”的美誉。

他父亲周鸿生木匠出身，早年在沙逊洋行造房子，因勤勉而从小工升到了包工头，后又转为跑街，以出租房子获利。赚足一笔钱后，他用自己的积蓄在沪西静安寺一带购置了不少土地。后来，这些土地被划入租界，从每亩一百两左右的价格飙升至四千两以上，到光绪二十五年，更涨到每亩两万。发迹了的周鸿生一共娶了五房妻妾，却只得一子周金林，是以百般宠溺，死后将所有家产都留给了他。

陈应现霍地立起来，将手里的《时报》向几案上一丢，就往窗口方向走去。他在窗口的电话机前站住，犹豫片刻，终于拿起电话，在拨号盘上拨了一串号码。他趁着空当望了一眼墙边的挂钟，现在是下午一点三刻。电话没响几声，即被接起，对方说：“法租界中央巡捕房。”陈应现客气地说：“找华人探长叶智雄。”

过了一会儿，电话里传来略带粗厉的男音：“我是叶智雄，请问您是哪位？”

陈应现道：“鄙人姓陈，是南京中央大学的一位教师。这次冒昧来电，主要是想与您讨论昨天周金林先生罹难的事。如果叶探长方便的话，可否见面详谈？”叶智雄听了，半天不答，想必是在酌量此话有几分真几分假。陈应现生怕对方觉得唐突，忙又补了一句：“我知道您很忙，若非此事关系重大，我也不会轻易前来叨扰。”

叶智雄这才道：“好吧。是你来寻我，还是我去找你？”

陈应现忙道：“我去巡捕房找你吧！”

两人约定后，陈应现披上西装外套，将案几上的报纸统统夹在腋下，推门而出。正巧门口有辆黄包车经过，陈应现立即招手拦下，问道：“去中央巡捕房，几钿？”车夫乜着眼，上上下下打量了他一番，随口道：“四角。”

“从这里到薛华立路，总共没几步，哪能要这么多？”陈应现说到此处，顿住了话头，瞧了一眼黄包车的轮胎，“我看你这部是野鸡车吧？心还这么黑？”

所谓“野鸡车”，就是登记为私人包车，却用于公共交通的人力车。要是被巡捕发现没有公董局给的包车牌照，可不是闹着玩的。

车夫一听他懂行，操的又是本地的口音，知道不是洋盘，于是赔笑道：“两角，好吧。”陈应现上车后，车夫又道：“先生，若是被巡捕查，你就说是我东家。”

陈应现点头道：“晓得，你只管拉车。”

那车夫力气大，手臂发力往前一推，车轮就滚了起来。

跑过一条马路，车夫转过头对陈应现道：“先生，我还想问你桩事体。”

陈应现道：“啥事情？”

车夫堆起了一脸的笑：“你哪能晓得我这车是没牌的？”

陈应现指了指人力车的轮子：“你这车油漆这么新，轮胎却磨成这样，所以我推断这车之前是拉私家的，最近才出来做生意，黄漆应该是刚涂上不久。”

车夫大惊失色道：“你观察力这般了得，又要去巡捕房，莫不是探长先生吧？那我岂不是知了落在黏竿上——自投罗网？”

陈应现笑道：“你放一百个心。我是教师，不是包探。只是呢，我去巡捕房，委实是要找一位探长——叶智雄探长，你可曾听说过他？”

车夫呈露出崇拜的神色：“叶智雄！当然听过。他可是华人巡捕里的那摩温，和那帮红头阿三不一样。没有他破不掉的案子。”

陈应现听了，笑了笑，并不答话。

到得巡捕房门口，陈应现付了钱，打发了车夫，转身朝大门走去。谁知刚近门口，就被一位体格健壮的男子拦住了去路。

陈应现抬头，见这人三十来岁，比自己高出小半个头，约有五尺四寸，满脸的胡楂，嘴上还叼着香烟。虽然身上的棕色皮衣已出现裂浆，手肘和袖口更是磨得绒毛外露，但他却浑不在意，见陈应现穿着一身精致体面的西服，眼中反倒现出了鄙夷的神色来。陈应现目光下移，瞧见他腰间还别着一把斯密司惠生转轮手枪。

男子瞪了一眼身边的门卫，大声道：“巡捕房是啥地方？你哪能不好好看着，随随便便就让乱七八糟的人闯进来？”

陈应现知道，他这是故意说给自己听的。

那门卫显然受了委屈，唯唯诺诺地道：“还没来得及询问，您就下来了。”

男子把目光移到陈应现脸上，指了指门卫手中的册子：“来访者都需做个登记，陈述来由，否则不得入内。”

陈应现忙道：“叶探长，我是刚才与你电话联系的人。”

那男人一怔，旋即问道：“你怎么晓得我是叶智雄？”

陈应现道：“华人包探的配枪一般均是赫司脱勃朗宁手枪。像斯密司惠生这种，只有外籍巡捕或特级督察长才可以佩戴。整个法租界，有资格佩戴斯密司惠生转轮手枪的年轻的华人巡捕，唯有叶探长你了。”

听了他这番推理，叶智雄哈哈大笑，笑声极为爽朗。他笑完道：“推理能力这么强，不做包探，真是可惜！好了，有什么话，去我办公室说。”言毕，便领着陈应现，上楼来到他的探长办公室。那办公室不算大，有一对沙发和一张长桌。桌上堆满了文件和烟头，还有半杯喝剩的黑咖啡。

两人方才坐定，叶智雄便开口道：“陈先生，我大约知道你来的目的。或许正是你的推理能力使得周夫人委托你来游说我们。可现实是，周金林先生确实是自杀的。”

陈应现道：“可周金林没有自杀的理由啊！”

叶智雄像是早就知道他会这么说，立刻接口道：“你们呢，也不要讲我们巡捕房在淘浆糊。周先生的自杀动机，我也是去查了的。喏，你看看，这是一份银行的抵押合同。”

陈应现接过合同，扫了一眼，落款处有德和洋行的公章。

“这个周金林，从六年前就开始抵押房产，用于黄金投机。尝到甜头之后，变本加厉，一次性向英商德和洋行调集三百万两。洋行的合伙人雷士德不信他有偿还的能力，拒绝借款。周金林便以极为苛刻的条件，以大量房地产作抵押。结果你猜怎么了？”说到此处，叶智雄点了支烟，狠狠吸了口。

“破产了？”陈应现没想到，像周金林这种富豪也会破产。

叶智雄接着道：“破产清算下来，乖乖，周金林欠了德和洋行整整两千万两，即使用了一千万的资产去抵，却还是资不抵债。实际上，周金林被这帮洋人给耍了。这些抵押的房产价值远远超过当初他借的三百万。德和洋行至少净赚三百五十万两呢！”

"所以你认为，周金林自杀，是因为生意上的失败？"

"不止呢！"叶智雄吐了口烟雾，同时拿起桌上已经凉透的半杯咖啡，"破产之后，周金林就拿家里的古玩、字画去卖。不卖不要紧，一卖才发现都是赝品！其中有一幅早年购入的石涛画作，结果发现是个仿作，画画的叫什么张大千，可把周金林气得脸都紫了。"说完，便将杯子里残存的咖啡大口一饮而尽。

关于周金林的这些消息，陈应现确实不知。为此，他也着实对叶智雄刮目相看——不愧是位优秀的探长。可他也知道，自己此番前来，并不是单单为周金林一人。

叶智雄起身，拍了拍掉落在身上的烟灰。适才喝咖啡时，滴落了几滴在领口，他也就随手一抹。陈应现见状，取出一块白色手帕递过去，被他挥挥手拒绝了。

"情况呢，你都了解了。所以，如果没其他啥事情的话……"

"不，我想和你说的并不只有这件事。况且即便周金林欠下一屁股债，我也不认为他这样的人会去自杀。"

叶智雄停下了拍烟灰的手，直直看着陈应现，心想："这人怎么没完没了。"

陈应现走到桌前，将腋下的报纸一一摊置在桌面上。其中一张便是刊登周金林自杀的新闻的《时报》。

叶智雄不知陈应现葫芦里卖的什么药，于是把头凑过去看。他将桌上的报纸扫视一圈，脸色越来越难看，直到煞白，才抬起头来，对陈应现道："你是何时注意到这些事的？"

以他从警多年的经验来看，这一切绝不是巧合。

"我是前不久才注意到的。我同时订阅了好几份报纸，平时也爱读报，对社会新闻记得很熟。是以今天上午看到周金林自杀的新闻，内心便隐隐觉得不妥，非要跑巡捕房一趟不可。叶探长，你以为如何？”

叶智雄将桌上的报纸拿起又放下，一会儿《时报》，一会儿《申报》，就连对洋文报纸也是如此。

十月十四号，新井洋行创始者日本人新井藤一郎在马术协会参观马场时被一匹失控的烈马踢中额头，不幸身亡……

十月十八号，永兴百货公司老板刘麒麟在浴室洗澡时突然大叫一声，沉入水中，被认定因心脏病发作而溺亡……

十月二十号，普利银公司总裁、董事长美利坚人约翰逊在办公室举枪自尽，现场呈密室状态，门缝均有胶带粘贴……

十一月八号，上海“地皮大王”周金林在家中上吊自尽……

短短一个月不到的时间里，接连发生四起大富豪殒命的事故，其中两起意外，两起自杀。如果只是巧合，那也太过诡奇。最可怕的是，倘若这是一连串有预谋、有组织的连环谋杀案，那就一定还会有下一个目标。念及此处，叶智雄惊得冷汗淋漓，浑身不住捉颤。

可是，仅仅凭这几起意外和自杀就认定有个连环杀手，未免有些证据不足，无法说服督察长萨尔礼及警务总监费沃利，尤其是费沃利。这位法国人平时对待下属就非常蛮横，更不待见华人巡捕。华人巡捕只要有一点工作上的失误就会被他重罚，所以叶智雄很不喜欢他。如果开棺验尸后发现一切不过是一场闹剧，叶智雄能不能保住探长的职位，都很难说。

陈应现像是看出了叶智雄的苦恼，上前一步，对他道：“这四人接连死去，其实未必不是意外。只是我发现了一个疑点，足以证明这四个人的死亡决计是有人暗中捣鬼。”叶智雄转过头来，不可思议地望着他。陈应现指着一份报纸上新井藤一郎生前的相片，继而说道：“你仔细看他的脸，有没有什么怪异之处？”

若非陈应现提醒，叶智雄倒也并没在意，此时聚精会神一看，倒是瞧出些端倪来。他道："这日本人的脸上何以会有一粒粒的斑点？"他话音未落，陈应现又将另外两份报纸推至他的眼前。那两份报纸上也印着刘麒麟与约翰逊近期出席活动的相片。叶智雄定睛一看，果然在这两人脸上亦发现了斑点的痕迹。

陈应现问道："周金林的尸体由你经手。他的尸身上是否也有红色的斑点？"

叶智雄闭上眼睛，沉吟片刻，猛地睁眼："有！有有有！我想起来了！"说话间，他激动地用拳头击打着手掌，"这么说来，这些个富豪都被人下了毒？可是他们的死因却非中毒，这又何解？"

陈应现道："叶探长，我是个科学家，秉持'有一分证据说一分话'的理念。他们四人是不是被人下毒，我认为有可能，但也不好说。可能是被下毒，也可能是生了一种疾病。你知道，我是研究生物学的。寄生虫会引发很多疾病，使宿主发狂的亦不在少数。不过，我倒是可以大胆假设一下，至于正确与否，权由你来定夺。"

叶智雄急道："没事，随便什么都可以讲，快点。"

"身上有红色斑丘疹，且神经异常，很像是某种重金属中毒的症状。如果你也有所怀疑，我建议你们向周金林家属申请验尸。如果可能的话，最好对之前几位也都开棺验尸，以确定他们的真正死因。"

陈应现这番话说得十分郑重，不由让叶智雄深思起来。

对于中国人来说，验尸并不是件容易接受的事。毕竟对于传统的中国人来说，人死之后，应该尽快入土为安，哪有肉身再受刀钺之苦的道理？不过，既然周金林的家属主张他是被人杀害，而非自杀，也非没有谈的余地。倒是那两位外国人——新井和约翰逊，交涉起来恐怕有点麻烦。事已至此，总要先试试再说。

叶智雄伸出手，拍了拍陈应现的肩膀："陈先生，这趟事体，我姓叶的铭感五内。如果不是你特意来捕房提点我，我叶智雄这块牌子可算是砸了。今后也别再提什么华人巡捕里的那摩温，改成上海头号阿木林探长还差不多！”

对于陈应现的提醒，叶智雄是千恩万谢，甚至还要请他去四马路的京菜馆同兴楼吃顿饭。虽说马斯南路离薛华立路不远，但专程跑一趟，还是不易。聊表心意，还是需要的。陈应现忙推说，晚上还有要事，恐怕不能成行。叶智雄这才作罢。

告辞叶智雄后，陈应现出了中央巡捕房，却未叫黄包车，而沿着薛华立路步行。相比来时，他眉头紧锁，面色越发沉重，似有心事一般。又行了一里路，他回过头去，四下张望，见无人跟踪，便悄悄从口袋里取出一张相片。

那相片上，除了陈应现外，还有一位相当漂亮的少妇及一个四五岁的孩子。一看这画面便知，这是一家三口的合影。

陈应现盯着相片看了许久，直到眼眶都泛红了。

陈应现刚走不久，叶智雄就叫来了好友薛畊莘，同他一起商量对策。

这薛畊莘身材不高，却仪表堂堂。他英俊的相貌得益于他混血的基因。父亲中国人，母亲则是英吉利人。他曾在比利时读书，父母亡故后，便回到上海在徐汇公学继续学业。由于参加法租界公董局的招聘考试，被法租界警务处录取，成为警务处政治部社会股的一名翻译。虽是个新人，但混血儿的身份让薛畊莘在巡捕房内如鱼得水。不仅中国人喜欢他，连巡捕的外籍高层也十分器重他。俗话说得好，刀切豆腐两面光，说的就是薛畊莘这种人。

叶智雄把刚才的发现与他细细说了一遍。薛畊莘听完，也不发表意见，只是低头看着桌上散乱的报纸。

他见薛畊莘闷声不语，心里更加烦躁，便道：“你别不响，有什么话可以说。”

薛畊莘头也不抬，直接说：“这件事，我劝你不要插手。”

尽管叶智雄虚长薛畊莘几岁，但他自己明白，薛畊莘考虑问题比他周全得多，处事也较为成熟。他总有种感觉，这个年轻人前途无量，可以在警务处爬到很高的地位。

薛畊莘又道：“如果是谋杀案，被杀的个个都是响当当的大人物，凶手一定有靠山，否则断不敢对他们几个动手。你要是追查下去，惹到了什么势力，单凭你一个小小的华人探长，斗得过谁？要是捅了娄子，萨尔礼也保不了你。”

他这番话不无道理。凶手下手极为隐秘，若不细究，恐怕难以发现疑点。这绝对不是普通杀人犯所能做到的。如果是有人搞暗杀，那目的又是什么呢？

彼时的上海滩可谓鱼龙混杂。巡捕房大部分的雇员都与黑帮势力有勾结，就连警务总监也被黑帮头目给收买了。据说法国那边明年还会委任一个新的警务总监，叫什么法布尔，来替代费沃利，以整顿巡捕房上下的贪污之风。不过叶智雄知道这基本没用。洋人不懂租界的规矩。利益集团盘根错节纠缠在一起，不是一个空降的警务总监能够应付的。

叶智雄道：“这桩事情难道跟大耳朵有关？”

他口中的“大耳朵”就是在上海滩顶顶有名的大流氓杜月笙。因杜月笙长了一双有反骨的外翻耳朵，沪语中“大”又与“杜”同音，在巡捕房内又不方便直呼这位青帮大佬的真名，故巡捕之间皆用“大耳朵”来称呼他。

薛畊莘摇摇头道：“一方面，不太像他的做派。另一方面，如果大耳朵和他们有矛盾，巡捕房上上下下不可能一点风声也没听见。你知道，帮会的人最好面子。你得罪他，他搞搞你路子，非得天下人都知道才算数。搞暗杀是特务的做派。再讲了，美利坚人约翰逊和老头子的关系可不一般。大耳朵不看僧面看佛面，相信不会这样冒失。”

他口中的“老头子”即是青帮在上海滩的头号人物黄金荣。

叶智雄冷笑一声，道：“究竟是什么人，查一下就知道了。”

换做别人，睁一只眼闭一只眼，这件事也就过去了。但叶智雄是巡捕房有名的硬骨头，任何案子不查到水落石出，绝不罢休。这样的个性使他经常会触犯到同僚的利益，与洋人上司也经常发生矛盾，若不是他工作能力极为出色，恐怕早就被免职了。

薛畊莘知道劝不动他，也就罢了。下班后，两人叫上法国巡捕席能，一同去棋盘街吃了顿饭，商议如何向督察长萨尔礼提出验尸的申请。

翌日一早，叶智雄和薛畊莘一同去了萨尔礼的办公室，提出了对周金林案进行再调查的申请。萨尔礼头发打理得十分整洁干净，或许还上了蜡。他脸颊凹陷，长了个鹰钩鼻，留着对分的小胡子。从见到叶智雄开始，他脸上就挂着一副不乐意的表情。

叶智雄不会法语，一切表达都需要由薛畊莘翻译。申请才说完，叶智雄立刻察觉到了萨尔礼的不快，只见他将手中的钢笔往桌子上一丢，就开始用法语训斥起来，叽里咕噜说个没完。薛畊莘听完，朝叶智雄耸了耸肩，只说了两个字：“没戏。”

沮丧的情绪使得叶智雄整个上午悒悒不欢。午饭的时候，薛畊莘带叶智雄去金神父路的一家番菜馆吃饭。叶智雄没什么胃口，坐在那儿玩弄桌上的餐叉。

薛畊莘劝道：“听我一句，这案子不让查，对你来说未必是坏事。小心引火烧身。”

叶智雄道：“这凶手把案子做得这样干净，一定是害怕有人发现。即便凶手背后有什么势力，我想他们也不敢明目张胆地来迫害我。萨尔礼这洋鬼子，就是怕惹麻烦！”

薛畊莘随口道：“又不是他的家人，死就死了，自然是多一事不如少一事。”

他话音甫落，叶智雄蓦地将餐叉丢在桌上，嘭的一声，惊得隔壁桌的先生小姐们纷纷投来鄙夷的目光。

“你有毛病啊！”薛畊莘也被他吓得不轻。

叶智雄那张满是胡楂的脸上绽出笑容，口中道：“没错啊，又不是我的家属！最在乎周金林是不是被害、最想要替他报仇、最想知道谁是凶手的人应该是周金林的家属啊！”叶智雄边说边站起身，将腿上的餐巾放回原处。

薛畊莘问道：“怎么？饭你不吃了？”

叶智雄朝门外走去，回头道：“你自己吃吧，我得给周金林的夫人打个电话。”

这招果然有效。叶智雄将发现的疑点统统与周夫人说了，但同时也表示：如果家属不愿意继续彻查，他也无能为力，只能任真凶逍遥法外，而且现在督察长的意思就是不要继续追查此案。

周夫人一听杀死自己丈夫的犯人不会受到制裁，那还得了，立刻托周金林在公董局的朋友给警务处施压。没过多久，警务总监便接到公董局高官的指令，命中央巡捕房立刻对周金林的遗体进行尸检。无奈，萨尔礼只得批准叶智雄的调查申请，由警务处法医室接手了周金林遗体的验尸工作。

尸检报告证明叶智雄的推测是对的。周金林第二颈椎椎体上有溢血残痕。这说明椎体曾遭受巨大压力，在缢尸上绝对不会存在。因此，法医师得出的结论是死者系被人勒毙。此外，法医师还告诉叶智雄，被勒死的人的尸体，其手及腿足通常皆屈，周金林的就是如此，而悬空缢尸的足手皆垂直，决不可能屈举。

此外，法医师还在周金林的遗体中检测出超标的汞，但剂量并不致死。陈应现所说的那些症状也与汞中毒极为相似，包括身上起红色丘疹、齿龈肿胀等。汞中毒还会造成神经异常。那么，新井藤一郎与刘麒麟是否是因汞中毒而导致神经系统异常，继而发生意外而死亡？叶智雄觉得这种可能性很大。既然证明了周金林并非自杀，那新井藤一郎、刘麒麟、约翰逊等富商的死也必须彻查。

但在这个环节，他又遇到了一个麻烦。

这个麻烦主要归因于上海的特殊行政格局。法租界、公共租界和华界各有独立的行政机构。租界有警务处巡捕房，华界有上海警察厅。互相联合办案所需的手续非常复杂。有时候一方还会以各种理由拒不配合，给案件调查带来了很大的难度。而新井藤一郎和约翰逊就是在公共租界出的意外。如果想取他们的遗体进行验尸，以判断是否汞中毒，那必须经过公共租界工部局的同意。

经过两天的交涉，包括死者家属的请愿，公共租界工部局批准了验尸的申请。经过化验，果然在新井藤一郎与刘麒麟的遗体内发现了汞，但剂量不足以导致死亡。只是，经此一役，基本可以确定新井藤一郎、刘麒麟、约翰逊与周金林的死亡并非意外或自杀，而是精心设计的连环谋杀案。但至于犯案手法，尚不得知。

于是，法租界公董局与公共租界工部局的警务处宣布组成联合调查小组，共同侦查此案。警务处为了表彰叶智雄，特派其为调查小组的负责人，代表法租界警务处与公共租界合作。调查小组的办公地点暂定于四马路与河南路转角处的中央捕房。

调查组成立的头一天，叶智雄特意换了一身干净的衣服，把脸上的胡楂刮干净，原本乱糟糟的头发也梳得很整齐。他心想，第一次见面，至少不能丢了法租界华人探长的面子。可当他来到四马路中央捕房的时候，却大失所望。

原本期待的欢迎会根本不存在，迎接他的只不过是个二十岁出头的毛头小子。

“叶探长，你好，我叫罗闻。”青年朝叶智雄拱了拱手，脸上堆满了笑容。

罗闻身材高瘦，理了个寸头，显得很精神，不过体格并不健硕，抓贼恐怕够呛，遇到悍匪的话，十个都打不过人家一个。叶智雄上下打量着他，第一感觉并不是很好。

“此地就你一个？”望着空荡荡的房间，叶智雄有些难以置信，心想：“这公共租界警务处可真行，派个乳毛还没长齐的小赤佬来敷衍老子。”

房间中央有一张长方形的会议桌，上面放置着一些案件资料，桌边有十几把椅子围绕。

“调查小组派我来与叶探长对接。我们督察长说了，叶探长经验老到，是法租界的神探，让我多学习学习。”

“我来这里可不是给你上课的。”叶智雄没好气地道。

话虽如此，罗闻却并无不悦，脸上还是笑着。

叶智雄拉过一把椅子坐下，拿起桌上的资料随手翻着，嘴上道：“小罗，你对这几起案件，了解了多少？”

“都了解了。这些个案卷，我也都看过。”

“那好，我问你，周金林被杀的案子你怎么看？书房的门是从内反锁的。家属进入屋子后，也没有发现可疑人等。那么凶手将周金林杀死，伪装成自杀后，究竟是如何穿过这扇反锁的房门，消失得无影无踪的？”

叶智雄说话时，自始至终没有瞧罗闻一眼。

罗闻立刻答道：“肯定是用了某种 Trick！”

“雀克？”叶智雄皱起眉头，“不要给我拽洋文，我听不懂，说中国话！”

“可以理解为‘诡计’吧！叶探长，你平时读不读侦探小说？”

“侦探小说？”叶智雄想起自己曾在四马路的百新书店买过一套中华书局版的《福尔摩斯侦探案全集》，不过只读了第一册《血书》和第二册《佛国宝》。故事倒是挺有趣，但与现实差得太远。

“你可知道，侦探小说乃是美利坚人爱伦浦所创。一年前中华书局曾再版过他的一本《杜宾侦探案》，其中有一篇《母女惨毙》，讲的就是死者在反锁的房间里被凶手杀死的案件。”罗闻说起侦探小说来，兴致十分高昂。

叶智雄抬眼看他：“你是说，杀死周金林的人可能用了侦探小说里的‘雀克’？”

罗闻点点头，说道：“普通的杀人手段实在瞒不了巡捕房探长的眼睛，所以想要做一些隐秘的案子，就必须借助一点雀克才行。而对这些雀克了如指掌之人则是那些民间的大侦探家！”

“大侦探家？”叶智雄用略带调侃的语气道，“难不成咱们中国也有福尔摩斯？”

“叶探长平时处理的案件都是大案，对民间这些侦探家，自然是知之甚少。不过叶探长也应该知晓，咱们公共租界，你们法租界，包括华界，对于流窜犯罪，真是头疼不已。当年江洋大盗王小弟案，若不是包打听黄金荣用江湖手段去寻，哪里抓得住他？正所谓：虾有虾路，蟹有蟹路。咱们巡捕房办案是一个路数，民间的侦探家们办案，又是另一种路数。叶探长切勿小瞧他们。”

“听你的口气，似乎曾受惠于这些侦探家？”

“实不相瞒，舍妹便是一位侦探。由于她的建议，华界警方还破获过一起谋杀案呢！”

叶智雄听了，忍住笑意，问道：“不知令妹破获了哪起大案呢？

或许我也有所耳闻。”

罗闻如实答道：“去年发生在药水弄那边的‘滚地龙’谋杀案，便是舍妹破的。”

原本叶智雄只道这毛头小子信口胡诌，便随口问了一句，谁知竟炸出这么大个内幕。

药水弄是上海有名的棚户区，位于小沙渡，即公共租界和华界的交界处。这沿河的地方集中了药水厂、砖瓦厂、石灰窑，附近则是工人搭建的棚户，环境十分恶劣。这里泥泞的道路狭窄得只能容两人并排通过。棚屋破旧不堪，只有倚靠隔壁的棚屋，才能避免坍塌。如果下雨的话，屋内常常水深及膝，孩子们只能站在床上。而对于这些贫民来说，能有个住处，已经很不错了，就不再奢求什么。

当时的棚户区没有任何公共设施，不供水，也不供电，获取自来水是非常困难的，要喝水只能去公共水站取。药水弄只有两个公共水龙头，其中有一个还被一帮地痞霸占，趁机敲诈药水弄的居民。对于这帮人，人们大多是敢怒不敢言。地痞中有个名叫阿四的瘪三，家里也是穷得叮当响，住的是滚地龙。有一天早上，阿四被发现死在屋内，是被人用刀捅死的，但门明明是锁住的，这让当时华界的警察们有点摸不着头脑。

也不知道罗闻的妹妹从哪里听到了这个案子，直接修书一封，寄去了警署。

原来，“滚地龙”有两种类型，一种是利用旧船的麦秆草席顶棚弯成一个半圆形的棚子，另一种是用成片的细竹子折成的三角形棚子。阿四住的就是后者。

于是罗闻的妹妹就推断，凶手很有可能是从竹子的缝隙中插入刀子，刺死了阿四。而阿四的房子两边都紧挨着别的房子，可谓是滚地龙贴滚地龙，那这两家人就很有嫌疑了。最后果然查出是邻居所为。

因为看不过阿四霸占自来水，便在自己家用刀穿过竹子，刺死了隔壁的阿四。然而这种杀人雀克恐怕只会发生在上海滩的棚户区。

听完罗闻的叙述，叶智雄不禁拜服道："贤妹的洞察力令我们这些做巡捕的都汗颜。"原本只是想让罗闻出出洋相，谁知这些个民间侦探家们还真有点本领。

罗闻笑道："叶探长谬赞了。舍妹虽是个业余侦探家，也破过几宗不大不小的案子，但比起您来，还是差得远呢！就算不是和法租界首屈一指的华人探长比，而是和上海滩那几位赫赫有名的大侦探比，也无法望其项背。"

"这么说来，上海民间还有不少厉害的大侦探？"叶智雄来了兴致。

"私家侦探也算是一种职业。光是本埠，起码就有百余个，但其中最为著名的、最顶尖的，也不过十几个而已！"罗闻话到此处，略微顿了顿，忽然向叶智雄发问，"大侦探霍森的名头，叶探长可听说过？"

第二回　大侦探们

下班之后，罗闻约了妹妹去四马路吃夜饭，顺便带上叶智雄，为他引见。

他们去的是一间名为“海天春”的番菜馆。据说，罗闻的妹妹自从学了洋文，入了番教，成了基督教徒，对番菜也是情有独钟。但她常去的“密苏里”却不太合罗闻的口味，那边地道的西洋牛排通常都是血淋带滴，对于他来说，显然有些难以接受。而“海天春”烧出来的牛排，不见血丝，吃口又鲜嫩，对于没有完全西化的中国人来说，最为适合。

公共租界的中央捕房就设在四马路，于是他们决定步行前往。

这个辰光，四马路的夜景可谓沪上第一。放眼看去，只见一片灯红酒绿。影影绰绰的艳妓、游人以及轩车高马将一条并不宽阔的街道衬映得无比繁华。

罗闻对叶智雄说：“你看着，这条马路多少热闹。隔壁的英大马路比起来，真是连脉都不能搭。”他所说的英大马路即南京路。

叶智雄听了笑笑，心里却未必同意。

上海人有句话：“要轧闹忙南京路，High Class 霞飞路，要打野鸡四马路。”老上海都知道，四马路就是一条“粉红街”，光是小小一条会乐里所拥有的妓院数量就占了当时上海的五分之一。所以即便再繁华，叶智雄对这妓院烟馆林立的四马路也无甚好感。

两人走了一阵，刚来到“海天春”的门口，迎面就撞见一位堂倌。他满脸笑意，对罗闻道：“罗先生，交关辰光没见，这一腔巡捕房蛮忙吧？罗小姐已经在里厢坐好了。两位跟我来，小心台阶。”说着便做了个“请”的手势，将他们引上了二楼。

堂倌将他们带到临窗那桌，桌后正坐了个少女，她一见罗闻，就朝他招手。那少女十七八岁模样，穿着裙衫样式的西派校服，留了一头短发，脸颊红润，不施粉黛，自然地显出娇艳，一双眼睛异常明亮，是个非常漂亮的女学生。

“你来得这么早！”罗闻在她对面坐下，然后摊开右手，介绍道，“这位是法租界顶顶有名的叶智雄探长。这位是舍妹，名字叫罗思思。”

少女站起身来，笑着与叶智雄握手：“叶探长好！”说完，便转过头看向罗闻，换了一副埋怨的表情：“是�来得太晚了！”

叶智雄目测了一下，少女比自己矮一个头，身高应该在四尺八上下。

罗闻苦笑道：“好啦，好啦，嘴嘛这么高，都可以挂油壶了！老大不小的姑娘家，还像没长大一般。”

三人坐定，堂倌便用红木托盘端来清茶，顺便询问罗先生今天要点什么大菜。作为老主顾，罗闻点菜不用翻看菜单，随口说了几样。堂倌边听边应承，片晌就吩咐厨房去做。

趁着上菜的空隙，三人闲谈了几句。

叶智雄忽然问道：“罗小姐在哪里念书？”罗思思朝他眨了眨眼，道：“你猜！”叶智雄没想到她会这样回答，蒙了一会儿，不知该如何作答。罗闻接过话头，替罗思思答道："她在白利南路的圣玛利亚女校读书。小妹，人家叶探长问你话，不要拐弯抹角，有话直说。"

罗思思撇着嘴道："哪里不直说了？明明胸口就有校徽，还问人家。"

听她这一说，叶智雄才注意到她胸口别着校徽，徽章上分明写着"上海市私立圣玛利亚女子中学"的字样。他忙道歉说："是我疏忽了。"

"对了，这次叶探长来找你，是想问一下你关于私家侦探的事情。"罗闻轻咳一声，把聊天拉回了主题，"虽然听你说起过几次，不过对于上海的大侦探们，我还是知之甚少。除了'中国福尔摩斯'霍森先生，其余少有耳闻。"

罗思思娓娓而谈："英吉利有福尔摩斯、桑狄克，法兰西有杜宾，美利坚有斐洛·凡士，我们中国也有不少与之相比毫不逊色的大侦探们！"说完，罗思思从身后的灰色布书包中取出一本杂志，置于桌上，封面上题着"侦探世界"四个字。

原来，这本由上海世界书局印行的侦探小说专刊曾出过一期名为"中国名探"的别册，介绍了现实中活跃在打击犯罪一线的大侦探们。每位侦探都附有一张相片，相片旁还有几行字的简介。

叶智雄拿起杂志，翻到第一页，见那相片上的是个看上去三十岁左右的年轻男子，长得眉清目秀。他一身西装，还戴着眼镜，手里拿着一本题名为《杀人术》的书。图旁文字介绍：此人姓罗，名师福（取师事福尔摩斯之意），字月峰，杭州钱塘人，将近三十年前因在苏州破获了一起奇案而闻名于世，被称为清末的"东方福尔摩斯"，后销声匿迹，不知所终。

第二页上出现了"霍森"这个名字，介绍中说：他是"中国福尔摩斯"，住在爱文路七十七号寓所，喜欢抽白金龙香烟，喝张裕白兰地。可惜的是，他那张相片拍的只是一个背影像。因为他经常查案，怕被不良分子认出，从而危及人身安全，所以才特意委托杂志社不要将他的正面照刊登出来。

除他之外，还有一位也没有相片，那就是与霍森齐名的外号为“东方亚森·罗苹”的侠盗罗苹。这倒不是因为罗苹拜托杂志社别刊登，而是杂志社的编辑无论如何都寻不到罗苹的“真相”，只知道此人耳轮上有一颗鲜红如血的红痣。

又翻了几页，见到一位名叫“宋悟奇”的容貌英俊的中年男子。他有个外号叫“家庭侦探”，与其他大侦探不同，他基本只专注于解决发生在家庭邻里间的案件。还有名叫“金蝶飞”的侦探。不过他不经常在上海，破的案子多发生在小镇上。

“这些个民间侦探真有这么大的本领？”

叶智雄翻了几页，见那些介绍文字均对侦探的能力赞不绝口，有些文字甚至以贬低警方的方式来赞颂这些民间侦探。在叶智雄看来，这显得颇为刺眼，于是内心也涌起一股反感。

“当然啦！不仅只有你刚才看的那几位，还有卫灵、徐常云、康卜森、杨芷芳、方应物、梁培云、夏华、李神鹰、狄大头、章彬、丁允等大侦探。他们个个都是了不起的人物！”

叶智雄冷哼一声，道：“我倒有点不信。”

罗思思提议道：“如果叶探长愿意借助他们的力量，大可以广发英雄帖，将他们召来巡捕房，协助你调查此次的案件。”

在此之前，虽也有过探长借助于民间侦探家来破获案件的事，但以如此规模召集一群侦探来助阵，还真是前所未闻。

叶智雄心想：“罗思思小姐说得不错。以目前租界警务处提供的资源，破这宗奇案的难度实在太大了。既然自己没有头绪，不如以警务处的名义召集上海滩的大侦探们来帮忙。一来，试试他们是否如杂志上吹的那般神通，若是失败，就当挫挫他们的锐气，让罗氏兄妹知道民间的侦探终是及不上官方的探长。二来呢，若是他们真能解决这起案件，面子上固然有些过不去，但眼门前第一要紧的事情就是破解凶手的雀克，将真凶绳之以法，也算了结一桩心事。”

罗闻见他为难，便说道：“如果你还不放心，甚至觉得这些侦探蹩脚，我这里还有个办法。”

叶智雄忙问：“什么办法？”

罗闻接着道：“面对周金林的伪造自杀案，不是还没头绪么？不如我们就让记者报道这宗‘密室奇案’，将案情内容大大方方地刊登在报纸上，公诸于世。谁能解开这个谜团，我们就请他来协助我们调查。这样一来，既考验了那些民间侦探家，又替我们解决了一个难题。叶探长，你以为如何？”

叶智雄听了，连连称赞。他说：“既然这案子由我主导，也不必去请示督察长了。就这么办！”

罗闻对罗思思道：“小妹，你不是对自己的推理能力十分自信么？在家中还常说自己是什么‘中国第一女侦探’。现在机会来了，你要不要也挑战一下？”

罗思思笑着拍了拍手，兴奋道：“我正有此意呢！”

叶智雄内心只觉得这对兄妹十分奇怪：罗闻不像兄长，对妹妹也不怎么管束；罗思思也不像小妹，和哥哥说话，全无礼貌。但这样的互动却让叶智雄感觉到一丝亲切。虽然他是独生子，无法理解罗闻与罗思思之间的兄妹感情。

“那就这么决定了。明天我就去联系报社的朋友！”

罗闻话音才落，堂倌就端来了刚煎好的牛排。他们三个聊了半天，肚子早就咕咕叫了，于是无心再谈，纷纷拿起刀叉，开始享用大餐。

餐毕，三人尽兴而归。一夜晚景无话。

就这样又过了两日，《时报》才刊登出租界巡捕房招募民间侦探家的公告，同时还附上了周金林一案的情况，包括案件的现场细节、尸检报告以及证人的口供等，还绘制了平面图。公告一出就引起了民众的热烈探讨。千万信件涌入报社。报社编辑部在去除了恶作剧的信件之后把其余的都转交到了罗闻的手上。

关于周金林一案，来信的诸位“大侦探”给出了不少天马行空的解答。有人说，凶手会妖术，在关键时刻使用了障眼法。也有人说，凶手是在房间外操控一根长绳将周金林勒毙的。更有甚者，对法医室的验尸报告提出了质疑，认为周金林就是自杀，并不是在密室中被谋杀的。对于这些来信，罗闻只是一笑置之，并不大上心。

然而，有一封来信引起了罗闻的注意。

那封来信的落款叫“吴县李亦飞”。他对周金林房间内的一个小小通风口十分在意，且认为破案关键就在于此。读到这里，罗闻不禁觉得好笑。那房间通风口的长宽犹不盈尺，一个成年人想要从这通风口钻入，简直是无稽之谈。别说整个儿钻进去，就是只将脑袋塞进去恐怕也很艰难。

但在信的结尾，那人给出的解释令罗闻十分震惊！

他说，犯罪者的体格或许异于常人。世界上有一种疾病叫“侏儒病”。英吉利有一位叫“露西亚”的女子罹患此病，形体身高不足两尺，但行动能力却无异于常人。有些侏儒经过训练，力量甚至大过正常的成年男子。如果凶手是侏儒的话，就有可能从通风口钻入房间，将周金林勒杀！

这个思路倒是给案件侦查提供了一个新的方向。

正当罗闻想联系叶智雄时，办公室大门忽然被人推开，罗思思气喘吁吁地闯了进来。她额上尽是汗水，双颊泛红，胸膛还在不住起伏。

“进屋都不敲门，急吼吼的，想要吓死我？”罗闻嗔怪道。

“大哥，我刚才去了趟周金林的府邸。你猜我发现了什么？”罗思思拿起桌上的茶壶，给自己倒了满满一杯，“猜中有奖喔！”

“你去周金林那边作甚？下午没课么？”罗闻言语中颇有些责备的意味。

罗思思喝了口茶，润了润嗓子，才道：“国文课的老师病了，所以放半天假。哎，不说这个啦。我下午去周金林那儿，在他房外通风口的地上发现了一排脚印。不过这脚印十分奇怪……”

“是不是比成年人的小上许多？”

“你怎么知道？”罗思思瞪圆了眼，现出惊愕的模样，愣了片刻，才又笑了起来，“我明白了，来信中有人与我英雄所见略同！”

“没错，有人怀疑杀死周金林的是个侏儒病患者！”

“其实我一早也想到了这种可能性，不过只是推测，并无实证，所以今天下午就去了趟现场。我一见通风口外的泥地上有一排小脚印，心里就确定了五六分，然后又将通风口的铁丝网拆了下来，发现铁网边缘有被撬过的痕迹，眼下有了七八分的把握。”

罗闻点了点头：“可以朝这个方向调查一下。回头我去通知叶探长一声。只不过这上海市数百万人口，侏儒没有一千，也有一百，调查范围还是太大了。”

“饭要一口一口吃，路要一步一步走。破案也讲个循序渐进。现在有了大方向，总比之前像无头苍蝇一般要好。”

罗闻拿起桌上的信笺，喃喃道：“这位‘吴县李亦飞’有点意思，我倒是想见见。”

其实除了李亦飞，还有四位侦探也把目光聚焦于周宅的通风口。其中就包括上海滩最有名望的大侦探霍森。罗闻将这些人筛选出来，分别写了邀请信，请他们于两日后的下午六时来四马路的杏花楼酒家一叙。可惜的是，之前罗思思口中所说的那些大侦探们大多没有参与。后来才知道，他们中大都有案在办，暂时脱不开身。

叶智雄在接到罗闻的通知后表示十分期待，想亲自见识一下这些民间大侦探的手段。内心深处还是有点较劲的意思。至于对侏儒杀人的推测，他不予评价。毕竟这种事情在现实中极为少见，又不是武侠小说，哪有那么多飞檐走壁、杀人于无形的侏儒？

时间过得很快。两日后的傍晚，叶智雄与罗氏兄妹穿戴整齐，在杏花楼的包厢内恭候四位大侦探驾临。在杏花楼宴客算得上很有派头了，尤其是如果还能预约到粤菜名厨李景海亲手炮制的蛇宴的话。李大厨的蛇宴可是沪上老饕们赞不绝口的名宴。他以蛇肉为主料制成的各种菜肴除了口味鲜美之外，还具有滋补的功效。

这间酒楼始于咸丰年间。广东杏花商行的创始人闲逛四马路，见此地商业人文皆宜，便合计在四马路与山东路的交界处开设一家餐馆。至于为何要开设在四马路，是因为当时的商业娱乐场所都集中在外滩附近的英大马路和四马路。另一个原因则是四马路是一条“粉红街”。有道是，地无妓院，不成商埠。凡是风月之地，必会吸引外埠商人在此游冶。

闲话少叙，言归正传。

三人在包厢正说话，忽听得有人敲门。罗闻忙去开门。大门一开，进来一位样貌忠厚的少年。那少年不过十七八岁年纪，身高五尺二上下，戴着一副罗克式的玳瑁边眼镜，披着一件厚呢大衣，左手插在衣袋里，右手拿着一顶藏青色呢帽。那少年踏进包厢门口，满面笑容地问道：“罗……罗闻先生，可是在这里吗？”

罗闻一边上下打量，一边应道：“我便是。”那少年从大衣里取出一张名片，递给罗闻。罗闻接过一看，上面写着“李亦飞”三个大字，旁边又注着四个小字“鹏图，吴县”。

“阁下就是李亦飞？”罗闻睁着眼睛，半晌才道，“真是英雄出少年！”

李亦飞赧然道：“不……不敢，我还是个学生，在工商大学念书。因……因见了报纸上的公告，不自量力，给报社寄去了一纸信笺，表……表达我的推断。没想到真的被罗先生邀请来协助办案。真是我的荣……荣幸。”

不知是因为太过紧张，还是天生口吃，他说话竟有些结巴。

“李亦飞，你还记得我吗？”

李亦飞循声望去，见罗思思笑吟吟地朝他招手，惊得张口结舌。看他的样子，像是十分后悔来到此地。

罗闻见状，觉得奇怪，便问道：“你们认识？”

罗思思走上前来，用力拍了拍李亦飞的背，高声道：“何止认识，我可是他命里的魔星呢！”

李亦飞红着脸，留下也不是，离开也不是，显出一副窘态。

罗闻察觉到了异样，便故意板起脸来，对罗思思道：“小妹，你是不是又欺负人？”

李亦飞忙道：“没有，没有，罗……罗思思小姐在寻我开心呢。”

罗闻忙请李亦飞入席，顺带介绍叶智雄探长给他认识。待李亦飞与叶智雄简单寒暄几句后，罗闻才开始询问他与罗思思相识的经过。

原来，两人曾一齐参加过孤岛书店举办的一次侦探小说读书会。该书店位于陶而斐司路，主营侦探小说，有许多外文原版书籍。罗思思和李亦飞的西文水平都很不错，所以经常去那边买书。

这家孤岛书店的老板名叫“时宜”，早年游学英吉利，还游历过法兰西和美利坚，深感西洋侦探小说之发达与普及与洋人的科学精神密不可分。他还认为，多读侦探小说有利于培养吾国国民的科学与法治的精神。是以归国之后，立刻开了一家专营侦探小说的书店。每个月他都会组织店里的熟客，办一场侦探小说的读书会，以交流读书心得。

在那个时候，李亦飞与罗思思就已显露出完全不同的阅读偏好。李亦飞坚决认为爱雷奎宁才是侦探小说的正道。他最爱其新作 *The French Powder Mystery*（《法国粉末之谜》），逻辑严密，步步推进，比范达痕的侦探小说更严谨。而罗思思则偏爱亚嘉泰·克利斯坦，每次读她的小说，都猜不准背后的凶手是谁。那本 *The Murder of Roger Ackroyd*（《罗杰疑案》）尤其让罗思思拍案叫绝！

两人常常为哪本小说才是优秀的侦探小说争论不休。口拙的李亦飞自然不是牙尖嘴利的罗思思的对手。一来二去，李亦飞就不再和她辩论了。但罗思思却不罢休，每次遇到李亦飞，总是要和他辩上一辩。从侦探小说到真实的犯罪案件，不论李亦飞持什么观点，她都唱反调。久而久之，李亦飞见了她，头就痛，好几次都称病推掉了读书会的活动。

罗闻听完，哈哈大笑，对李亦飞道："舍妹从小就是这样，对认定的事情固执己见，不辩倒对方，誓不罢休。不过她能有雅兴三番四次地找你讨论，说明内心对你很是认可。"

罗思思摇头道："哪里认可？大哥，你别曲解我的意思。我只是喜欢追求真理。"

李亦飞脸上现出无可奈何的神色。

过不多时，敲门声再次响起。罗闻正准备起身，门就被推开了。门口站着一位高高瘦瘦的大叔。他梳了个分头，瞧上去四十来岁，穿着一件青色中式长衫，嘴上叼着烟斗，模样很是自负。扫视了一圈后，目光定在了正欲站起的罗闻身上。

"你好，我叫胡弦，是上海滩最有名的大侦探。"

还未等别人开口相询，他便自我介绍起来，言辞中颇有些得意。

叶智雄对此人的相貌有些印象，因为之前看过的《侦探世界》别册上有介绍他的内容。不过在那些内容中贬多于褒，说他是个滑稽的侦探，欢喜掼榔头，侦探本领实际极为有限，很多时候靠误打误撞才破获案件，因运气极佳而被称为“警界福星”。

罗闻伸出手去，与胡弦握手：“久仰胡侦探大名！”

胡弦听了恭维，下巴扬得更高了，嘴上道：“好说！好说！”话刚出口，便听到“扑哧”一声。原来是罗思思见胡弦滑稽的模样，实在忍不住笑出了声。

“小妹，你笑什么？”罗闻不明所以。

“你不会连他都不认识吧？”罗思思笑得前俯后仰，“他可是大名鼎鼎的‘失败的侦探’胡弦啊！你别看他叼着烟斗，其实根本不会抽烟，是为了模仿福尔摩斯才买的！”

胡弦气得脸都绿了，不满道：“小姑娘，江湖传闻不可轻信。我的本领，哪里是你们这些凡人所能理解的？不然，我又怎么能推理出周金林一案的真相？”

罗思思朝他做了个鬼脸：“恐怕又是从顾百晓处买来的吧！”

“你怎么知道？哦，不，是你瞎七搭八！我不认识什么顾百晓！”像是被对方说中了，胡弦在气势上不免弱了几分，声音也轻了些。

罗闻微微皱眉，对罗思思道：“小妹，不能没有规矩。胡侦探毕竟是你的前辈。”说罢，便引胡弦入坐。那胡弦被罗思思质问得有些窘迫，见罗闻对自己示好，乐得借坡下驴，挑了个远离罗思思的空座坐下。

叶智雄好奇心起，低声问身边的罗思思：“顾百晓是啥人？”

罗思思止住笑意，答道：“就是这家伙雇佣的‘包打听’。他破案所依靠的很多重要线索，不是靠现场勘查获取的，而是从顾百晓那儿买来的。不过话说回来，他的运气是真不错。好几宗大案都让他在插科打诨中给破了，所以《侦探世界》才会将他也收入其中。但我们内行都知道，这家伙淘淘浆糊可以，真办案根本勿来事。”

胡弦前脚刚落坐，后脚包厢里又走进两个人来。

这一男一女的两人并肩走进包厢。男的四十岁模样，身高五尺四寸上下，剑眉星目，极为英俊潇洒，身上穿着红帮裁缝制作的西装，脚上配了英吉利牌子的手工皮鞋，手里拿的是一根燃着的雪茄，看上去很有绅士的味道。女的则是位美貌少妇，三十来岁，烫了一头欧式宫廷卷发，身高比罗思思高出个一两公分，身上穿着一件高领的红色碎花旗袍，足下则蹬了一双酒红色的高跟鞋，整个人显得风姿绰约、性感而自信。

虽没认出那男子是谁，但叶智雄一眼就认出了那位名叫“黄雪唯”的女子。他没想到，这位黄雪唯小姐现实中竟比杂志上更明艳动人，目光一时像被锁住一般，视线无法移开。

罗闻上前招呼道：“请问两位是霍先生和黄小姐吗？”

男子点了点头，与罗闻握手：“你好，我就是霍森。”罗闻只觉得霍森的手劲很大，整个人举手投足间很有气派。

霍森身后的女子道：“我是黄雪唯。刚才在楼下，正好遇到了霍先生，就一起上来了。我们没有迟到吧？”她说话间，身上还散发出一股高级香水的味道。

罗闻忙道：“没有迟到，时间刚刚好，两位快请入座！”

两人坐定后，叶智雄便站起身来，对众人道：“今天要谢谢各位知名的大侦探来协助我们巡捕侦查近期富豪连续被杀的案件。容我先自我介绍一下。我的名字叫叶智雄，是法租界中央巡捕房的探长。这次的案件是横跨两个租界的犯罪，所以法租界警务处决定联合公共租界的巡捕组成联合调查组，由我牵头侦查此案。”

罗闻从旁介绍道：“叶智雄探长办案很有经验，是法租界头号华人探长、犯罪克星！这次又有各位大侦探的协助，不愁案件不破！”

胡弦笑道：“叶探长，有我胡弦在此，你就放一百个心。保准在一个月内帮你把案子破了！”罗思思迅速白了他一眼，嘀咕道：“这人不吹牛皮会死吗？”但胡弦似乎没听见罗思思的嘲讽，又或许他听见了，却不放在心上，兀自在那儿傻笑。

罗闻把每个人的情况都简单介绍了一遍，包括李亦飞、胡弦、黄雪唯和自己的妹妹罗思思的。霍森的名气太大，不用介绍，在座各位也都知道。他们这些侦探，除了罗思思与李亦飞外，其余的均素不相识，顶多在报纸和杂志上看过一些关于对方的新闻。

“既然人都到齐了，那我就请店家上菜吧，我们边吃边聊。”

说罢，罗闻便站起身来，准备去唤堂倌。就在此时，李亦飞忽然道：“先……先等等，我有点话想说。”

大家都把目光投向了这位看上去有些木讷的少年。

李亦飞见众人都看着自己，轻咳一声，继而道：“来这里之前，我……我去了趟永兴百货公司老板刘……刘麒麟的家。当然，我……我是由熟识的巡捕领过去的。刘老板的家属也以为我们是来办案的巡……巡捕。我就问家属，刘老板心脏病发那天，有……有什么异常。其中一位女佣给我说了件事，让我感觉相当奇怪。”

叶智雄不由自主地问道：“什么事？”

李亦飞道：“她说，刘老板洗……洗了很久，都没下楼。于是夫人觉得很奇怪，就……就让这位女佣去看看。结……结果就看见刘老板死在浴室里厢，可浴缸里却没有一滴水。但他们认为，可……可能是刘老板心脏病发挣扎时，踢掉了浴缸的塞子，导致水都流光了。可……可我却不这么认为。知……知道这点后，我就看穿了凶手的伎俩。”

叶智雄半信半疑道:“你知道凶手用了什么办法让刘老板心脏病发?”

李亦飞点点头，缓缓道:“很简单，凶手把一池热水都……都换成了冰水。”

“换成冰水?”叶智雄算是见识了民间侦探的想象力，随即便露出苦笑，“即便是冰水，那刘麒麟一个大活人，还能被活活冻死不成?用手试探一下水温，他就不会入浴了。”

“正常情况下，委实如此。但凶……凶手并没有给刘老板离开的机会。他将浴……浴缸的热水换成冰水后，从背后袭击了刘老板，将他死死按在冰水池子里。刘……刘老板有心脏病，恐怕不是什么新闻。凶手正……正是利用这一点，使刘老板的心血管遇冷收缩，导……导致他心脏病发，当……当场毙命。用这种手法杀人，即便调查死因，也……也查不出什么来。”

尽管李亦飞说话磕磕绊绊的，但在场每个人都能听明白他的意思。

“想到这点后，我就去刘老板发生意外的浴……浴室进行调查。进……进到浴室之后，我果然在浴室里发……发现了一个手印。”李亦飞说到此处，微微停顿，环视众人，“但这个手印十分奇怪，因……因为有六根手指。刘府上下都是正常人，每只手都只有五根手指。那么，这个手印究竟是什么人的呢?”

李亦飞讲完后，包厢内一阵沉默。

直到黄雪唯开口说话:“我也去过普利银公司总裁约翰逊的办公室。”

只一句话就把在场所有人的注意力全部吸引了过去。叶智雄没想到，这些民间侦探家竟如此有行动力。相比之下，巡捕的工作效率确实是太低下了。

黄雪唯道："大家可能不知道，这个美利坚人还是个植物迷呢。九百尺的办公室里堆满了各种植物。最让我感觉奇怪的是掉在地上的一小块'树皮'。大家肯定奇怪，何以我对这块'树皮'如此有兴致呢？因为这块'树皮'实在不像树皮。"

叶智雄与罗闻面面相觑，有点无法理解黄雪唯的意思。胡弦更是一脸茫然地看着她。但反观霍森、李亦飞和罗思思的表情，却显得十分笃定。他们似乎已猜到黄雪唯接下去会说什么。

"于是，我就拿着这块'树皮'，请与我相熟的一位生物学家进行了一次简单的化验。"黄雪唯忽然把俏脸转向叶智雄，得意地问道，"叶探长，你猜猜它是什么？"

"我不知道。"叶智雄被她瞧得不自在，把脸别了过去。

"是一块人皮。"

黄雪唯微微一笑，给出了一个惊人的答案。

"人皮为啥会是树皮的模样？"罗闻表示不解。

罗思思见她哥哥问出这种无知的问题，忙替黄雪唯答道："世界上存在一种怪病。患有这种病的人的四肢上会长出如同树枝一般的肉瘤，如果不进行治疗，身上也会长出如树皮一般的皮肤。这其实是一种皮肤角化病。目前来说，医学还是无法治愈这种疾病。"

罗闻又道："长出树皮的人？那岂不是变成树人了？"

黄雪唯点头说："正是如此。"

叶智雄惊道："我明白了！这家伙浑身长满树皮，藏在约翰逊办公室中，所以进门的人一时间根本无法发现，还以为他是树的一部分呢！如此一来，谋杀案的现场就变成了密室，大家都以为约翰逊是自杀的。"

隐藏一棵树的最好地方莫过于一片树林。而植物爱好者约翰逊的办公室虽不是一大片树林，但一眼看去，也是植株遮目，是树皮人绝好的藏身之地。

霍森带头鼓起掌来，还对黄雪唯微微颔首，表示非常欣赏她的推理。

黄雪唯道："不过，目前来说，这只是一种假设。"

"大胆假设，小心求证，才是通往真相的唯一道路，不是吗？"霍森说完，把视线从黄雪唯脸上转向众人，"既然李先生、黄小姐都已去过案发现场。我如果什么都没干，那可就太丢人了。幸而我今天上午也跑了一趟华界，去马术协会的马场看了一眼。"

"霍先生有什么发现？"

罗闻换了一种坐姿，挺直了背，上身微微前倾。

"我发现了一件很有趣的事情——在新井藤一郎观察那匹踢死他的白马时，有人听见了一个尖锐的口哨声。而那匹原本温驯的白马立刻烦躁了起来，无论如何都无法镇定下来。接下来，第二声哨音响起，白马开始攻击新井藤一郎，后腿一蹬就踢中了新井先生的脑袋，将他活活踢死。这说明什么呢？"

霍森的身子往后挪了挪，双手的十指相抵，静待众人的反应。

"显然有人在控制那匹马。"叶智雄抢答道。

"没错。"霍森满意地点了点头，"先是侏儒，接着又出现了六指怪人、树皮人，眼下又多了个能控制动物的家伙。大家猜猜看，我们去哪里可以找到他们呢？"

霍森将手伸入西装内口袋，取出一张广告单，平放在桌上。

"答案就在这里。"

那是一张名为"畸人杂技团"的表演广告，上面罗列着各种表演项目，参演者们的特殊身份是畸形人。

第三回　畸形秀场

阿弃站在塔顶，放眼眺望，仿佛整个上海都在他的脚下，心底不由生出一股豪气。

这里是大世界游艺场——上海的地标之一。六年前，由于每日需接受几万游客的践踏，原本的砖木结构已无法承受，于是游艺场的老板黄楚九斥巨资重建了一栋钢筋水泥的四层建筑，建筑在四层以上又竖立了四十八根圆柱以支撑六面四层的尖塔顶，使得建筑的高度达到了史无前例的五十五米，一跃成为上海滩最高的建筑物。

当时上海流行一句话："不去大世界，枉来大上海。"

游艺场建筑主立面的两翼和与之相通的四层建筑形成一个扇形，扇形的背面还建有露天的舞台。阿弃所属的杂技团每天都会在这里进行表演。

"我找了你半天，怎么跑上面来了？"

阿弃转过身，瞧见了一个身长不足四尺的侏儒。

他的名字叫"王毡"，和阿弃同为杂技团的演员，擅长插科打诨，柴团长不在的时候，偶尔也会客串主持人。

"上来透透气。"阿弃对他笑笑，又去看风景了。

王毡没好气地道："都快开演了，老爹把游艺场快翻了个遍都找不到你！今晚还有你的节目，快去准备吧！"

他口中的"老爹"正是杂技团的团长柴贵生。

阿弃却不以为然："不是还有一个钟头嘛！急啥？"

王毡道："你还得上妆呢，画脸不要时间的？"

"好啦，不要啰嗦了，我跟你下去就是。"阿弃举起双手，表示投降。

阿弃虽是魔术师，但扮相却是小丑，专门给来参观的孩子们表演各类魔术。他和王毡一样，在团内主要负责逗乐观众。与王毡不同的是，他还需要用颜料画上脸谱后才能进行表演，所以需要提前起码半小时做准备工作。

两人走下尖塔，来到了露天舞台。在舞台的后方，有一顶巨大的黑色帐篷，那是他们杂技团演出区的后台。帐篷入口立着一个五十岁模样的男人，正是团长柴贵生。他一见阿弃，立刻小跑上前，对准他的额头就是一记爆栗。

阿弃吃痛，缩着脖子嚷道："老爹，用不着打这么重吧！"

王毡见状，下意识地摸了摸自己的脑袋，庆幸老爹打的不是自己。

柴贵生怒道："你看看都几点了！快进去化妆！再过一刻钟，客人都要入场了！"

阿弃了解老爹的脾气，再多废话，恐怕还要挨打，只得灰溜溜地钻进了篷内。

与外界不同，帐篷之内仿佛是另一个世界。有没有四肢、止在地上匍匐前进的"人彘"徐三，有长着巨大的形同乌龟的先天性黑色素痣的"龟人"贝先生，有因严重的真菌感染而导致大面积的皮肤变得坚硬的"树人"小曹，还有同一个躯体上长了两颗脑袋、正在练习相声的“双头人”黄氏兄弟。二十三位形态各异的畸形人集聚在这里，为今晚的表演各自做着准备工作，这形成了一幅十分诡奇的画面。

阿弃来到梳妆台前坐下，取出油彩和画笔，准备上妆。这时，有人走到他身后站定。阿弃从面前镜子里看见了那人的脸，那是一张如同猿猴般的脸，是团里的驯兽师毛妹的脸。

“毛妹”不是她原本的名字。可是在杂技团这种地方，真名叫什么，已经无所谓了。她患上了一种罕见的多毛症，从头到脚，甚至脸上也长满了十分浓密的毛发。这种疾病极难根治。即便用刀刮除脸上和身上的毛发，它们很快又会长出来。普通人很难想象，有着这番容貌的十六七岁的花季少女的内心会有怎样的感受。

“听王毡说，昨天你和他一起去了静安寺路逛街？”

阿弃边说，边用毛笔蘸上白色的颜料，均匀地抹在自己的脸颊上。

毛妹笑了起来：“嗯！王毡哥还给我买了比安奇糕点店的奶油蛋卷。本来还想留给你吃的，但是实在太好吃了，我就都给吃光了。阿弃哥，你不会怪我吧？不过你放心，我打算过两天去四川北路的天鹅绒甜品店买他们的土耳其软糖，听说味道比奶油蛋卷还好呢！”

“我对洋食没兴趣。论点心，难道他们的能比咱们的好？北平的豌豆黄、杭州的荷花酥、广州的马蹄糕，那才叫好吃！”

“你对洋人的东西总是有偏见，我不和你争。对了，老爹说，这次上海的巡演结束后，请我们去汉口路派利饭店吃西餐。听说那里很高级，有腓利牛排、奶油葡萄鸡、花旗鱼饼，听上去都很不错！可是……”

毛妹正说得眉飞色舞，表情忽地暗淡下来。

阿弃放下手中的画笔，转过头去问她：“怎么啦？”

毛妹轻轻叹道：“你看，我们这副样子，恐怕会吓到其他顾客吧？饭店可能都不愿意接待我们。唉，还是算了。”

阿弃听她这么说，心里也是一阵难过。

他又何尝不知，这些来瞧他们演出的观众，无不是带着一种猎奇的心理，内心根本不尊重他们，甚至不把他们当成正常的人来看待。每次演出的时候，观众席上总会传来成人的笑声和孩子的哭声。有人指着他们对身边的人说：

“你看，他们多么恶心。”有人说：

“世界上怎么会有这种怪胎？”

又有人说：“一定是相由心生。”

甚至还有人说：“还好我没长成这样，不然，我一定去死。”

毛妹见阿弃沉默许久，以为自己的话惹他不高兴了，忙道：“阿弃哥，你别往心里去，我刚才都是瞎说的！你在我们之中是最正常的人。不，你和正常人几乎没有区别！”

阿弃伸出双手：“这也算正常吗？”

两只手，各有六根手指。阿弃的左右手比正常人的各多出一根手指。因此，他变魔术的手速总比别人快一点，手法也更具隐秘性。

“阿弃哥，你别这么说。要是叫丽香姐听见，又要惹她不高兴了。”

“好了，那你也别说那种话了。”阿弃转过身，拿起画笔继续画脸，“在这个世界上，很多事情我们无法改变，只能接受它们。”

“道理我明白，只是我偶尔也会想，如果我是一个正常的女孩……”

“世上没有如果。勉强自己去做能力范围外的事，除了使自己痛苦，不会得到半点好处。还有，我们和外面的人不一样。要保持乐观，才能好好生活下去。”说到此处，阿弃用画笔蘸上赤色的颜料，在嘴角画了一条弧线，“来，笑一个！”

毛妹点了点头。

“对了，上次你教我的驱蛇术，我试了几次，还真的挺有用。”

阿弃看气氛有些凝重，换了个话题。

毛妹颇为自豪地道：“那当然啦。这可是我从一个印度师父那里学来的！只要香料的比例和笛子的声音配合得好，你让蛇做什么，它就会做什么。”

“说句心里话，要论驯兽的本领，天下没人能比得过你！”

“阿弃哥，你再嘲笑人家，我就不理你了！”毛妹嘴上虽这么说，脸上却绽开了笑容。

两人说笑间，帐篷外又传来了老爹柴贵生的叫骂声。阿弃赶紧画脸。毛妹则吐了吐舌头，拿起桌上的鞭子，走开了。

阿弃才画完脸谱，便听见舞台上响起了锣鼓声，紧接着的是老爹的声音。老爹自是老调重弹，讲的车轱辘话的大意也就是：感谢各位衣食父母来捧场，穷苦人家小孩练就了一些本领，表演的俱是雕虫小技，难登大雅之堂，在此聊博列位看官一哂。

这厢老爹话才说完，王毡便登上舞台，走路跌跌撞撞，装出一副蠢样，还得摔上一跤，让观众乐呵乐呵。

果然，他脸一着地，观众就都轰然叫好，笑成一片。席中还有个洋人小孩，对着他不停喊道：“Monster！Monster！”还有人说：“这副样子，吓人倒怪！”

阿弃俯身从衣箱里取出戏服，给自己换上。他笑不出来，板着脸。但因为画了小丑脸谱，所以让人以为他一直在笑。

当阿弃穿好戏服时，老爹柴贵生从帐篷外走了进来，提醒大家记住自己演出的节目的顺序。阿弃被安排在第五个出场。在他之前，是毛妹的节目——降龙伏虎。

虎是真的老虎，但龙却不是真龙，而是一条眼镜王蛇。这节目瞧得观众心惊胆战，需要阿弃表演一些轻松愉快的魔术，调节一下情绪。

阿弃忽然道：“老爹，我想排在第六个。”

柴贵生不耐烦地道：“你搞什么鬼？”

阿弃解释道：“与其用魔术来平复观众的情绪，不如让他们欣赏丽香的水中舞蹈。不是更好吗？耗费大量精力之后，观众还是更希望能静一静吧？他们一个个筋疲力尽的，让我上台逗他们笑，难度实在有点大。”

柴贵生露出嫌弃的表情：“好好好，你总有理。那就阿弃第六场。丽香，你准备第五场。”他说话间，把目光转向了坐在角落里的一位女孩。

“嗯，没问题。”

丽香笑着朝柴贵生点了点头，微笑的时候，嘴角现出两个酒窝。

她是个非常美丽的女孩，只是一直坐在轮椅上，双腿被一块厚厚的羊毛毯子盖住。但这却丝毫无损她的魅力，只是坐在角落，整个人也会散发出一种娴静美好的气质。

阿弃瞥了她一眼，马上收回视线，不敢多看，心却不停地怦怦乱跳。他生怕丽香看穿自己的心思——让丽香的节目排在自己的之前，只是为了有时间能够欣赏她的舞姿。

伴随着帐篷外的阵阵哄笑声，一场场表演很顺利地进行着。毛妹的表演完毕后，终于轮到丽香出场了。观众席上，人人屏息凝神。毕竟有许多人是专程来看丽香表演的。甚至可以说，丽香是畸人杂技团的头牌。

能目睹真正的美人鱼，毕竟不是一件容易的事。

舞台的中央放置着一口巨大的玻璃水缸，缸上罩着一块巨大的黑布。当柴贵生将黑布扯去时，在场所有人几乎都惊呼出声：“实在太美了！”

巨大的水缸里，丽香如同游鱼般在其中来回穿梭，十分敏捷。更令人惊叹的是她的下半身——那不是腿，竟然是披着鳞片的鱼尾。舞台两侧的灯光射在玻璃水缸上，将粼粼水波映照得十分明亮。水折射出的光线给整个表演增添了梦幻的色彩。

阿弃躲在后台，痴痴地看着游弋在水中的丽香，觉得她是水里的仙子、世界上最美丽的女人，就连“花国总统”都及不上她半分。

观众席上，有个女孩问她的母亲道：“妈妈，这是真的美人鱼吗？”

她母亲盯着丽香摆动的鱼尾，叹道：“应该就是了吧……”

实际上，丽香根本不是美人鱼，而是患上了美人鱼综合征的病人。

这是一种罕见的下肢先天性畸形的疾病。患者的两腿天生粘连，看上去很像美人鱼的尾巴。不过，大部分患者会缺少一些器官，因此一出生就会夭折，像丽香这样能活至成年的少之又少。此外，丽香的下肢还感染了一种被称为“鱼鳞病”的皮肤病，这让她下肢的皮肤上有鱼鳞状的痕迹，因此她的下肢看起来更像是鱼的尾巴。

丽香在水波荡漾的水缸中翩翩起舞。观众看得如痴如醉。可就在这个时候，观众席上的一个男人忽地立起，大步流星地朝舞台走去。这男人是个光头，满面凶相，体格十分魁梧，身上穿着一件褐色短褂。他走近舞台时被站在台前的柴贵生拦了下来。

柴贵生对他道：“这位先生，表演还没结束，暂时不能上台。”

光头男指着柴贵生的鼻子骂道：“你们骗人！”

柴贵生很是奇怪，反问道：“我们哪里骗人了？”

光头男指向台上的玻璃缸：“这里面的分明是条人鱼，不是畸形人！你们既然是畸形人的杂技团，何以用美人鱼来欺骗大家？”

柴贵生一听，哭笑不得，不知如何与这人解释。他还未开口回答，就被这人一把推倒在地，摔了个四脚朝天。光头男子推倒柴贵生后，还想继续前进。王毡见状，也上来拦他，可他是个侏儒，哪里是这彪形大汉的对手。光头男子抬起一脚，便将他踹飞。水中的丽香自然也见证了全过程，于是，停下了舞蹈，满面愁容地观察着外面发生的一切。

阿弃可不蠢，一看就知道这人是来砸场子的。他见光头男子在上了舞台后拿起一张椅子，就要去砸玻璃水缸，立刻一个箭步冲上前去，将光头男子扑倒在地。

光头男子被阿弃扑倒后，两人便扭打在了一起，拳头如雨点般落在双方的脸上，打得你来我往。众人见状一拥而上，费了好大的劲，才将两人分开。

阿弃的体格虽然不如光头男子的健硕，但好在反应敏捷，所以脸上没挨几下。倒是光头男子的脸颊上中了好几拳，都被打出了乌青。

“娘个冬采！一群怪胎！”光头男子朝地上啐了一口血痰，“老子不会放过你们，一个个都记住了，等着瞧！”说罢，甩开两边劝架的人，离开了露天舞台。

其他观众见状，也知道表演被迫中止了。离场者有之，叫骂者有之，还有的嚷嚷着要退票。场面一度混乱到了极点。柴贵生只得安抚大家说：“今天所有的票都算我老头子欠大家的，过两天一定补上。”还不停向观众席鞠躬。等观众陆陆续续地离开了，游艺场的经理又来了。他听柴贵生讲了事情的来龙去脉，不停地摇头叹息。

阿弃坐在地上，用手背擦拭嘴角的血迹。

王毡凑过来问：“你没事吧？”

“不碍事。”

“没事就好，演出这么多场，从没见过这种人。”

“丽香没事吧？”阿弃不敢回头去看。

“她能有什么事？我看你还是多关心关心自己吧！你瞧老爹被那经理骂得狗血淋头，晚上指不定怎么训我们呢！”

“无所谓了，我们被训得还少吗？不过，关于这件事，我总觉得有些奇怪。”

“哪里奇怪？”王毡不解。

阿弃沉吟了一会儿，才道：“你还记得，这大世界的老板黄楚九为何要在此地开一个游艺场吗？”

“为了赚钱呗！”王毡脱口而出。

“你没有明白我的意思。”阿弃摇摇头，道，“最初黄楚九和一位名叫‘经润三’的商人合作开了一家叫‘新世界’的游艺场。这你总听说过吧？”

王毡点头表示知道。

阿弃接着道：“可是，经润三在新世界游艺场开业之前就死掉了，后由他的夫人汪国贞继承了股份。因为汪国贞经常越权干涉经营，所以黄楚九对她特别反感，最后只得退出新世界，另起炉灶，创办了大世界游艺场。如果事情到此为止，也就罢了。虽然同行是冤家，但各自做各自的生意，全凭本事抢顾客，可是据说黄楚九做了一件事，似乎惹恼了汪国贞。不过，我也是道听途说，此事不足为据。”

“他做了什么事？快说说！”王毡听得兴起，催促道。

“在黄楚九离开新世界游艺场后，汪国贞便着手扩建，购买了与新世界隔着静安寺路相对的地块，并计划在静安寺路上架设天桥，使两块地相连。但这一提议被工部局否决了，于是只得改建地下通道，以便游客往返。隧道都是用瓷砖镶砌而成，花费巨万。黄楚九见新世界的规模更胜从前，于是便指使手下的人放出风声，造谣说新世界的地下通道是黄泉路。这消息一出，新世界游客锐减，导致四五年间其亏损高达数十万元！我想，汪国贞一定怀恨在心，只是苦无证据，无法证明散布这些谣言的人是黄楚九。”

“地下通道怎么会是黄泉路呢？”

“你看啊，古人把南面称之为阳，北面称之为阴。于是，位于静安寺路南面的新世界就是阳世界，北面的就是阴世界。而连接阴阳两个世界的这个隧道不就是黄泉路了么？大家出来游玩，最忌讳触霉头了。”阿弃耐心解释道。

王毡听了，大手一挥，下了定论：“没跑了，这光头一定是新世界派来捣乱的！咱们这几天的表演，场场爆满，必惹得他们眼红！”

两人正说得起劲，完全没看见团长柴贵生已然来到了他们身后。

“你们嘀嘀咕咕在说些什么？”柴贵生声音低沉，显然已有怒意。

王毡头也不回，颇有些自鸣得意地道：“我和阿弃认为，这光头是新世界那边的人派来捣乱的！原因是……”

他话还未说完，头顶上便挨了一记重重的爆栗，疼得龇牙咧嘴。

柴贵生不再理会王毡，朝阿弃道：“你跟我来！”

王毡低着头，朝阿弃挤眉弄眼，大意是让他保重。柴贵生喜怒无常，教训起这帮杂技演员来，绝不手软。阿弃当然心里也有数，但自己犯错在先，只得起身，默默跟在柴贵生后面，朝帐篷内走去。两人行至一处僻静的角落，柴贵生才止住脚步，转身看着阿弃。他的眼神极为锐利，瞧得阿弃很不自在。

柴贵生低声问道：“你知道我们是做什么的吗？”

阿弃点点头：“知道。”

柴贵生又道：“如果刚才你下了死手，整个杂技团都会暴露。这种可能性，你有没有想过？你是不是想把巡捕引来，将我们所有人都抓进去，才称心？”

阿弃道：“老爹，不阻止那人，丽香就会有危险！”

“什么危险？当着几百号观众的面打死她？最多就是砸烂一口玻

璃缸嘛。有什么大不了呢？如果巡捕来了，发现咱们这……”话到此处，柴贵生忽然顿住，抬头四下张望片刻，确定无人后，才道，“发现咱们这里一个个手里都有人命。你猜猜，咱们团里有几个能活着离开上海？你又有几个脑袋够让巡捕毙的？到时候，别说丽香，全都得死！”

“我下手有轻重。”

阿弃嘴上虽还在为自己的行为辩护，但语气明显软了不少。

柴贵生沉下脸来：“有个屁轻重！我警告你，今后要是再发生这种事，你就给我卷铺盖走人！听见没有？”

“听见了。”阿弃的声音轻若蚊吟。

“还有，我不管这人是新世界派来的，还是旧世界派来的，总之都和我们无关。我只管自己人！这是他们之间的恩怨。如何解决，由着他们。我们没必要节外生枝，插手别人的事。只要把这次的事情给办妥了，咱们就收钱离开上海，从此金盆洗手。”

听见柴贵生说出“金盆洗手”这四个字，阿弃心里微微一震，继而涌起一阵狂喜——终于可以不用再杀人了。

柴贵生瞧出了阿弃的心思，语重心长地道：“阿弃，自从跟了我，你也吃了不少苦头，做了不少违心的事情。这方面，我对不住你。有句话说得好，宁做太平犬，不做乱世人。在这个年代，能有口饭吃不是一件容易事。这个道理你懂吧？”

“老爹，我阿弃也不是忘恩负义的人。十多年前，如果不是你把我从路边捡回杂技团，我恐怕早就饿死了。你教我本领，给我饭吃，比我亲爹还亲！你让我做什么，我就做什么。别说杀个人，就算你让我去死，我也不会皱一下眉头！”

这番话实是阿弃的肺腑之言。

当年他亲生父母嫌他手掌畸形，便将他遗弃。五岁的他只能以乞讨为生。柴贵生见他可怜，将他领回杂技团抚养。阿弃后来才知道：团里的畸形人大多是被遗弃的可怜孩子，柴贵生不忍见他们惨死街头而收养了他们，而柴贵生本人则是靠杂技团掩护的挂靠在黑帮的杀手。

乱世的杀手多如牛毛，单就上海滩而言，靠收人命过活的就不知凡几。但柴贵生和那些被青帮、洪帮的老头子们养起来的杀手不同。他枪法准，又会用斧头。最重要的是，乍看起来，他所刺杀的对象全像是遭遇了一场意外，没有人会怀疑他们是被谋杀的。

成立畸人杂技团后，柴贵生的事业又迎来了一个新的高峰。首先，团内的大部分畸形杂技演员都被柴贵生训练成了杀手。他们以杂技巡演的名义四处替雇主们制造“意外”。他们收钱办事，绝不多问半句，慢慢地在江湖中闯出了名声。权贵们纷纷喊出高价，让柴贵生替自己排忧解难。可是收益越高，风险也越大。所以，干完一票就不得不换个地方，这样才能更好地隐藏自己，隐藏畸人杂技团。

虽然吃着这行饭，但阿弃的心里始终对此十分排斥，所以不止一次向柴贵生提议早日金盆洗手，认为光靠杂技演出的收益也能吃饱饭。起初，柴贵生对此不置可否，后来态度也开始动摇了。毕竟他们团在全国杂技圈里已闯出了一点名头，无心插柳柳成荫，因此没必要继续过刀口舔血的日子。

柴贵生见阿弃怔怔出神，便道：“怎么，你不愿意？”

阿弃回过神来，忙道：“愿意，当然愿意！老爹，你刚才说的话都是真的？”他不曾想到老爹会主动提出金盆洗手，自然是大喜过望。

柴贵生道：“我几时骗过你？”

阿弃笑了起来：“那最后一个目标究竟是谁？”

关于这个问题，柴贵生一时答不上来。他沉吟片刻，对阿弃道：“雇主还没有将下一个名单给我。不过应该就在这几天了。下周我们拿到钱，就离开上海。这次的数目不小，足够让我们这些人下半生衣食无忧。”

两人谈话刚结束，阿弃就迫不及待地把这个消息告诉了毛妹和王毡。他俩的心思与阿弃一般无二，听到这个消息后的兴奋之情也是溢于言表，还说等最后一票干完，一定要好好庆祝一番。三个年轻人坐在空旷的舞台上，畅想着未来，想着今后可以过上正常人的生活。

阿弃远远看着坐在轮椅上的丽香，心想：“将来我就是她的轮椅，她想去哪儿，我就背她去哪儿。”丽香可能察觉到了阿弃灼热的目光，于是转过头来，两人四目一撞，吓得阿弃忙别过头去，向其他地方张望。

收工之后，杂技团成员回到了爱多亚路“汇源里”的一栋石库门房子。这里是大世界游艺场替他们安排的暂住地。

石库门房子最早是给独门独户设计的。但因上海房屋紧缺，所以里弄房子都经过了改造，增加了房间和楼层，以便能住更多人。通常是把客堂间向前扩展成前后两间，又把后客堂天花板的高度降低，使得后客堂顶上和二楼卧室之间硬生生多出一间房来。经过这种改造，单开间石库门的楼层面积起码大了一倍。一栋原本只能住八九人的房子现在可以容纳十五至二十多个人。

简单的洗漱后，杂技演员们回到了各自的房间休息。阿弃与王毡住在一间三层阁里。由于辛劳了一天，王毡很快入梦，鼾声如雷。而阿弃却躺在床上辗转反侧，还在想方才老爹对他说的那番话。

从此之后，他就可以堂堂正正地做人，再也不用面对人在濒死时扭曲的面孔以及他们绝望且悲戚的眼神。

阿弃起身走到阁楼的窗边，在盛有凉水的铜盆里掬水洗脸。天花板很低，他做这些动作的时候必须要躬着身。盆里的凉水刺激着阿弃的皮肤，让他精神为之一振。他心想，这下可好，更睡不着了。

就在此时，阿弃透过窗户的玻璃注意到一个男人。

这个男人就站在窗下举头望着阿弃。他高高瘦瘦，穿着一身漆黑的西服，戴着白手套的手上捧着一顶软呢帽。在月光的映照下，他脸上的表情似笑非笑。

阿弃正满腹疑惑，只见那男人忽地向自己招了招手，示意他下楼。

三更半夜，这人究竟有什么事呢？

怀着满肚子疑问，阿弃匆匆披上一件外套就下了楼。尽管他放轻了脚步，但木质楼梯仍发出吱吱的声响，在静夜中尤为刺耳。

阿弃刚到门口，男人就迎了上来，并朝他拱手道："弃爷，您好！"

近距离看，才发现男人的脖子很长，这使阿弃联想到了某种食草动物。此外，那人捧着软呢帽的五指撑开，乍看之下如同一只白色的蜘蛛。

"你是谁？找我有什么事？"

借着月光，阿弃把这人从上到下仔细打量了一番，更加确定自己不认识他。

男人游目四顾，谨慎地道："能否借一步说话？此地说话不方便！我晓得个地方，十分安静，无人打扰。我的汽车就停在弄堂外。开过去用不了多久。"

"你究竟是什么人？"他的这番话使得阿弃更加警觉了。

男人不紧不慢地道："我是什么人，这并不重要。重要的是，我们等会儿要谈的事情，你绝不会想让柴贵生知道。"

说完，男人做了一个"请"的手势，脸上兀自挂着那似笑非笑的表情。

第四回　无妄之灾

黑色福特汽车飞快地行驶在马路上。夜里，车灯很亮。汽车如同一头闪着凶光的野兽，在夜幕下狂奔、低吼。此时的街道两边已没有行人，四下十分安静，阿弃的耳边唯有轮胎轧过潮湿的柏油路面所发出的异声，仿佛有人在车窗外试图绞干一块湿答答的抹布。

汽车停在了虹口的百老汇路，路边就是月宫歌舞厅。

高瘦男人下了车，随手将汽车钥匙递给了门口的侍者，让他泊车，自己则领着阿弃进了舞厅大门。推门而入后，阿弃见到门口有专门售卖门券和舞券的窗口：门券两元，舞券四角。门侍朝高瘦男人微微颔首，让开了一个身位，使他们可以走进去。

舞厅内部空间很大，一个由白俄人组成的乐队正在台上奏乐。

在上海，能拥有乐队的舞厅并不多，档次低一点的用的都是留声机。而乐队也有高低之分：菲律宾乐队声誉最佳，白俄次之，中国乐队又次之。

伴随着音乐声，摩登男女们结成舞侣，在舞场中翩然起舞，浑然忘我。

舞场边坐着的一排舞女，个个浓妆艳抹，静待客人给她们舞券，领她们上台去跳舞。王毡曾对阿弃说过：“去舞厅跳舞，千万不可‘摆测字摊’，那样可丢煞人也！不会跳，找个舞女‘拖黄包车’，这也聊胜于无。”阿弃听不懂，王毡跟他解释：“摆测字摊”是指初来舞厅的人通常不敢邀请舞女跳舞，只是呆坐一边，活像个摆摊测字的算命先生；而“拖黄包车”则是男伴不会跳舞、需舞女来领的意思。此外，舞厅中最被人瞧不起的是那种未见过世面、花钱缩手缩脚的客人，他们通常被舞女笑称作“瘟生”或“丹阳客人”。

舞场的四周设有茶座，供应酒水饮料。高瘦男人将阿弃带到角落的茶座。一个身穿黑色西装的男人坐在那儿，跷着二郎腿，正喝洋酒。他里面穿着淡黄色的衬衫，打着一根黄黑条纹的领带，袖口处露出一块浪琴火车头表。戴表的那只手垂在一旁，手指上夹着的卷烟正冒着烟雾。穿着打扮这样考究的中国人，就算在上海滩也是不多见的，况且他看上去不超过三十岁。

“赵先生，人来了。”

高瘦男人冲他尊敬地鞠了个躬。

赵先生把跷起的脚慢慢放下，缓缓转过身来。他的眼里只有阿弃，朝高瘦男人挥了挥手，像在驱逐一只苍蝇。高瘦男人会意，识相地退了下去。阿弃见了这一幕，心里反感极了。他讨厌这些不把下人当人的家伙。

赵先生从上到下把阿弃打量了一番，然后抬起夹着卷烟的手，指着阿弃：“你就是畸人杂技团的魔术师？”

阿弃鬼使神差地点了点头。

赵先生瞥了一眼他的双手，满意地点头：“我想的没错，世界上有你这种双手的人恐怕也不多见。”说到此处，他忽地朝阿弃招手，示意坐到他身边：“来来来，不用紧张，过来坐，要不要喝一杯？”还未等阿弃答应，他就取来一只空杯子，给阿弃倒了满满一杯。

阿弃站在原地不动："你是谁？找我来这里有什么事？"

赵先生将卷烟叼在口中，双手拿起两杯酒，将其中一杯递到阿弃面前，道："想知道？喝了这杯酒，我就告诉你。"说话的时候，嘴里的卷烟一上一下地动着。

耳边的音乐忽然停止了，接着响起一阵掌声。过不多时，乐队重新又奏起另一段旋律。这次是舒缓的爵士乐。

"怕我毒死你？"赵先生笑了。

阿弃接过杯子，将其中的洋酒一饮而尽。酒很烈，像刀子一样狠狠剐过他的喉咙，然后又仿佛在胃里燃烧。他极力控制着自己，不愿露出痛苦的表情。

赵先生取下嘴上的卷烟，丢在地上，用脚碾灭，同时也将杯中的酒喝得一滴不剩。喝完后，他请阿弃入座。

"你的表演，我看过几次，恕我直言，相当无聊。"赵先生开门见山地说，"人们来看你们，并不在乎你们有什么技能。他们只是带着猎奇的心理来看一群怪胎。抱歉，我可能用词不当。但是我相信你也不是头一回听别人这么说了。"

酒精使阿弃的双眼布满了血丝，他用这双红眼死死盯着赵先生。他想知道，眼前这个衣冠楚楚的家伙，到底想要什么。

赵先生又道："所以说，这种演出迟早会叫人看腻。即便你们走遍全国，能卖得出票的城市也就这么几个，况且河南、山东那边，军阀还正打得天昏地暗。"

"你想说什么？"阿弃打断他道。

"我想说的是，你有没有想过离开杂技团，找一份新的工作谋生？和那群怪胎成天混在一起，对你将来的发展，没有半点好处。"赵先生说着，又点起了一支烟。

烟雾缭绕，阿弃看不清他的脸。

“我不明白。”

“不明白什么？”赵先生将烟灰弹在地上。

“像你这样的上等人，为什么特意把我叫来这种地方，劝我脱离杂技团？这件事，换作任何一个脑筋正常的人，恐怕都想不明白。”

在酒精的作用下，阿弃脸颊发烫，感觉到一阵眩晕，不过思路还是清晰的。

“我刚才说了，你的表演，我看过几次。”

“所以呢？”

“你的身手不错。尤其是在表演扑克魔术的时候，真叫人眼花缭乱。我猜，这应该归功于你多出来的那根手指。”

说话间，赵先生伸出右手的小指，在阿弃面前晃了晃。

“对不起，我还是不明白你的意思。”

赵先生狠狠吸了口烟，吐出绵长的烟圈后，说道：“我就直说吧。小子，你应该知道，法租界里面谁说了算。是法国人。今天托我来找你的，就是一位有权势的法国人。”他见阿弃无动于衷，又加了一句：“逸园跑狗场，你听说过吗？”

“抱歉，我没听说过。”阿弃回答说。

辣斐德路、迈尔西爱路、亚尔培路和西爱咸斯路所围起的整个街区就是逸园跑狗场，它比“明园”和“申园”大得多。跑道近五百米，呈长椭圆形，在椭圆形长的南、北面建有看台。它里面同时还设有舞厅、酒吧、餐厅、旅社等，是上海最知名的跑狗场。

阿弃虽没去过，却也听王毡提过几次。

在这种跑狗赛中，场内通常有六条蛋圆形跑道，四面设看台，每次参加赛跑的狗为六条，分别身穿红、绿、黑、黄、蓝、紫色号衣，并且有各自的号码。开赛前，会挂出参赛的狗名。参加赌博者认为哪条狗可能跑第一，就买那条狗的跑狗券。

赵先生笑笑，道："能够理解。像你这种小瘪三，没听说过也很正常。毕竟那里不是你这种人能去的地方。这么说吧，让我来找你的正是逸园的老板、汇源银行的创始人——法国人步维贤先生。他在福煦路还经营着一个赌场。当然啦，赌场不能明目张胆地开，所以做这种生意，必和公董局保持千丝万缕的联系。"

阿弃听得有些不耐烦了，道："如果没什么事，我就先走了。"说着就立起身来。

谁知赵先生面色一变，蓦地从身后取出一把驳壳枪，指着阿弃的脑袋。

"急什么，先坐下，听我给你再讲一个故事。"

阿弃坐了下来，倒不是因为害怕，而是想听听他还有什么话好说。

"福煦路的赌场是两年前开张的。场内的项目应有尽有。经营呢，也是一帆风顺。谁知，有一天，来了个不速之客，还是个颇有姿色的女子。这女子赌到凌晨，直到面前码子成堆，才冷陌生头不赌了。我们算了一下，她赢了二十多万元。她去账房换了现钞，就回去了。我们开赌场的，不怕赌客手气好，只怕过路客赢钱，这叫'硬伤'。我们本以为她不会再来，谁知过了两天，女子再度登门，结果又给她赢去十万。这一次，老板坐不住了，开始让人盯着她。"

"可我们明知道这女子出千，众目睽睽之下，就是抓不住她的把柄。咱们开门做赌场生意的，没证据也不能随便拿人。但一日日给她这么赢下去，只出不进，还要不要做生意了？于是，在老板授意下，我带了几个人，连夜跟踪这女子，打算做了她。"说到此处，赵先生干笑一声，显得很不好意思，"我也知道，这事情挺不光彩。不过，我们也无可奈何，谁让她在太岁头上动土呢？可结果你猜怎么着？我们去到她的住处，正准备动手，却扑了个空。屋里除了一张纸条，连个鬼影都瞧不见。”

“什么纸条？”阿弃听得入迷，不由问了一句。

“按照纸条上的说法，这女子名叫‘黄瑛’，自称‘女侠盗’。她说赌场自开张以来，导致家破而投黄浦江之赌徒屈指难数，实在罪大恶极。这次只是给我们一个小教训，若继续经营赌场，会教我们损失更加惨重。后来我们多方打听，才知道这女子所用的手法乃是一种西洋魔术。有句话说得好：‘师夷长技以制夷。’要对付西洋魔术，还得请西洋魔术师来才行。可是我们四处寻访高手，却都不太满意。直到看了你的表演，总算找到了符合我们要求的人。”

“你想让我去你们赌场工作？”

直到现在，阿弃才算明白了他们的意思。

赵先生收起手枪，插在腰后，拍了拍手。方才那个退下的高瘦男子提着一个黑色的皮箱走了过来，把皮箱放在桌上。他的白手套依旧很显眼。

“这箱子里全都是钞票，数额是你在杂技团耍猴耍一辈子都未必能挣到的。怎么样？要不要考虑一下，留在上海替步维贤先生做事？”

阿弃沉默了一会儿，忽然笑出声来。他的笑声很尖锐，听得赵先生面露不豫之色，眉心紧紧皱成一团。

“你笑什么？”赵先生问道。

“没想到啊。”阿弃耸了耸肩膀，眉毛一挑，“没想到我这种怪胎还值这么多钱。”

“你嫌少？你还没打开看过呢。”

赵先生眉心拧得更紧了。

“当然不是。”阿弃连连摆手，“不用看，我都知道这里边的钱是我这辈子都挣不到的。可是我还是得向你那位法国老板道个歉。首先，我不会替洋人卖命，这个是原则。其次，我所属的杂技团很不错。虽然你说他们都是怪胎，很恶心，但我不在乎。我也是个怪胎，不是吗？况且在这座城市，更恶心的家伙大有人在呢！”

说完，阿弃就站了起来，冲赵先生点了点头，然后转身走开。

“站住！”赵先生大喝一声。

阿弃停住了脚步，转过头看他，眼中毫无惧意。

赵先生脸一沉，道：“帮我老卵？这里是你想来就来、想走就走的地方吗？”

他话音甫落，四面就围拢上来一群穿着青色长衫、戴着黑色软呢帽的喽啰。他们少说也有十多人，手里都持着斧头，一张张脸上均没有一丝情绪。阿弃见状，不由自主地攥紧了拳头。他袖口藏了把匕首。但是如果真打起来，他能否安然脱身，还是个未知数。

赵先生也站了起来，怒视阿弃：“你知道上一个拒绝步维贤先生的人是什么下场吗？”

耳边的音乐忽然停止了。舞场上的男男女女四散开来，又换了一批上去。乐队的成员们互相递了个眼色，随即开始演奏另一首曲子。

阿弃回视赵先生，面无表情，也没有回答。

赵先生忽然笑起来，仿佛刚才的愤怒只是一场表演。他的笑容中带着一丝戾气，说话声音变得有些嘶哑：“青帮的老头子和步维贤先生关系很好。在这种地方，让一个人消失不是什么难事。我劝你考虑考虑清楚。”

阿弃转过脸，像是没听见般，自顾自往舞厅大门的方向走去。

那些持斧子的喽啰纷纷把目光投向赵先生，希望他给一个指示。只要得到他的首肯，哪怕他只是眨一下眼睛，就会立马让阿弃命丧于乱斧之下，死无全尸。

赵先生却无动于衷。他只是目送阿弃慢慢走开，直至背影消失在门外。

月宫歌舞厅内依旧热闹非凡。

在弄堂里连续拐了好几个弯，又在转角处掩身听了片刻，阿弃才确定没人跟踪。

此时已是夜半三更，大部分人都已入眠。为了不被赵先生的人跟踪，他专挑小路走，越安静越好，这样就能听见身后的脚步声，以便做出反应。现在想来确实有些后怕。如果动起手来，阿弃的身份恐怕也会露馅。

自己一个人出事，倒也罢了，若是连累了杂技团的其他人，那可真是罪孽深重了。到时候赵先生一定会起疑心：一个普通的杂技演员何以有这般身手？从而怀疑他的真实身份。这样顺藤摸瓜，迟早会查出畸人杂技团并非普通的杂技名班。说不定还会把这些天发生的案子都算在他们头上。尽管杂技团里的诸位均身怀绝技，但是毕竟双拳难敌四手。要是惊动了上海的黑白两道，神仙也救不了他们。

阿弃心想："这一切总算都要结束了。老爹答应过，干完最后一票，就金盆洗手。杂技团彻底洗白，去做正当的生意，再也不用走南闯北地赚黑钱了。到时候大家都在一起想演出的就继续演出，不想演出的可以拿一笔钱去做买卖。等生活安稳之后，就拜托老爹为我做主，把丽香许配给我。我会答应老爹，一辈子对她好的。"

想到这里，阿弃不禁傻笑起来。

不知不觉间，他就走到了爱多亚路，忽然听见一阵喧闹，紧接着瞧见一群人围在他们所住的石库门弄堂前正七嘴八舌地说着什么。这些人一个个都像刚从床上爬起来，有的困痴懵懂，有的穿着睡衣，还有人裹着被子站在那儿，叽叽喳喳说个不停。

阿弃感到事情有些不对劲，加快脚步，朝那群人走去。

他走到那位裹着被子的男人身旁，开口问道："怎么回事？"

男人撇撇嘴道：“烧死掉人嘞！”说着用手朝弄堂里一指。

阿弃心头一震，忙拨开人群往里挤去，果然看见浓烟腾腾，鼻腔里钻进一股浓烈的焦煳气味。火势看来已被控制住了，但烈火所释放的热浪还未散去，阿弃只觉得脸颊发烫。

他粗暴地扒开人群，往里面走，眼睛直直盯着前方。

畸人杂技团所住的那栋楼已被烧成了炭黑色，黑烟不断从天井涌出，透过窗户还可看见室内有些微弱的火光闪耀。楼下许多揣着水枪的消防队员正在往窗户内喷水。有些队员身上穿好了厚厚的防火服，正准备进入楼道搜救。阿弃不顾危险，准备冲入楼道，却被几个消防队员拦下。

“人呢？逃出来几个人？”阿弃挣开他们的手，冲着一位年长的消防员问。

“火太猛了，楼道又挤，估摸都闷死了。”那人随口答道。

“不可能，不可能。”阿弃魔怔地盯着那栋已被烧焦的石库门建筑，“我要进去，一定还有人活着。你们为什么不从窗户进去救人？”

“巷子太窄了，扶梯车开不进来。”不知谁回了一句。

其实当时上海的消防设备算得上是非常先进的。不论租界的火政局，还是华界的救火联合会，都配备了新式的救火车。但由于石库门弄堂特殊的“一线天”结构，处于汇源里的小支弄，只有四尺半宽，大型的泵浦车和扶梯车都无法参与救火。况且火政局接到通知时，这里已经烧了十多分钟。在如此长时间的高温燃烧的情况下，是不可能有幸存者的。

阿弃呆呆地看着眼前的场景，整个人无法动弹，丧失了思考的能力。

这场灾难来得太突然了。如果自己不是被赵先生的人请去，或许也会在半夜里惨遭烈火焚身，死在这里。他想起了那些丧生于火场的人：老爹、丽香、王毡、毛妹、小曹、贝先生……他们一个个都是自己的家人。

彻底蒙了，一点也哭不出来。

消防队从他所住的石库门建筑中找出了二十三具尸体。巡捕根据阿弃的描述一一确认了死者的身份。认尸的时候，阿弃简直不敢相信，这些碳化的黑色人体就是他的家人。明明下午还在一起说说笑笑，怎么转眼间都变成了这副模样。那个矮小到不正常的焦尸一定是王毡，而两条腿粘连在一起无法分开的应该就是丽香。

丽香。

见到她尸体的时候，阿弃没有情绪地立在那里，仿佛这只是演出前的一场排练。

“起火的原因，暂时还无法知晓。但根据以往的经验，很有可能是打翻油灯后引燃了被子中的棉絮。”巡捕告诉阿弃，“调查的具体结果，到时会通知你。”

大世界游艺场也接到了巡捕房的通知。游艺场在震惊之余立刻发布通告，取消了后面几场畸人杂技团的演出。许多预售出去的门票也被紧急召回，造成了一定程度的损失。火灾发生后，好几家报纸的头条都报道了这次意外，提醒大家要小心火烛，牢记六年前城隍庙两次大火的教训。文末还配上了如何从火灾中逃生的内容。

第二天上午，阿弃来到大世界游艺场，领回了放置在游艺场的演出道具。由于畸人杂技团并未按照合同约定完成所有的演出，所以演出费用也比之前谈妥的少了许多。不过阿弃已经不在乎了。他们愿意给多少，他就拿多少。至于那些演出道具，则折价卖给了大世界游艺场。这些东西，他也不再需要了。

拿到演出费后，阿弃口袋里算是有了一笔小钱，首先要解决的就是住处问题。他在宝善街的会乐里租了一间亭子间，每月七元，暂时安顿下来。会乐里由一条主弄和四条支弄组成，里弄开满了妓院。每到夜里，弄堂里总是有来来往往的嫖客和妓女，环境可以说是非常糟糕的。这里唯一的优点就是租金不高。阿弃手头钱不多，没有太多选择。

火灾发生后，阿弃就把自己锁在租来的亭子间内，没有出门，每天只喝一点水，饿极了才吃两块饼干。终于到了第三天，他才抱着头，号啕大哭起来。他不知道为何前两天没有流泪，大概是因为拒绝相信火灾真发生了。而此时，他彻底接受了整个杂技团的人都已死亡的现实。泪水如泉水般涌出眼眶，止也止不住。他在世界上忽然举目无亲起来，一个熟悉的人都没了。这种孤零零的感觉，前所未有。

正如他的名字一样，阿弃被世界抛弃了。

颓丧的日子过了一周，阿弃已是人不人、鬼不鬼的模样，不说洗澡，就连头发也没梳过，乱糟糟的一头脏发如同疯长的野草。

就在这一天，一位不速之客的来访彻底打破了阿弃“平静”的生活。

这位来访者姓张，是火政局的火灾调查员。他三十岁模样，穿西装，打领带，头发梳得丝丝分明，鼻梁上架着考究的眼镜，与邋里邋遢的阿弃形成了鲜明的对比。

两人坐定，阿弃起身想给张调查员倒一杯水，却发现热水瓶破了，于是道：“我到楼下去接点热水，你在这里等我一会儿。”

张调查员连连摆手：“不用麻烦了，我说完就走。”

他从带来的棕色牛皮公文包里取出一个档案袋，从中又抽出几张纸来，递给阿弃。阿弃接过，横竖看了几眼，却不明白上面写了什么。他从小就随着老爹走南闯北，没上过学，更没系统地学习过国文，认识的字屈指可数。

张调查员见了阿弃的神情，就猜到了七八分，便解释道：“这是汇源里火灾的调查报告。火灾现场的消防员之前的判断是油灯导致火灾。他们也是这样对你说的，是不是？”

阿弃点头。弄翻灯油而导致走水的事，他小时候也见过。

张调查员尴尬地笑了笑，道：“我去了一趟现场，发现并不是这样。这次汇源里发生的火灾，有很大……不，肯定是人为纵火。”

听到这个消息，阿弃耳朵里嗡地响了一声，像是有人在他耳边敲击锣鼓一般。很快，他感觉周身的血液从四肢百骸直冲脑门。

见阿弃的脸涨得通红，张调查员忙道：“请不要太激动。我知道这消息确实有点……不过，我相信巡捕很快就能抓到纵火犯。”

“你确定吗？”阿弃语气很重。

“什么？”张调查员没听明白，多问了一句。

“你确定是有人纵火，烧死了他们？”

阿弃额头上暴起了青筋，但还在竭力克制自己的情绪。

此时此刻，他需要一个确切的答案。

张调查员伸手推了推鼻梁上的眼镜，认真地道：“楼道里的焦痕非常严重，但那边并没有易燃物。唯一的解释就是有人在此处泼洒了煤油。泼洒的路径也很明显，直通杂技团演员的各个房间。”讲到此处，他略微顿了顿，才道：“换言之，纵火犯目的十分明确，就是为了取他们的性命。”

阿弃低着头，一言不发。

从张调查员的角度，是瞧不清他的表情的。他的整张脸像是深埋在黑暗中。

“谢谢。”

也不知过了多久，阿弃才开口打破沉默。这两个字仿佛是从牙缝中挤出的一般。

张调查员冲他颔首：“这是我应该做的。如果没其他事，我就先走了。请你节哀。”说完就站起身来，准备离开。

“是谁放的火？巡捕房能找出来吗？”

阿弃也起身与他平视。

张调查员盯着阿弃的眼睛看了一会儿，仿佛是在思考对眼前这个男人是说真话还是假话。最终，他吐了口气，下定决心说道：“讲实话，这种案子，除非受害者是社会名流或政界要员，不然租界警务处是不会重视的。对洋人来说，死几个普通人算不上什么大事，没必要浪费警力。”

也许是意识到自己的说辞伤害了阿弃，他忙补了一句：“对不起。”

阿弃点头：“我知道了。”

张调查员伸手在阿弃的肩头拍了拍，说了几句不痛不痒的话，权当是在安慰他，然后头也不回地走了。

房间里又恢复了宁静。

阿弃一屁股坐回了原处，脑子乱成一团。原本以为的意外竟是一场谋杀，可纵火犯究竟是谁指派的呢？难道是在被他们杀死的那些权贵的圈子中有人发现了他们的身份做出反击？不可能啊！他们的所有刺杀行动都是在老爹的指导下进行的，不可能出任何纰漏。

正当阿弃苦思冥想之际，门口传来一阵脚步声。他抬头，看见刚离开的张调查员竟又折了回来。他脸上的表情，此刻与离开时完全不同，从同情变成了坚毅。

“我想了想，这么做可能违反了规定，但还是要告诉你。”他严肃地说道。

阿弃没说话，只是不动声色地看着他。

张调查员清了清喉咙，用一种极为缓慢的语速说道：“火灾发生之后，除了我们火政局，巡捕房也派人专门去汇源里走访调查。他们发现，在火灾发生之前，弄堂里有个鬼鬼祟祟的男人，在起火房屋前不停地来回走动。”

他没说是谁看见的，按常理推断，应该是汇源里的居民。

阿弃听了之后，有点泄气。他道：“那晚有个人来找我。你们说的那个鬼鬼祟祟的家伙应该就是他。”他想，赵先生派来的半夜来找他的人，可能被弄堂里的居民误以为是纵火的人。

张调查员顺口问道：“来找你的人是什么模样？”

阿弃把赵先生那位随从的样貌详细地向他描述了一遍，包括那人的西服颜色、手中软呢帽的式样，甚至连他戴的白色手套都没遗漏。

张调查员听了，沉吟片刻，然后抬头对阿弃道：“你说的这位和巡捕要找的那位，恐怕不是同一个人。”

这显然出乎阿弃的意料。如果不是赵先生的随从，那这人的纵火嫌疑就非常大了。毕竟没人会闲得没事，在别人家的弄堂里走来走去。

张调查员最后说的话，彻底唤醒了阿弃的记忆。

“那个形迹可疑的家伙，是个光头。”

第五回　逸园老板

要找到当天白天闹事的光头，可不是一件容易的事。当时上海的总人口已近三百万，光是租界人口就超过了一百万。这种情况下，找人无异于大海捞针。虽然在大世界游艺场购票时会要求填写姓名，但如果对方有备而来，那么填的多半是假名。

在没其他办法的情况下，阿弃只得拿死马当活马医。

在张调查员来拜访后的第二天上午，阿弃便来到了大世界游艺场的售票处，询问当天的售票情况。接待阿弃的是个年轻的女孩。她无意间瞥到了阿弃的手，露出了厌恶的神色。虽然这个表情只是一闪而过，阿弃却捕捉到了，于是默默地把双手插入裤袋。

根据值班记录，当天负责售票的工作人员是一名叫作“邹燕”的女孩。

中午，他去商店里买来一副白手套，给自己戴上，免得再让人见到这双畸形的手，从而带来不必要的麻烦。等到下午，阿弃好不容易见到邹燕，忙把寻找光头男子的诉求向她说了一遍。邹燕看起来不过二十出头，是个单纯的女孩，人也热心肠，见阿弃百般恳求，实在推脱不掉，才勉强答应下来。因为干这种事等于泄露顾客的隐私，违反了游艺场的规定，所以她希望阿弃不要宣扬出去。阿弃听了，连连点头答应。

邹燕翻出当日的售票记录册，一页一页看过去。翻了十几页，终于凭着记忆找到了那个光头的签名。她指着其中一个名字，道："就是他。"

那个名字是："阿强"。

阿弃双眼一黑。这写了等于没写，一看就知道是假名。就算是真名，没姓氏，怎么查呢？整个上海滩叫"阿强"的男人起码有上百个。而且，当时在码头干苦力的、在街上拉黄包车的多得是剃光头的，光头也不算是很稀有的特征。

见阿弃心灰意冷的模样，邹燕爱莫能助，只能道："帮不上你，真的抱歉。"

阿弃苦笑一声，道："不用这么说，我很感激你的帮助。"

他知道这怪不得邹燕。换作别的售票员，说不定连"阿强"这两个字都记不得。

正当阿弃转身准备离开时，邹燕忽地惊叫一声。阿弃闻声，转过头来，见她双手捂嘴，眼睛睁得大大的。

"怎么啦？"阿弃疑道。

邹燕红着脸朝售票处其他几位同事鞠躬赔罪，表示刚才吓着他们，实在不好意思。道过歉后，她低声对阿弃道："我想起一件事来。光头来买票的时候，并不是一个人，而是另一个男人陪他一起来的。"

"喔？"阿弃打起精神，问道，"那人长什么样？"

邹燕摇摇头道："不记得了。"

阿弃听了，有点失落，像一只刚打完气的气球立刻又被针戳破了。

其实邹燕的重点并不在此。她道："我虽记不得陪同他的人长什么模样，不过我清楚记得那人对光头说了三句话，最后还叮嘱他，千万别忘记。”

阿弃问道：“哪三句话？”

邹燕答道：“那人对光头说‘方可国泰’。这句话重复了三遍。”

“方可国泰？”

阿弃反复咀嚼着这句话，但他想不明白这是什么意思。当然，邹燕就更不明白了。她只是把听过的话复述给阿弃。

离开大世界售票处后，阿弃一路上都在思考这句话的意义。

“国泰”这两个字出自“国泰民安”这个成语，他明白其意思，但“方可”是什么意思？从字面上看，“方可国泰”前面应该还有半句话才对。难道是邹燕听漏了？不可能。她坚决表示：没有听错，因为对方说话声音很大，这句话又非常奇怪，最重要的是对方还连说了三遍。

从起床到现在，阿弃滴水未进，早饿得前胸贴后背了。

饿着肚子，哪有力气思考？阿弃环顾四周，发现自己正走在皮少耐路上，右手边就是一间面条铺子。于是他走过去，找了一张空位坐下，向老板要了一碗加开洋的葱油拌面果腹。

阿弃肚子极饿，两三口就把碗里的面条吸溜进肚子里。消灭了面条，他又端起另一只碗来，将里面的清汤也喝了个精光。面条铺子的老板见他胃口这么好，问他要不要再来一碗。阿弃抹了抹嘴，忙说：“够了够了。”

就在他付钱的时候，来了两位女学生，在他隔壁桌坐下。

这两个女学生都穿着校服，十七八岁模样。一个梳着辫子的女生对老板道：“我要一碗雪菜肉丝面。”另外一个短发女生道：“我同她一样。”

点完食物，两人七嘴八舌地聊了起来。

阿弃结完账，前脚刚踏出面条铺子，耳边就传来那个短发女生的一句话。

她道："千万勿忘记，后天去霞飞路新开的国泰大戏院看电影。"

一听之下，阿弃蓦然醒悟。那人口中的"国泰"指的或许并非"国泰民安"，而是"国泰大戏院"啊！

这间国泰大戏院以美商名义注册，于民国二十一年开业。甫一开业，便成为上海滩最高档的戏院之一。凡是上海人，无有不知者。国泰大戏院目前由英国人白脱勒管理。阿弃来沪不久，没听说过它，也属正常。

那么，此"国泰"是否就是"国泰大戏院"呢？

亲自去看看便知。

想到此处，阿弃立刻动身，前往霞飞路。从皮少耐路步行至霞飞路的国泰大戏院，通常需要四十分钟，而阿弃只用了二十分钟就走到了。

国泰大戏院门口有一张关于近期放映电影的海报，上面写着中英文两种语言。阿弃认字不多，便找来一位路过的青年，对他道："这上面的字我不认得。能否麻烦您替我看看，最近会放哪些电影？"

那青年戴着金丝边眼镜，穿着西服，一副买办的打扮，不过人倒不坏，耐心地替阿弃朗读海报上的电影名称。

当他读到"房客"两字时，阿弃突然轻呼起来，对青年道："你刚才说的'房客'是什么意思？"

青年指着海报道："是美利坚导演希区柯克的新电影《房客》，就是租房的房客的意思呀！"

希区柯克的《房客》其实并不算是新电影，早在几年前就已在美国上映了。这次只是头一回在中国上映而已。

阿弃面露喜色，低头喃喃道："房客国泰，房客国泰。他们说的应该就是这个电影。”接着又抬头问青年：“这《房客》几时放映？”

青年凑近海报，瞧了一会儿，对阿弃道：“我恐怕你此时已买不到票了。这部西洋片只播一次，就要下档。放映的时间么，就是今天晚上七点半。”

阿弃听了，心中已有计较。

他对青年千恩万谢，弄得对方莫名其妙，不知道这个疯疯癫癫的家伙想要做什么。

终于挨到夜里七点，霞飞路上林立的店铺逐个亮起霓虹灯，照得街道上一片灯火辉煌。店铺外，游人如织，摩肩擦踵。潮湿的空气中，弥漫着香水与食物相混杂的气息。

国泰大戏院门口的人也不少，大多是恋爱中的男女，他们并肩立在海报前，热烈讨论着今晚要看哪一部电影。通常来说，情侣会选一部爱情电影来看。阮玲玉主演的《恋爱与义务》几乎成了首选。当然，也有孤男寡女独自倚靠在戏院门口的墙边，不时看看手表，像是在等待伴侣的到来。

戏院入口处的售票窗口前已排成了长龙。窗口下面还贴着一条标语，上面题着“富丽宏壮执上海电影院之牛耳，精致舒适集现代科学化之大成”的字样。戏院外，还有不少小贩摆摊售卖零食。有捏糖人的糖食摊，也有卖五香豆腐干的小吃摊，还有一种卖转盘糖果这种新玩意儿的摊子，摊前聚集了不少儿童。这种小摊子专靠转盘游戏经营。当然，运气不好的话，顾客可能会颗粒无收。

阿弃坐在街边的柴爿馄饨摊上。他面前的碗里冒着热气，汤上漂浮着紫菜、蛋皮和虾米，一只只晶莹剔透的小馄饨浸在汤中。阿弃用瓷勺舀起一只，放在嘴边吹气，视线始终不离开戏院入口，认真观察着进进出出的人们。还未等阿弃将这口馄饨吃进嘴里，一个顶着光头的男子便进入了他的视线范围。

这个男人正是那天来大世界捣乱的家伙。阿弃的心开始狂跳起来。为了防止认错人，他盯着光头看了许久，直到心里已有七八分把握。他本想跟着进去，但因为这部《房客》的票子极为抢手，眼下即使有钱也未必能够买到，所以他只能耐着性子，等光头男子观影完毕后，再做打算。

吃完柴爿馄饨，阿弃仍坐在原处，眼睛不离戏院大门。他生怕自己一个走神让这光头溜走，若是这样，再想找他可就难了。他摸了摸藏在靴子里的匕首，准备找一个僻静的地方把这光头结果了，让他知道自己惹了不该惹的人。但在此之前，他还是要确认一下汇源里的这把火究竟是不是他放的。

又过了一个多钟头，戏院门口开始散场，观众们三三两两地步出大门，或坐黄包车，或去站点坐电车，也有的人因家离戏院较近而选择步行回家。阿弃聚精会神，仔细分辨，终于在光头男子一走出大门的时候就瞧见了他。这次是他独自一人来看电影。在上海滩，像光头这种白相人多得是。他们虽无正经工作，但吃喝嫖赌是样样精通，平日里靠做些偷鸡摸狗的勾当讨生活。当年，“包打听”黄金荣手下就养了一大批这种货色。

阿弃慢慢起身，紧跟在光头男子身后。为了不让他发现自己，尽量放轻脚步，同时也跟他保持了一定的距离，两人之间总隔着三四个行人。

光头一路晃晃悠悠，转眼就来到了善钟路。正当他准备走进弄堂的时候，阿弃一个箭步冲上前去，将他按在了墙上。光头骤然遇袭，刚想抵抗，突然感到从腰间传来一阵刺痛，原来阿弃的匕首的刀尖已插入他后腰寸余。这虽尚不足以致死，却足够让光头失去了反击的能力。

阿弃在他耳边低声道：“劝你老实一点，不要声张。”

光头慌了神，告饶道："朋友，朋友，手下留情。求财的话，阿弟口袋里还有几张钞票。不嫌弃的话，可以统统拿去。"

阿弃轻搅匕首，痛得光头龇牙咧嘴，发出一阵野猫般的低吼。

"他妈的，什么时候轮到你指挥我了？我问，你答，废话不要太多，明白了么？"

"明白，明白。"此时光头的额头已渗出豆大的冷汗。

"汇源里的火是不是你放的？"阿弃开门见山。

"啥汇源里？我不晓得啊……"

阿弃又搅动了一下匕首，这次的力道比上一次增加了一分。光头疼得面孔煞白，但也不敢采取行动，生怕阿弃卯起来横竖一刀捅进他腰子里，那可算彻底了账了。

"有人当时看见你了，还想抵赖？"

"是……是我……"光头艰难地说道。

"所以火是你放的，对不对？"阿弃又问。

"什么放火？朋友，我真不晓得……"

"就是大世界的畸人杂技团被烧的那场火。"

"不晓得，真的不晓得。"

"今天你不说实话，我一定会要了你的命。如果你说实话，我可以考虑放你一马。当然，我脾气不好。你可别给我耍花招，明白吗？"

阿弃说着，手上加了把劲，痛得光头嗷嗷直叫。

他心里也清楚：这光头怕要是自己招了，那今天必死无疑；假如硬撑着不招，说不定还能保命。所以阿弃也给他留了道口子，并没把话说死。

"我讲，我讲。有人给我一笔钞票，让我寻寻怪胎马戏团吼势。原本以为去捣个乱就行，谁知夜里又接到任务，叫我去汇源里放把火。一开始我没答应，但他们开的价实在太高了。有了这笔钞票，我往后的日子就过得舒坦多了。”

和阿弃起初想的一样，光头的背后一定有人指使。之前他猜测是新世界捣的鬼。现在看来，未必是他们。新世界的汪国贞固然有魄力，但杀人放火这种手段实在不像是她的所为，倒是有几分青帮“大耳朵”的行事风格。

“指使你纵火的人是谁？”阿弃冷冷问道。

“这个不好讲，讲了，我要没命的。”

“我现在就可以让你没命。”

“朋友，求你放过我，好吗？我就是一个拿钞票办事的，其他什么都不知道。像我这种瘪三，不替别人干点脏活累活，明早就要饿死掉。”

阿弃看着光头求饶，又想起杂技团诸人的死状，心头涌起一股恨意，手里的匕首又往里推进了一寸：“我再问最后一遍，是谁他妈指使你的？不肯说的话，我就全算在你的头上！”

刃尖已割破光头的肾脏。腰间不断流出的鲜血染湿了他的裤管。

或许是光头感觉到身后这人并不是在开玩笑，或许是前所未有的恐惧感让他屈服，又或许是流血过多令他失了神志。总之，无论如何，光头说出了那个名字：

“是逸园的大老板步维贤。但是来寻我的人是他的手下，姓赵。”

阿弃没想到，堂堂逸园跑狗场的大老板——一个上流社会的法国人——竟然为了自己对杂技团的人下如此狠手。他胸口憋着一口气，问道：“那天我去见姓赵的的时候，你就埋伏在汇源里附近，是不是？”

光头男本已猜到了几分，眼下听阿弃亲口承认，也就再无保留地道：“你走之后，我一直在那边等，等待赵先生的口信。后头他派人开汽车过来通知，叫我烧了那栋石库门房子，我就行动了。朋友，我是被逼的，我……”

阿弃不等他把话说完，左手六指捂住他的嘴巴，使他无法喊叫出声，右手抽出匕首，往他脖子上狠狠抹去。只一刀，就割开了他的喉咙。鲜血全部喷洒在墙上。阿弃一放手，光头男壮硕的身体就如断线木偶般颓然倒地。

——步维贤。

阿弃看着地上的尸体，心情不但没有平息，胸膛的怒火反而燃烧得更甚了。

那日赵先生在月宫歌舞厅给他的警告原来都是真的。自己当时还天真地认为，这样大的老板不会和他这么一个小喽啰计较。这一次他彻底错了。

远处传来的脚步声使阿弃从回忆中惊醒。他忙收起匕首，跑开了。过不多时，有人在弄堂里尖叫起来，然后大喊着要报警、要找巡捕。而这个时候，阿弃已经走远了，身影与漆黑的街道渐渐融为一体。

一部黑色的庞蒂克汽车在霞飞路拐了个弯，转进了位于麦高包禄路上的一处欧式庭院中。轮胎碾过松动的碎石，车身颠簸了几下，很快爬上了一条长长的车道。车道两边绿树成荫，苍柏绿翠，庭院里的草坪上还栽有不少花卉，显得十分雅致。草坪后方是一栋三层高的西洋建筑，红瓦白墙，素雅的外墙上爬满了藤萝。

这栋充满欧陆风情的花园洋房的主人正是坐在庞蒂克汽车后座上的步维贤。

步维贤是个法国人，今年五十岁了，有一双浅蓝色的眼睛和高耸的驼峰鼻，宽脸上的五官很大，嘴角微微下垂，露出一丝严肃的表情，加上五尺五的身高，给人一种压迫感。他的灰黑色的头发也掉得差不多了，发际线都已经退守到了耳后。但即便头发没剩几根，还是被他涂上了凡士林，贴着头皮，梳得整整齐齐。

庞蒂克汽车在宅邸前停了下来，洋房门口立候的管家见状，忙趋上前来，给步维贤开门。车门打开后，文明棍先点在了地上，随后落地的才是步维贤那双意大利名牌皮鞋。他外面披着一件深灰色的羊毛大衣，里面穿着一套剪裁得体的西服套装，系着一条红蓝条纹的领带。

管家立在一旁，整个人挺得像一根钢管。他是个英国人，歪鼻子上架着一副玳瑁眼镜，身高足有五尺七以上。他看上去同他老爷的年纪不相上下，气质上却差了一大截。这可能和没有下巴有关，他活脱一根胡萝卜倒插在衣领上。

“布维尔先生已经在楼上等您了。”管家轻声说了一句，并顺手接过了步维贤脱下的羊毛大衣。他的法语水平很不错。

“他在我的书房吗？”步维贤大步跨上大理石铺设的阶梯，“来了多久了？”

“最多不会超过一小时。”管家答道，“我给他送了两次咖啡。”

步维贤点了点头，迈着有力的步伐，拾阶而上。

与他同龄的男人很少像他一样时时刻刻都精神饱满。这或许也和他最近在生意场上屡屡得胜有关。且不说那些见不得光的地下勾当，就是放在明面上的跑狗场也因最近发生的大事件而大赚特赚了一笔。布维尔正是为此而来。他是步维贤的堂弟，主要的工作是替步维贤打理逸园跑狗场在财务方面的一些事情。

所谓的“大事件”其实就是前几日发生在公共租界的明园、申园两家跑狗场接连关闭的事件。就在几天前，英驻沪总领事璧约翰公开细数了跑狗场对租界的危害。工部局董事会随即下令，关闭公共租界内所有的跑狗场，禁止赛狗。

明园和申园抗议无效。申园跑狗场决定不再抗争，关门歇业，而明园跑狗场则决定改成会员制，以私人俱乐部的形式继续营业。工部局得知消息后，立刻派遣巡捕包围明园，封锁交通，禁止民众进入。明园跑狗场最终也放弃抵抗，选择关停。

两园一关闭，受益最大的便是法租界的逸园。明园、申园的许多狗主纷纷转移至逸园出赛，热衷于赛狗的观众也随之移师逸园。自此之后，不仅逸园每周的比赛时长由原先的两天增加到了三天，每晚的场次也由原来的九场变成了十二场。逸园跑狗场本是磕磕绊绊地经营着，而今一跃就步入了康庄大道。

至于明园和申园何以会遭到工部局的打压，这就要从头说起了。

本来，沪上的绅商就对跑狗十分抵触，将之与赌博等犯罪行为联系起来。由于近年来犯罪率激增，他们便联合起来，通过上海总商会、上海特别市参事会、公共租界纳税华人会等团体控制媒体，对跑狗进行挞伐。上个月，《申报》刊出一则消息：美商海商洋行职员卞荣方因沉溺于跑狗而挪用公款，现东窗事发，悔不当初。该报一改先前对明、申二园的赞美，直言："赛狗实为变相之赌博，其害甚于彩票、花会。"

上海总商会又通过沪上新闻界驻日内瓦的记者夏奇峰致函给代表英国在国际联盟开会的外交次官兰普生，指出：跑狗赌博戕害人心，英国在华当局因保护本国侨民利益而不肯处理，以致英商在治外法权及领事裁判权的保护下为所欲为，让华人承担苦果。这封信后来上达至英外交部副大臣柯兴登手上。为此，柯兴登致电英驻沪总领事璧约翰，阐述了他对跑狗场的担忧。在政治压力与社会舆论的推波助澜下，工部局下定决心铲除公共租界内所有的跑狗场。

昨天，布维尔向步维贤提议："我们应该趁着明、申二园关闭的机会，扩展逸园跑狗场的影响力，顺便将跑狗场内空置的区域改建成电影院、西餐厅、咖啡室、弹子房等。”他的提议很有趣，步维贤便约他今天来家里聊聊。

到了二楼书房门口，步维贤握住门把转动，却发现怎么转也转不动。可能是布维尔不小心把房门从内锁住了。于是步维贤便在门口喊他的名字。

“我是费利克斯，请把门开一开。”

房间里没有动静。

步维贤以为布维尔在书房里睡着了，便喊来了管家：“亨利，把我书房的钥匙拿来。”

管家亨利上楼后，对着步维贤双手一摊：“先生，您书房没有备用钥匙。这是您立下的规矩。难道您不记得了吗？”

“Merde（该死）！”步维贤狠狠地骂了一句，转身又去拍打书房的大门。

可不管步维贤在门口如何叫喊，屋内一点声音都没有。

步维贤满面怒容，转过头，质问管家道：“你确定他在里面？除非他聋了，不然怎么会听不见敲门声？”

管家小声嘟哝道：“我敢说他一定在屋里。先生，半小时前我还给他送了一杯咖啡。还有，布维尔进屋就锁门，是老习惯了，这您应该比我更清楚。”

步维贤又喊了几声，无人应答。“我们得想办法打开这扇该死的门！”他说。

管家让新来的女佣艾琳送来一根撬棍。他亲自上手试了几下，无奈力气太小，书房大门纹丝不动。最后还是步维贤出马，铆足劲撬了几下，门锁发出咔嚓一声。趁着门锁松动，步维贤抬起右脚，发力一蹬，将门生生地踹开。

然而，房间里的情况让步维贤目瞪口呆。

书房的左右两面墙壁上各有一个塞满到顶的书橱，两排书橱的中央有一张书桌，桌上一边放着钢笔和一本皮革记事本，另一边是台电话。书桌的后方有两扇窗户。这两扇窗无一例外地都从内部锁住了。窗帘是拉开的。透过窗户，可以看到屋外的花园和一棵大塔松。书桌前方的波斯地毯上，俯卧着一个穿着蓝色马甲的男人。他正是步维贤的堂弟布维尔。他右手捂住自己的脖子，左手往前伸出，整个躯体以一种极为怪异的姿势扭曲着，仿佛一个沙漠中即将渴死的旅客。他双眼翻白，嘴巴张得很大，口角流出的黏涎子在灯光下闪闪发亮。

这时，管家注意到在这间屋子里有一种似有若无的古怪气味，闻起来像是某种食用香料，又像是某种医用药材。

“弗兰克！”步维贤冲进书房，将他的堂弟扶起来。

他发现堂弟的脖子上有一条清楚的勒痕，缢沟虽说不上很深，但也足够明显。

“是谋杀吗？”他身后的管家显然也注意到了这个细节。

步维贤用惊恐的眼神打量着房间，冲着身后的管家大声喊道：“把乔伊和杰克给我叫上来！让他们带着家伙，快点！”

乔伊和杰克是步维贤的贴身保镖，两人都是从美国监狱越狱出来的逃犯，远渡重洋到上海讨生活，后被召至步维贤麾下。

管家知道情况不妙，马上下楼喊人。没过多久，两个体壮如牛的白人冲上楼来。他们的肩膀很宽，臂围也粗，使得西服紧紧绷在身上，极不合体，像是刚从服装店租借来的。两人手上都提着德国产的伯格曼冲锋枪。他们见到地上的尸体，立刻会意，将步维贤挡在身后，开始搜查书房的角角落落。理由很简单：既然窗户和房门都从内反锁，那么凶手必定还在这间书房里。书房面积并不大，环视一圈，室内的情形几乎都可收于眼底，唯一可能藏人的只有窗户两边厚厚的窗帘。

两个大块头端着冲锋枪，一人一边，冲着窗帘打出一梭子子弹。枪鸣在耳边持续了好一阵。待硝烟散去，两边的窗帘已被打烂，可期待中的那一幕并没有出现。窗帘后空空如也，哪有什么人影？

“见鬼！人在哪儿？快点给我找出来！”步维贤在两个保镖身后骂骂咧咧。

“老板，这间屋子连个鬼影都没有！除了地上的那位先生。”其中一个大块头对步维贤说。说这话的家伙不知道是乔伊，还是杰克。

步维贤神色凝重地绕着书房走了一圈，像是在盘算着什么。过了一会儿，他对管家亨利道：“给萨尔礼打电话，让他派巡捕过来！”说完，步维贤快步走出了这间屋子。

他一秒钟也不想在这里继续待下去。

巡捕房督察长萨尔礼接到电话后，感到十分震惊。他没想到竟然有人胆敢在法租界里杀死一个法国人！这实在太疯狂了。他立刻派遣探长叶智雄带领手下巡捕前往麦高包禄路的步宅，自己也起床，换上制服，驱车赶往案发地。

萨尔礼赶到的时候，叶智雄已带领手下在进行现场调查。萨尔礼一见步维贤，就上前紧紧握住了他的手，眼中流露出极为悲伤的神色，难过得像自己的母亲在上一秒也过世了一样。萨尔礼用法语简单地慰问了几句，然后当着步维贤的面发誓，一定要找出杀死布维尔的凶手！他愤慨得过了头，说话的语调像是在演一出话剧。

叶智雄忍住没笑，萨尔礼的虚伪，他很早就领教过了。他认真询问管家亨利关于当时发生的一切，并用小本子记下。翻译薛畊莘不在，叶智雄只能亲自上阵。可亨利的中文不是很好，叶智雄那几句洋泾浜英语根本无法应对，两人简直是鸡同鸭讲。问不出个所以然，他也只好放弃，让席能去问这老头。席能是法国籍的巡捕，两人沟通起来，问题应该不大。

检查尸体的时候，叶智雄闻到死者嘴边有一阵阵怪味，于是忙问亨利：“他之前吃过什么东西吗？吃，就是伊特、伊特！”为了能让管家理解，他还做了一个用筷子在碗里扒饭的动作给亨利看。老亨利吃饭可不这样，如果要让他明白，应该做个使用刀叉的动作才对，所以他很淡定地朝叶智雄摇了摇头。

叶智雄不死心，把脸凑近死者的嘴边，使劲嗅了嗅，闻到一股草药的味道，其中还夹杂了一点咖啡的气味。他转过头问管家：“有没有喝过咖啡？咖啡？”由于“咖啡”是音译过来的词语，老亨利一下子就听懂了，说：“噎死，噎死，希爹的。”叶智雄又问他：“喝了几杯咖啡？”老亨利伸出两根手指。叶智雄立刻吩咐手下的巡捕把死者喝过的咖啡带回巡捕房化验。

咖啡里可能被人下药，但这还是无法解释凶手在完成绞杀后是如何如同人间蒸发般离开这间书房的。如果凶手是在屋外实施犯罪行为的话，那凶器又在何处呢？死者颈部的缢沟非常明显，但书房里却找不到任何凶器。

叶智雄呆立在案发现场，完全没有头绪。书房外，萨尔礼仍在义愤填膺地批判着凶手。站在他对面的步维贤对他的话则毫无兴趣，沉着一张脸，仿佛在害怕什么。管家老亨利忧心忡忡地立在一旁，接受着席能的问询。胖女佣艾琳则在楼下不停地朝二楼书房张望，忧虑的眼神中夹杂着几分幸灾乐祸。而步维贤的夫人则始终没有露面。

是谁杀了布维尔呢？

叶智雄再次蹲下，打量死者的尸体。

——流出的口水未免太多了吧？

他伸出食指，蘸了些许布维尔口角的涎水，然后用食指和拇指的指腹搓了搓。他发现死者的涎水非常黏稠，有点像胶水。按理说，人死了这么久，口水早就干了。这说明，布维尔嘴边的液体并不是他们以为的口涎，而是其他什么东西。

具体还要等尸检报告出来才知道。

叶智雄将手指上的黏液随手揩在了裤子上，心里想道：“最近真是一波未平，一波又起。此前的那群富豪的连环杀人案还没搞定，眼下又出了这样一个大案。洋大人在租界里被杀，明天的头版新闻一定是关于这个案子的！萨尔礼这家伙一定会叫我限期破案。搞不定的话，又要吃排头了！算啥名堂经？”

他挠了挠乱糟糟的头发，胸中烦闷到了极点。

第六回　密室犯罪

布维尔的尸体被带回了巡捕房，验尸工作由法医室接手。

可是，值班的法医师偏偏在这个时候伤了风、发起热来，躺在家里不能出门；其他法医师又抽不开身，最早也要到后天才能上岗。这件事让叶智雄头疼不已。督察长已让他下了军令状，限期查明此案，可案子没有一点线索可供调查，破案又从何谈起？

案发第二天的下午，叶智雄约了罗闻在派克路上的一家粤式酒楼喝早茶。经过几次交往，他们两人已成了莫逆之交，虽分属两个租界，但偶尔也会聚在一起喝上一杯小酒，聊聊生活上的烦恼。之前调查的富豪连续被杀的案件也因畸人杂技团演员集体殒命于汇源里火灾而暂告中断。

不过，罗闻似乎对这个案子仍是耿耿于怀：

“不是说畸人杂技团还有个幸存者吗？你说，咱们怎么就查不到他的去向？”

叶智雄把一整只烧卖囫囵塞进嘴里，然后随性地用手抹了抹嘴上的油，边嚼边道：“游艺场的人交代，最后一次见他是在售票处。我看，他说不定早离开上海了。我倒疑心这场火灾很不一般，说不定就是那个幸存者放的火。不过火政局的人一口咬定是场意外。”

“我调查过这个杂技团之前巡演的路线，所到之处几乎都有命案发生。那些命案也大多被伪装成了意外和自杀，死者也都是社会上的名流。看来，这帮人打着杂技团的名号，下的是杀人放火的勾当！”

相比叶智雄，罗闻倒是显得没什么胃口，筷子上夹了个大包，却也不送到嘴边。

叶智雄点头同意：“没错。”

“游艺场的人告诉我，那个幸存的家伙是个扮小丑的魔术师，名字叫‘阿七’，或是‘阿奇’，但肯定不是真名。这给我们搜查也增加了难度啊。你说是不是？”

叶智雄没有回他，转头叫老板再添一笼点心。

他漫不经心的样子让罗闻很是恼火，忍不住说道：“智雄，我在帮你想办法。很重要，你覅拎不清。”

叶智雄叹道：“兄弟，不是我对这案子不上心。不瞒你说，我这边的事也很令人头晕呢！昨天晚上发生在麦高包禄路的案子，你可听说了？”

“当然，步维贤的堂弟被杀，今天一早就上报纸了。”罗闻说完这句话，才猛然反应过来，“哎哟，难道萨尔礼让你负责这个案子？”

“对的呀。你说，这桩事情辣手不辣手？”叶智雄放下筷子，双手一摊。

“智雄，这个案子你可不好办。洋人被杀，可不是闹着玩的。弄不好，别说你探长的位子不保，说不定还会把自己都搭进去。你平常帮萨尔礼五斤狠六斤，他记仇的呀！”

“那我还能怎么办？你也晓得，整个巡捕房上上下下，有几个不是萨尔礼的眼线？都在孤立我。戳伽！我不收黑钱，挡了他们的财路，几乎把这帮戆大全给得罪了。萨尔礼也觉得我是眼中钉，恨不得立刻拔了。这两年我破案率高，没有扳头给他捉，才得以保留这华人探长的身份。”

叶智雄取出了一支香烟，塞进尚在咀嚼食物的嘴中。

罗闻长叹一声，拿水壶给叶智雄倒茶，口中道：“那他就是借这个机会，想要除掉你。”

“是的呀！”叶智雄愤愤地从嘴里喷出一口烟。

“那你也不能坐以待毙啊！”

“还能怎么办？这种没头没尾的案子，你叫我怎么查？”

此时的叶智雄像是只被狮子咬住颈部的羚羊，已经放弃了挣扎。

“不如，再请他们帮帮忙？”罗闻抬眼看着叶智雄，语气并不那么坚决。

他也知道，身为巡捕，凡是都去请教民间的侦探，实在有点说不过去。可眼下也没有其他办法可选了。

叶智雄一听，立刻会意，皱起眉道：“这不好吧？”

“听听他们的意见，死马当活马医呗。况且，像这种奇案怪案，他们接触的不比咱们少。像霍森这样的大侦探，全国各地只要发生破不了的案子，都会请他去看看呢！”

“可是……”

“好啦，这件事就包在我身上。回头我让思思去联系一下。约好了时间，我会再通知你。”

叶智雄本来还想再同他商榷一下，转念想到了黄雪唯小姐，反对的话到了嘴边，又讲不出口了。他自我说服：“或许罗闻兄说得对。他们能从另一个角度看出一些自己没能察觉的问题。富豪连续被杀的案件，不就是他们追查到的畸人杂技团吗？”

吃过早茶，罗闻还有公事在身，就先回巡捕房了。临走时，罗闻瞧了一眼叶智雄身上的衣服，笑道，“你身上这件皮衣破成这样，送给乞丐，人家都不会要。穿在身上，人看上去也涕涕拖拖的。快点去买一件新的吧！”

叶智雄却道：“我觉得蛮好。”

送走了罗闻，叶智雄心烦意乱，不想回去看萨尔礼那张臭脸，就打算到处逛逛。他转出派克路，沿着英大马路散步。

英大马路两边，百货公司林立。其中最为人熟知的就是先施、永安、新新、大新这四家百货公司，它们合称“四大百货”。其中，叶智雄比较喜欢光顾的是新新百货公司。

比起永安或者先施，新新在设计上并不那么富有新古典主义情调，而更富有现代的气息。当然，叶智雄并不是因为这个理由而成为新新百货的常客，而是因为他们的日用小商品，如烟酒、罐头、文具、小五金、南货等，都置于底层，选购起来十分方便，对于叶智雄这种懒人来说，最合适不过。

今天也不例外，叶智雄去底层买了两包茶叶和一盒香烟，正准备离去，忽然想起罗闻说自己皮衣的那句话来。他低头看了看身上这件皱巴巴、沾满污渍的皮衣，确实有点穿不下去了。幸亏罗闻提醒，否则自己这样不修边幅的样子会在下次见到黄雪唯小姐时给她留下不好的印象。

身上这件旧外套，他已经穿了三年。是之前的女朋友从四川路的和昌洋服店买来送给他的。后来，女朋友因父母不同意女儿与巡捕交往，便和叶智雄断了联系。就在两年前，那女孩嫁给了一个年纪大她两轮的买办，据说父母都很满意。

虽然两人分了手，但是叶智雄一直不舍得把这件皮衣从身上脱下来。

“请问，服装是在几层？”叶智雄转过身，询问离自己最近的一位售货员。

“绸缎、皮货、鞋帽都在二楼。”

“谢谢。”

来新新百货购物数十次，叶智雄今天头一回上楼。

二楼和底层完全是两个世界，一眼看过去，只见各色的服饰和布料应有尽有。叶智雄发现：相比女装，男装的式样单调不少，无非就是中山装、长衫和西装。他逛了一圈，忽然瞥见一件与自己身上这件很像的短上衣。

叶智雄才看了几秒，售货员便笑吟吟地迎上前来，对他道：“这位先生，这件呢，是上海信华顺记皮革制品厂的皮茄克，美国款式，洋人飞行员最喜欢穿。”

这位售货员是位二十出头的姑娘，非常热情。

“我可以试一下吗？”叶智雄问。

“当然可以。”

售货员从衣架上取下皮茄克，帮助叶智雄穿上，然后引他到一面全身镜前看效果。

脱下旧皮衣，换上新茄克，镜子里的叶智雄果然显得精神不少。

售货员见叶智雄喜欢，便在一旁道：“这位先生身材魁梧，简直是天生的衣架子。这种衣裳，普通人穿不出这种效果。”

叶智雄问她：“你觉得我看起来如何？”

“很潇洒，很英俊。”售货员竖起大拇指。

这下叶智雄不买也不行了，于是询了价。售货员说了一个数目，确实高于叶智雄的心理价位。他正想要打退堂鼓之时，脑中闪过黄雪唯的脸庞，于是咬了咬牙，决定买下来。

走出新新百货的大门，叶智雄随手将旧皮衣丢进了百货公司的垃圾桶里，接着头也不回地离开了。

那件旧到裂浆的皮衣在垃圾桶里躺了没多久，就被一个流浪汉捡去了。

第二天下午，叶智雄接到了罗闻打来的电话，说约了罗思思、李亦飞和霍森，晚上七点三刻在四马路的宝利咖啡馆见面。胡弦因为要接受一家报纸的采访，所以没空。叶智雄忙问他，黄雪唯小姐怎么不来？罗闻说联系不上，不过自己托人带了口信，她来不来就不知道了。叶智雄嘴上说没事，心情却跌到了谷底。

熬到晚上，六点敲过，叶智雄先去三马路老半斋酒楼吃了碗雪菜烩面当作晚饭。

这家酒楼是做扬州菜的，其中最有特色的是雪菜烩面。这一道面点的汤色好，用猪大骨、昂刺鱼、鸡骨熬制高汤，味道鲜美。叶智雄常会独自来此吃饭。吃完面后，他一抹嘴，刚要起身离开，忽然就瞥见一个熟悉的身影。

尽管对方是匆匆走过，但叶智雄相信自己没有看错。

——陈应现教授。

奇怪的是，陈应现并不是一个人。他身边围绕了四个男人，都是身穿长衫、头顶费多拉帽的青壮年男子，个个像流氓阿飞。因为帽檐压得低，所以令人无法看清他们的容貌。

叶智雄见这几人鬼鬼祟祟，心生疑虑，于是付了餐费，便快步跟了上去。

可能察觉到身后有人跟踪，四人挟着陈应现，沿着报官街往前疾走。叶智雄也脚下加力，紧随其后。来到浙江路路口，五人忽地一转，消失在了街角。叶智雄忙小跑上前，可没想到刚过路口腰间就被一根坚硬的钢管顶住了。他知道，这是一把枪。

“想活命就不要乱动。”

身后传来一个尖厉的嗓音。

叶智雄微微偏过头，发现这四个男人和陈应现正在路口等着他。

陈应现见了叶智雄，一脸惊愕，但他并没有立刻对他说话。

“为何跟踪我们？”身后那人又道。

“我认得这位陈应现教授，此前在申沪大学听过他的课。路上偶见，不敢确定，就上来瞧个仔细。”叶智雄随口扯了个谎。

“你认错人了。”陈应现忽然道。

“听明白了吗？”身后那人又跟了一句。

“明白，明白。”

叶智雄向陈应现投去目光，发现陈应现也正注视着自己，眼中流露出复杂的神色。

身后那人道：“明白的话，就滚远一点。”说着，用枪用力捅了一下叶智雄的腰。

叶智雄吃痛，一个趔趄，站稳后，又转头望了一眼。四个人立在原地看着他，其中一人手里的枪管还对着他的背。持枪者的面色冷峻，不带一点情感。

那人见叶智雄站着不动，便甩了甩枪管，示意他快点走开。

人在屋檐下，不得不低头。面对这样的形势，叶智雄纵然再勇敢，也没法子，只能埋头往前慢走。他今天离开警局时太着急，忘了带配枪。即便带了，在这人来人往的街道枪战也必会伤及无辜。

此时，他极为好奇：陈应现教授究竟怎么了？为何会被这几个看来像是黑帮分子的家伙挟持呢？生物学者与黑帮分子看似风马牛不相及，两者又会有什么联系？

行了大约二三十米，当叶智雄再回头时，那帮人已从街道上消失了。

一切仿佛从未发生过。

他当然知道，刚才的一切不是幻觉，因为腰间此时还在隐隐作痛，额头的冷汗还没被风吹干。可他想不明白，陈应现何以不向他求助呢？

是了，陈教授在保护自己。

如果他们两人在这帮家伙面前相认，叶智雄也许就没这么容易脱身了。

陈应现遇到了什么麻烦？

鉴于此地属于公共租界，他无法动员巡捕去追捕绑架陈应现的那帮人。思来想去，眼下还是先去宝利咖啡馆与罗闻他们会合。罗闻是公共租界的巡捕，或许能够帮上忙。念及此，叶智雄不由加快了脚步，朝四马路走去。

当他赶到咖啡馆时，七点刚过十分。店中一隅坐着罗闻、罗思思和李亦飞三人，却不见大侦探霍森。叶智雄趋步上前，对罗闻道："我有要紧的话和你说。"

罗闻立起身来，拖开边上的椅子："你先坐下来说。"

叶智雄丝毫没有要入座的意思，先向罗思思和李亦飞问了好，接着转过头，看着罗闻，急切地道："小罗，你必须和我走一趟。我有一位朋友被歹人挟持了！"

"挟持？在哪儿？"

听了这话，不仅罗闻，就连罗思思和李亦飞脸色也是一变。

"来不及解释了！就在英大马路，我瞧见他被四个男子绑架。但这几个人手里有枪，我只得眼睁睁地看着他们带走了我的朋友。"

"先别急，别着急。你的朋友是啥人？"罗闻尽量用安抚的口吻说道。

"他是一位教授，名叫'陈应现'。"叶智雄是个急性子，一把抓住罗闻的手腕，就要往外硬拽，"要死了！还在这儿啰里八唆啥？你快和我去找人！"

罗闻甩开他的手，质问道："你从英大马路走到此地，一共用了多少辰光？”

“大概一刻钟，怎么啦？”叶智雄不明白他问此话的目的。

“是啊！足足一刻钟的辰光。你说的那些个绑匪老早走远哩！你现在叫我去追，你认为追得到吗？”

叶智雄双手一摊：“那你说怎么办？”

他知道罗闻的话有道理。上海滩说大不大，说小也不小。从英大马路走个一刻钟可以走到同孚路，开车说不定都开到杨树浦了。他俩此时追出去，也是白跑一趟。

罗闻见叶智雄一副急不可待的模样，便温言相劝：“我看啊，你先坐下，把这件事的前因后果都和我们说一说，这样我们才能想到办法去找那位陈先生。”

这时，李亦飞忽然插口问了一句：“叶……叶探长，你说的陈先生是不是南……南京中央大学生物系的教授？”

叶智雄一听，忙点头道：“没错，你认得他？”

李亦飞答道：“他挺……挺有名的。我读过他几本著作，对……对他十分仰慕，可惜还无缘得见。”

罗思思也应道：“听你们这么一说，我也有点印象！对了，他是不是还写过一本从生物学角度讨论人类衰老过程的书籍？书名叫什么来着？我一时想不起来……”

“讲起来有点儿难为情，其实周金林被杀的案子，一开始并不是我发现的疑点，而是这位陈教授。是他特地来巡捕房找我，为这几位富商的死亡划上了问号。”

紧接着，叶智雄就将陈应现找他的事详细地与他们说了一遍。

听完叶智雄的讲述，三人均默然不语。

罗思思最先打破了沉默，开口道：“我有一个想法。有关富商被害的案子，或许陈教授早就知情。他来找你的原因可能是听闻你是华人巡捕里的头牌，办起案来公正不阿，与那些洋人巡捕有别，应该可以调查出案件背后的真相。今日你在街上遇见的那群绑架陈教授的人，可能和富商的案子也有关联。”

李亦飞也点头：“我……我同意罗小姐的看法。陈教授来巡捕房找……找你，这件事本身就很刻意。就……就像是要将案子委托给你一般。而且，还……还有一件事，你刚才的叙述可证……证明他是深知内情的。”

叶智雄赶忙问：“什么事？”

李亦飞道：“陈教授何以知……知道尸体上的那些斑点是红……红色的？报纸上刊登的明明是黑白照片！”

叶智雄惊道：“对啊！我怎么没想到这点？难道陈教授与周金林等人被杀的案件也有牵连？这点倒是出乎我的意料！不对啊，富商的案件不是杂技团那帮人做的么？”

罗思思忽然笑起来：“叶探长啊，叶探长，我原本以为我哥够迟钝了，没想到您这么有经验的探长，思维也如此迟缓！难道不能是有人借杂技团之手来除掉这些富商么？”

罗闻还未来得及反驳，叶智雄便抢着说道：“倒是有这种可能！如此看来，杂技团背后或许还有一个更庞大的势力！可我还是想不明白，陈教授不过是一位生物学家，并非政治家，抓了他又有什么用呢？”

罗思思耸了耸肩：“这就不知道了。”

法国人布维尔的案件还没解决，陈教授又在自己眼皮子底下被人绑走。不仅如此，绑走陈教授的人可能还与之前的富商连环被杀案有关。而唯一的线索——那位名叫“阿七”的杂技团小丑此时又不知去向。

叶智雄一生经手过不少疑案，但从未陷入过这样的困境。

罗闻替他要了一瓶荷兰水，可叶智雄却没有胃口。

“好啦，垂头丧气又有什么用？不如先把眼前的事解决了。萨尔礼不是命令你立刻查明法国人的案子吗？今天找大家来，也是为了帮你出出主意嘛！”罗闻把视线从叶智雄身上移到了罗思思和李亦飞的身上，接着说，“在叶探长来之前，我也将案件的情况都给你们讲了一遍，你们两个有什么想法没？”

罗思思道：“想法当然是有，但未必可以实行。”

叶智雄听了，抬起头来看她。

罗思思接着道：“死者既然是被绞杀的，那一定存在绞杀他的凶器，譬如绳索之类的工具。但叶探长却说，现场什么都没能找到，窗户还都是紧闭的。”

说到此处，她瞧了一眼叶智雄。

叶智雄点头道：“没错。凶手可能在离开的辰光带走了凶器。”

“有没有这种可能性？”罗思思鼓起勇气说道，“凶手本身从没有进入过房间，而是在房间外操控‘凶器’，从而杀死了布维尔。”

“我……我和罗小姐的想法一样。”李亦飞附和道。

“什么意思？”叶智雄皱起眉头问。

罗思思说道：“在一些西洋的侦探小说里，凶手常会使用一些奇怪的杀人手法。有的就从屋子外面动手脚，从而达到杀死屋内死者的目的。”

李亦飞接过她的话头，继续说道：“这……这种手法通常都只出现在侦探小说中。现实里面大……大部分都无法实行。就……就拿这次的案子来说，在完全封闭的房间外，要勒死死者，还要将凶器带……带走，我实在想不出可以同时达到这两个目的的手法。”

罗思思道：“你想不到，不代表没有！”

李亦飞忙道：“罗小姐，你……你别生气。我不是这个意思……”

如果要从屋外实行谋杀，方法当然有很多，但完全符合布维尔案情况的几乎没有。叶智雄曾想过，会不会有人用绳子从窗外绞杀了布维尔后再用某种手法将窗户合上？不过这种想法越想越离谱，就算那些杂技团的人也未必可以做到。

罗思思因李亦飞的反驳而有些生气，别过脸，不再和他说话。而李亦飞则像个做错事的小孩，一脸茫然，不知该怎么道歉才好。罗闻也觉得奇怪：妹妹虽然平时偶尔会有点骄纵，但在外都还算体面，客客气气的，可对这个少年侦探李亦飞却极其过分，只要言语稍不如她意，就闹情绪。

女人心，海底针啊！就算是从小一起长大的妹妹，罗闻也摸不透她心里在想什么。

在尴尬的沉默中，宝利咖啡馆的大门被人推开，大家不约而同地把视线投向门口。

一身绅士打扮的霍森推门而入，脸上挂着微笑，向他们招手："抱歉，因为一些事情，耽误了今天的约会，令诸位久等了。"可能是因为抹了望加西头油的关系，他身上散出一股淡淡的香味。

叶智雄起身，趋上前与霍森握手，客气道："我们也才刚开始聊。"

罗思思和李亦飞见了霍森，也起立迎接。罗闻则招呼侍者来，替霍森点了一杯咖啡。

霍森坐下后，单手摘下头顶的爵士帽，将其放置在桌上，另一只手接过罗闻递来的咖啡，送到唇边呷了一口。也许是因为咖啡太烫，霍森微微皱眉，随手把咖啡杯放在了帽子边上，没有再去动它。咖啡冒出的热气使李亦飞的镜片都变模糊了。

"我们正在讨论法国人的案子呢。"罗闻对霍森说，"叶探长这两天正为这起案子忙得焦头烂额，所以请大家来此，一起给他出谋划策。”

“不用麻烦了。我之所以会迟到，就是去处理这件谋杀案了。”

霍森的话让在座所有人咋舌，尤其是叶智雄。

罗思思抢在众人之前问道：“你知道啥人杀了布维尔？”

霍森摇头道：“不知道。”

李亦飞又问：“那是知道了凶手作案的手法？”

霍森点了点头，继而环视众人道：“我们现在必须立刻动身，前去麦高包禄路找步维贤。如果我没猜错的话，他此时的处境非常危险。”

“难道凶手还准备刺杀步维贤？”叶智雄惊道。

“没错。”

“为啥凶手要对他们兄弟赶尽杀绝呢？”

“赶尽杀绝？”霍森低声笑了一下，“叶探长，恐怕你搞错了。”

“我搞错了？”

“凶手从未想过对布维尔动手。他的目标从一开始就是步维贤！”

李亦飞憬然道：“如……如此说来，法国人这起案件和……和之前的富商连续被杀案还是同一件案子啊！哎呀，我……我早该想到！”

此言一出，在座众人也都醒悟。布维尔为人低调，在上海没有仇家，怎么会有人想要杀他？而且还是在步维贤的宅邸。叶智雄想起案发当天步维贤那副欲言又止的模样，对霍森的推断更是不再怀疑，当即就要起身奔赴麦高包禄路。

“等一下！”罗闻一把抓住叶智雄的手腕，对霍森道，“凶手消失的方法，难道霍先生也知道了？”

所有人的注意力又回到了霍森身上。

“我也是才知道的。”霍森神色从容淡定，语调没有任何起伏，“在来这里之前，我去了一趟步维贤那里，又跑去巡捕房查看了死者的尸体，基本上看穿了凶手所要的把戏。”

“他用了什么方法？”叶智雄又重新坐回到椅子上。

“首先，引起我注意的是两件事。”霍森右手伸出两根手指，“第一件事，那位名叫‘亨利’的管家说，他们进入案发房间的时候闻到了一股很奇怪的味道。用他的话说，‘就像是某种食用香料，又像是某种医用药材’。第二件事，死者口角的涎水摸上去有腻滞疙瘩的感觉。”

叶智雄对这两件事也有印象，但当时并没有把它们放在心上，也没有将其当成破案的线索。

霍森接着说道：“于是我就请管家让我检查那个房间。经过搜查后，发现地板上也有那种奇怪的黏液。如果用放大镜仔细观察，甚至可以看到一种纹路——某种冷血动物蜿蜒爬行所产生的纹路！”

“蛇?!”罗思思脱口而出。

她对这种动物惧怕之极，光是说出这个词，就耗尽了她所有的勇气。

霍森赞许地点了点头：“没错，正是一条蛇。而勒死死者的凶器正是来自非洲的一种小型蟒蛇。”

叶智雄道：“难道这一切只是一场意外？”

霍森摇头道：“当然不是。这不是一起意外，而是一起精心策划的谋杀案！证据就是飘荡在屋里的那种气味！”

李亦飞显然已经明白了霍森的意思，从旁补充道：“难……难道跟印度的驱蛇术有关？”

霍森道：“正是。印度民间有一群舞蛇人。他们可以用笛子自由操控毒蛇。但这种驱蛇术属于禁术，一般不会外传，和咱们国家的川剧变脸一样，逐渐被外人神化。实际上，这些舞蛇人在笛子里加入了某些特制的香料，蛇对气味又十分敏感，所以会随着笛子喷射出的香料扭动身躯。”

罗思思接着霍森的话，继续道：“所以凶手是将香料洒在了这个房间内？”

霍森纠正道：“确切地说，是把香料投在了死者要喝下去的咖啡中。在死者进入房间之前，这条蛇应该就被放在房内了。案发当天，事情发展的顺序应该是：死者进入房间，锁上房门，喝下咖啡，最后被蛇缠住了脖子而进行绞杀！”

“可房间里没找到蛇啊！”叶智雄提出了疑问，“我们把房间掀了个底朝天，都没见到你所说的那种非洲蟒蛇。”

“因为蛇循着香料的味道，钻进了死者的肚子里。”

说完这句话，霍森站起身子，伸手紧了紧胸前的领带。他语气平淡，仿佛在说一件无关紧要的小事。

叶智雄坐在原处，被刚才霍森的推理惊得说不出话来。他不知道这位大侦探是否在开玩笑。罗氏兄妹和李亦飞均对霍森的推理表露出了钦佩的神情。

“我在来之前去了趟巡捕房。陪同我去的是一位颇有名的学者，专门研究蛇类。我们从死者的胃里找到了那条已经窒息的蛇。当然啦，我们的行动都是经过督察长批准的。请叶探长不要见怪。”话到此处，霍森还朝叶智雄微微鞠了个躬。

叶智雄这才缓过神来，对霍森道：“是我该谢谢您替我解决了一个大麻烦！”

霍森面露微笑，对众人道：“既然凶手的目标是逸园的老板步维贤，蛇不认人，才导致了杀错人这样的后果，那么凶手一定不会善罢甘休。同时我们也知道，步维贤是富商连环被杀案的唯一幸存者，此前几位老板可没他这么好运。因此，想破此案，步维贤是一个很重要的突破口。我们一定要抢在凶手再次下手之前将步维贤保护起来。”

罗闻见叶智雄面露忧色，知道他心里还挂念着那位陈教授，便劝慰了几句。罗思思把陈应现被绑架的事与霍森草草说了一遍。

霍森听完，低头沉吟片刻，才对叶智雄道：“叶探长，有关这位教授的事情，你不用太担心。我这就去帮你打听一下。这样吧，我们分头行动。我去打探那位陈教授的下落，你们去步维贤那边。”

众人对霍森的提议没有异议。

第七回　长生不死

他们一行人赶到步维贤位于麦高包禄路的洋房时，时间刚过九点。

罗闻将他那部福特牌汽车停在路边，领着罗思思、李亦飞和叶智雄，踏上了步邸的门阶。四下里很安静，可这种异常的宁静往往预示着将有一场暴风雨来袭。出来应门的是身材高大的管家老亨利。他微微低下头，从眼镜上方看着这群不速之客，脸上的表情不算友好。

“步维贤先生已经睡了。如果你们有事，请明天再来。”

“这……这件事不能再拖，请您通报一下。”李亦飞用英语回道。

“打扰先生休息可不是一个明智的举动，这会令他大发雷霆的。”管家装模作样地看了一眼腕表，“时间也不早了，还是明天再来吧。”

叶智雄虽然听不懂他们在说什么，但也能明白是这老管家故意堵门，不让他们进去，于是便恼了起来，作势就要硬闯。若不是被罗闻拦腰抱住，他恐怕早就把管家撞倒在地了。

管家被叶智雄这股莽劲吓得不轻，低声骂了一句：“Blasted（该死）!”

罗思思一脸恳切地对老管家道：“烦请您转告步维贤先生，关于布维尔先生的命案，我们已经查明了真相。此外，那位杀人凶手恐怕还会对步维贤先生不利。这件事万分紧急，不能再耽搁了！”

果然，老管家对年轻女士的态度就没那么强硬，反而微笑着对罗思思道：“既然这位漂亮的小姐开口了，那我就去通报先生一声。”说完还对罗思思行了个鞠躬礼。

管家让他们在门廊处稍作等候，自己转身上楼。过不多时，洋房里走出一位胖胖的女佣，身高足有五尺一寸，十分壮硕。她引众人来到会客厅，让他们坐在沙发上等候。看来步维贤是愿意见他们了。

过了一刻钟，楼梯处传来了缓慢的脚步声。众人循声望去，只见穿着金黄色睡袍的步维贤在老管家亨利的搀扶下艰难地朝他们走来。丧弟之痛让这位老先生在精神上备受打击，也严重影响了他的健康。众人起身，让步维贤先行落座。

步维贤认出了叶智雄，便用中文问他：“案子查明白了吗？”

“是的，我们已经知道凶手是如何杀死布维尔先生的了。至于凶手的身份，我们还在调查，相信很快就能给您一个满意的答复。”

不知是不是由于步维贤戴了一副夹鼻眼镜的关系，叶智雄觉得他比几天前看上去苍老了许多，额头的皱纹好像更深了。

“哦？”步维贤挑起眉毛，发出疑惑的声音，“那么，凶手是用了什么方法从上锁的房间里消失的呢？”

叶智雄将霍森在宝利咖啡馆的推理一字不差地说了一遍。步维贤安静地倾听着，没有打断叶智雄的叙述，只是在结尾处提出了几个问题。其中他最关心的是：凶手既然可以潜入洋房放蛇，又可以在咖啡中投入香料，那么为何不直接投毒毒死布维尔？

关于这个问题，罗闻抢在叶智雄之前，说出了他们的答案：“根据我们的调查，有一个畸人杂技团名班活跃在大世界游乐场。它明面上是杂技团，实际上是一个杀手团伙。此前周金林、新井藤一郎、刘麒麟、约翰逊等富商的意外死亡都与他们脱不了干系。这伙人擅长将谋杀伪装成意外或自杀，以迷惑世人。如果蛇没有误入布维尔先生的口中，消失不见，大家恐怕就会将此案当作一起意外处理。”

步维贤的脸色变得十分难看，眉头紧锁，似乎在思考什么。

罗闻进一步解释道：“我们了解到，杂技团中有一位叫‘毛妹’的驯兽师，曾在大世界表演过驱蛇之术。”

已经很明显了。在场所有人都猜到，一定是毛妹将驱蛇术教授给了那位火灾幸存者。那位幸存者的任务显然还未完成。

叶智雄见步维贤面色惨白，额头上甚至渗出了一层细密的汗水，忙关心地道：“步维贤先生，您没事吧？是不是身体不舒服？”

“没……没事，你们继续说。”

步维贤摆了摆手，但在场所有人都注意到，他嘴皮子不太利索，似乎在惧怕什么。

李亦飞似乎看穿了步维贤的心思，直截了当地说道：“我……我们来这里，除了讨论布维尔先生的案子，还……还有一件更重要的事，想和您商量。”

他说话时，目光没有离开过步维贤，时刻关注着他神情的变化。

步维贤小心翼翼地朝李亦飞看了一眼：“什么事？”

“我们认为，凶手杀错人了。”

李亦飞一字一顿地说道，像是在宣布一件了不起的大事。

可步维贤却无动于衷。

“您不惊讶么？”罗思思补了一句。

她说完后，朝坐在一旁默不作声的李亦飞眨了一下眼睛。李亦飞明白她的意思，这位法国老板有事瞒着他们。

步维贤道：“当然惊讶。你们为什么这么说？”

话虽如此，但他的脸上却毫无表情。看来，一个好老板未必是一个好演员。

李亦飞继续道："当……当然不是空口无凭，而是基于合理的推测。布维尔先生为人十分低……低调，来上海也没多少时日，几乎没有仇家。况……况且他所做的一切都是依据你下的指令。不论是在洋行，还是在商会，他都……都没有发言权。说难听点，他就是您的傀儡。这样的人死了，对谁都没好处。"

这话十分刺耳，就连罗闻都忍不住提醒李亦飞，让他注意一下措辞，但步维贤却没有任何反应，一脸木然地坐在沙发上。过了会儿，他才开口道："凭这点就认定凶手真正的目标是我，也太武断了吧？"

"那……那我们再问一句。"李亦飞那张略显稚嫩的脸上仍然挂着微笑，显得十分从容，"您认得周金林、新井藤一郎、刘麒麟、约翰逊这些人吗？"

"不认识。"步维贤始终低着头。

不比慢条斯理的李亦飞，一旁的叶智雄是个急性子，听他们这一来一回，不知要聊到何年何月，便站起身，大声对步维贤道："我们这是在救你的命！要是不配合巡捕，周金林他们的下场就是你的下场！"

老管家见叶智雄对步维贤不敬，当即也骂了起来，说他是个粗鲁无礼的下等人。

步维贤依然低着头，并不接话。像他这种地位的大老板，表现出这种态度是极为反常的。

"算了。他既然想死，我们也没办法。"叶智雄见步维贤不为所动，不肯吐露实情，便装出一副要打道回府的模样，想用激将法激他一激。

罗思思和李亦飞两人一眼就看穿了叶智雄的用意，也做出起身要走的样子。罗闻却一头雾水，心想："说好来此地是要套话的，怎么就要走了呢？”

叶智雄朝门口走了几步，突然转过身，指着步维贤道：“嘴巴可以说谎，但身体绝对不会。您脸上和手掌上的丘疹与周金林他们的一模一样。如果您还是执迷不悟，到时谁也帮不了您。我们中国有句老话，相信您也听过，‘不见棺材不掉泪’。我把它送给您。”

叶智雄说完，正要离开时，步维贤开口了：“告诉你们也没用。他们神通广大，而你们不是对手。”

他像一个放弃了挣扎的俘虏，语气中充满了绝望。

“他们是谁？”李亦飞问道。

步维贤对管家道：“亨利，去把门窗都关好，然后吩咐乔伊和杰克去门口守着，谁都不准进来。安排好这些事后，你和艾琳都去休息吧。如果有事，我会去叫你。”

管家冲着步维贤鞠了个躬，然后和女佣一起离开了会客厅。

叶智雄、罗思思和李亦飞都回到了原来的座位上。他们知道，这个法国佬接下去要说的话，正是解开富商连环死亡谜团的重要线索。

步维贤的视线从众人脸上扫过，最终停留在了叶智雄身上。他先是苦笑，接着用一种近乎无力的口吻说道：“没错，我确实认识这些人。周金林也好，约翰逊也好，我都认识。只不过，我们并不是在生意场上相识，而是在一个极为特殊的场合。这将会是一个冗长且离奇的故事。你们做好准备了吗？”

整件事的起源要追溯到一年前。

步维贤还记得，那天正是万国储蓄会成立二十周年的纪念日。为了庆祝这个特别的日子，储蓄会的发起人之一——旅沪法侨麦地先生在福开森路的诺曼底公寓特别举办了一场别开生面的酒会。参加这次酒会的均是沪上名流。身为万国储蓄会的会员、逸园的老板，步维贤自然也在受邀之列。

这个万国储蓄会早在民国元年就成立了，是一个国际性的储蓄团体。根据储蓄会章程，储蓄以自愿为原则，储蓄会实行会员制度。储蓄会资本雄厚，而且会员投入的钱在二十年内不能取出来。因此，储蓄会就有了充足的时间，把这些资本用于投资，而他们的目光就落在了上海的房地产业上。麦地成立万国储蓄会的最主要目的就是赶在法租界扩张时，抢购法租界新界的土地，再通过土地炒卖获得更大的利润。

酒会上，一位姓章的中国人代表麦地发表了讲话，大意是：今天是个令人难忘的日子，是第一期存款到期的日子；储蓄会按照约定支付了各位的利息和红利；各位是本储蓄会最尊贵的客人，希望能与各位继续合作共赢；在此，他代表储蓄会谨向各位老板致以最高的谢意。他话音一落，身后的乐队就开始奏乐，欢乐的气氛顿时弥漫开来。

步维贤取了一杯红酒，正要去找几位老友叙旧，忽然耳边传来一阵冷笑。他循声看去，只见发出笑声的正是他身后的一位华人男子。这男子正值中年，身材挺拔，穿着成套的黑色礼服，头发梳得十分整齐。步维贤见过不少喝过洋墨水的中国绅士，却很少见到像他这样的，不论相貌，还是气质，都堪称一绝。

“请问，他刚才说的话很好笑吗？”

步维贤对眼前这位中国人很有兴趣，便用蹩脚的中文与之攀谈起来。

男子回答道：“我笑他们太乐观了。眼下时局动荡，东北已经沦陷。年初的‘日僧事件’后，日本人又不断挑衅，甚至向闸北中国驻军发起攻击。虽然国联已发表决议，下令停战，但在这个时候仍继续在上海投资，实乃不智之举。”

中国地域广袤，加之当时地方主义盛行，因此各地人对同一事件的感受往往有很大差异。东南沿海的中国人对于奉天事变并无太大感觉。但年初的淞沪会战却惊醒了部分尚在十里洋场醉生梦死的上海人。

步维贤并不认同："要知道，这里可不是单单日本人说了算。如果他们胆敢向法租界放一枚子弹，就等同于向我们国家宣战！"

男子笑了笑，道："初期或许不敢，但如果战争真的打响，那可就未必如此了。况且上海不可能成为悬在海外的孤岛，各方势力的介入只会让这里的情况更加复杂。看着吧，淞沪会战只是前奏，将来中日之间会爆发规模更大、更惨烈的战争。"

"哟，两位都已经聊起来啦？"

迎面走来的是一个留着小胡子的白人。他走路一瘸一拐，看上去像一只穿着礼服的企鹅。步维贤当即认出了他——维克多·沙逊爵士。

维克多·沙逊出生于沙逊世家，是英资沙逊洋行的掌舵人，同时也是华懋饭店的老板。来到上海之后，他就找到了商机——上海商业繁荣，但因为商人很少购买土地，所以地价不高，于是决定把洋行的经营战略重点从印度转移到上海。他年轻时曾加入过英国皇家空军，战争给他留下了右腿的残疾，必须借助于两根手杖才能走路，所以当时有好事者给他起了个诨名——"跷脚沙逊"。

步维贤上前和沙逊爵士握了手。沙逊对他道："你和唐先生竟然认识？"

那位被称为"唐先生"的男子也上前与沙逊握手，解释道："我认得步维贤先生，他却不认得我。"说着冲步维贤笑了笑，以示礼貌。

"逸园的大老板当然是名满上海滩了，但你唐先生也是个了不起的人物。只是有一点不好，就是太低调。"沙逊话到此处，又将头转向步维贤，“唐先生不仅是个大富豪，而且还是个博学多才之人。你们应该多交流交流。哎，这也怪我不好，早就该引见你们两位才对。不过没关系，总有机会的。我在沪北造了一栋房子，叫‘黑曜馆’，很有趣的，回头请两位来做客。”

步维贤和唐先生点头答应。

三人聊了一阵，听见有人唤“跷脚沙逊”，像是有什么急事。沙逊便向步维贤和唐先生道了个歉，赶过去处理事务了。

虽然沙逊走开了，但话题并没有结束。步维贤与唐先生从安格尔新古典主义绘画聊到了康德和黑格尔的哲学，又从门德尔松的钢琴协奏曲聊到五代时的宗教画。两人一见如故，聊得十分投缘。酒会快要结束时，唐先生还向步维贤发出了邀请：“贯休的《十六罗汉图》是展现人间百态的好作品，罗汉的表情刻画尤其精彩，我有幸藏有一轴。如果步维贤先生有兴趣，可以来我家看一看。”

步维贤当然不会拒绝这样的邀请。接下来的一个月里，两人的交往更加密切，几乎每周都会聚餐。不过，两人聊天的内容也仅限于文学和艺术这些高雅的领域，从不提及各自的生意，尤其是唐先生。每当步维贤试探性地询问他生意方面的情况时，他总是用别的话题十分自然地岔开。但时日一久，步维贤强烈的好奇心还是被激发起来，心想：“这个中国人住着最好的房子，吃着最好的食物，家里又藏有如此多的古董珍宝，究竟是何方神圣？”

这位“唐先生”浑身散发着魅力。他的风度、品位、优雅的谈吐和卓越不凡的见地折服了不少上海滩的名流。不论是明星、巨贾，还是政府的官员，都乐于与他结交。还有不少交际花私下里对唐先生投怀送抱，但大多被他婉言拒绝了。他所表露出的君子之风令大家赞叹不已。

强烈的好奇心驱使步维贤开始私下打听起了唐先生的来历。不打听还好，一打听，得到的答案更令他惊愕。这人像是携着巨款从天而降一般，蓦然出现在上海滩的。不仅“跷脚沙逊”，就连黑帮头子“大耳杜”，对他的来历也是一问三不知。

甚至连他的全名叫什么也无人知晓。久而久之，步维贤也放弃了打探唐先生的念头。

然而，这一切在五月的一次家宴结束后发生了变化。

那日，唐先生在家中宴请了几位上海极为有名的地产商，酒过三巡后，又带着他们参观了自己收藏的古玉。其中有一位商人对一块战国龙纹玉璧十分有兴趣，唐先生二话不说，便把它赠予了这位商人。那商人受宠若惊，连连称谢。唐先生大手一挥，说：“你我情义无价，古董不过是身外之物。”

步维贤站在边上，不动声色地将这一切看在眼中。这块古玉价格不菲，竟被他随手送人，豪气可见一斑，心中对他的佩服又多了几分。

家宴结束后，唐先生留步维贤去书房一叙。

两人进了书房，唐先生吩咐下人不要打扰，便关上了房门。合上门后，他将耳朵贴在门板上听了一会儿，确定楼道里无人，才转过头看向步维贤。步维贤心中生疑，不知唐先生留他在书房是什么意思。平时的唐先生总是一脸和气、举止从容，而此时的他却是前所未有的认真，这让步维贤不由自主地紧张起来。

“步维贤先生，你觉得我这人如何？”

一阵沉默后，唐先生终于开口了。

“你很好啊。不，应该说是非常好。唐，我这可不是在恭维你。认识你的，几乎没人会说你的坏话。”步维贤如实说道。

唐先生缓缓点了点头，然后走近书桌，给自己和步维贤各倒了一杯威士忌。在把酒递给步维贤的时候，他忽然凑近问道：“那你信不信我？”

这让步维贤很迷惑。他很快答道：“当然信。”

“如果我跟你讲一个非常离奇的故事呢？”唐先生说到此处，顿住了话头，脸上露出痛苦的表情，“离奇到完全违背常识。”

“我认为你不会骗我。唐，究竟是什么事？你可以直说。”

“算了，就算说出来，你也不会相信。”

“你不说，我又怎么会知道呢？”步维贤更好奇了。

“这种事没人会信。但凡有正常思维的人都不会。”唐先生苦笑一声，喝了一口杯中的烈酒，“我曾试过将这个故事说给最亲近的朋友。但是他们都以为我疯了。步维贤先生，我看上去像是个疯子吗？”

“你看上去非常正常。如果像你这样的人是疯子，那天下就没有正常人了。”

“听完我的叙述，你恐怕会改变想法。”唐先生的眼神犹疑不定，似乎在挣扎该不该把内心的秘密说出口。

“即便你的叙述令我震惊，我也不会认为你在说疯话。”步维贤再次做出了保证。

唐先生叹了口气，仿佛下定决心般对步维贤道：“也罢。我随口一说，你就当个故事听听。只不过，你要答应我 件事。”

“什么事？”

“今夜我和你说的一切，不能对第三个人提起。我把你当成朋友，才愿意吐露给你。但我不想这件事闹得人尽皆知。”唐先生绷着脸说道。

“我答应你。”

唐先生点了点头，低声说：“我是个不死之人。”

步维贤以为自己听错了，脸上露出疑惑的神色。

唐先生用极慢的语速又说了一遍，接着补充道：“准确地说，我是个不会变老的人。”

这下，步维贤听明白了。若是平时，他一定会认定对方在和他开玩笑。但是此刻，听着唐先生极为严肃地说出这话时，步维贤沉默了。他表面沉默，内心却澎湃不已，心中仿佛激起了千层浪。

“我用不同的身份已经活了上百年。我其实算是一个古人。”

“没开玩笑吧？你看上去很年轻。”步维贤也认真了起来。

“开玩笑？有这个必要吗？”唐先生反问。

“可是……为什么你不会死？”

“我知道这不合常理，但我要告诉你的是，像我这样不死的人，世上还有很多。你可听说过中国古代的炼丹术？”

“你指的是‘内丹’还是‘外丹’？”

步维贤对中国文化有一定的了解，当然知道炼丹术是什么意思。

内丹术把人的身体比作炉鼎，把人体内气血循环运行的经络比作通道。在精神意识的控制下，人体的精气经过周身循环所炼成的丹就是内丹。外丹术则源于方仙道，在丹炉中烧炼矿物所制成的仙丹为外丹。

两者的目的，都是为了长生不老。

唐先生还未作答，步维贤脸上就现出鄙夷的神色：“外丹不过是骗人的把戏罢了。现代科学已经证明，服用丹药不仅不会长生不死，反而会加速人体的死亡。许多丹药都含有重金属，人体代谢不了这些东西。”

谁知，唐先生却说了一大段莫名其妙的话：“巨胜尚延年，还丹可入口。金性不败朽，故为万物宝。术士服食之，受命得长久。金砂入五内，雾散若风雨。老翁复丁壮，耆妪成姹女。改形免世厄，号之曰真人。”

“你的意思是，你服过丹药，所以才能不死？”

步维贤觉得他与唐先生的对话越来越奇怪了，自己简直像在做梦一样。旁人听来，一定觉得这是两个疯子在说话。

唐先生神色黯然，将手中的威士忌一口饮尽："我委实吃过某种丹药，只可惜，丹药的配方已佚。这些年来，我一直努力地还原配方，可是每次尝试都以失败而告终。你明白我的痛苦吗？眼睁睁看着自己的爱人和孩子慢慢老去、死掉，而我却什么都做不了。我不会死，但是我身边的亲人、朋友都会死。这使我相当痛苦。"

"唐，不是我不信你，而是这一切实在太令人难以置信了。我……"

"我并不是要你信我。我只不过想找个人说说话而已。这些话憋在心底已经很久了。步维贤先生，真的很高兴认识您，而且我也很高兴你在这里陪着我，听我说这些疯话。好了，时间不早了。你也该回去了。"

就在唐先生准备开门送客的时候，步维贤忽然伸手拦住了他。

"等等。"

"怎么了？"唐先生脸颊泛红，可能是酒喝多了。

"我信你。不过我有几个问题，想请教一下。"

"什么问题？"

"你口中所说的'丹药'，配方是从哪里来的？"

唐先生犹豫了一会儿，才道："恐怕我无法很准确地回答这个问题。我只能告诉你，这药的配方是祖传的。我的一位先人曾与一名龙虎山的道士交好，他的妻子又是一位非常厉害的药师，两人合力才将其研制出来。"

"那为什么又失传了呢？"

"发生了许多事。"唐先生抬眼望向窗外，"眼下我只能凭借自己那模糊不清的记忆，慢慢还原出丹药的配方。"

"在你看来，道教所描述的一切都是真实的？"

话虽如此，可步维贤内心深处还是不太信服。

“我要纠正你一点。我所修行的并不是传统意义上的道教。严格来说，称之为‘仙学’更加恰当。道家学术包罗万象，通贯九流，本就不限于狭隘的清静无为、炼养、服食、符箓、经典等，道教中的仙学理论才是其精粹。所谓仙学，始于轩辕黄帝，是一种独立的专门学术。它虽然采纳了老、庄的部分修养方法，但并非全盘接受老、庄的教义。仙学不是宗教，而是与科学非常接近的学问。”

步维贤听得越发糊涂了：“仙学与科学非常接近？”

“目前的科学无法解释我国传统的医术，但这并不意味着我国的医术就不是科学。中医虽是一种经验主义，但也是讲究科学方法的。神仙之术，首贵长生，惟讲现实。科学也讲现实，真凭实据，万目共睹。仙学重实证，是谓与科学有相通之处！所以我有个观点——有科学思想、科学学识之人，学仙学最易入门。”

说起“仙学”的种种，唐先生仿佛变了一个人，从温文尔雅的绅士变成了慷慨激昂的演讲家。他继续讲道：“当然，归根结底，仙学与科学还是有不同之处的。仙学有其独特性，其底蕴是精神与物质的混合。我目前的计划是，借助物质科学，结合我手上的一些仙学理论，同一炉而冶之，或许可以使‘丹药’的配方重现人间。对了，我给你看几样东西。”

唐先生将步维贤引到书架前，从第二层取出一叠资料，递给了他：“这是我召集的数位顶尖生物科学家对我手上的一些零散配方的解读。实验证明，配方虽然不全，但确实有延缓人体细胞衰老的作用。如果朝着这个方向继续研究，或许不久我就能得到完整的配方！目前已经很接近了。”

——可以不死。

步维贤从不相信人可以不死。

他幼时笃信天主教，但随着年岁渐长，渐渐看穿了宗教的本质——自我安慰。只要是肉体凡胎，就不可能永生。

活着，就要好好享受现世的快乐。

而现在，他老了，头发都白了，死神离他也越来越近了，说不害怕肯定是假的。而长生不死的办法，现在已经触手可及。

甚至，眼前这个男人就是证明……

看看他吧，或许他真的是个不死之人。他坐拥这样的财富，又拥有永恒的生命。这足以让任何有钱人嫉妒得发疯！

唐先生这种注重实验谢绝空谈、只讲物质变化不讲心性玄言的风格，深深吸引了步维贤。在唐先生口中，宗教都偏重于心性，对于肉体的变化视而不见，且容易令人产生贵心性而贱肉体之谬见，最后肉体老病而死，心性方面亦无所作为。

——肉体永存才是最重要的。

步维贤终于开口了，对永生的渴望战胜了他内心的疑虑。他特别用力地抓住唐先生的手："唐，我想知道，我有什么可以帮你的吗？"

"你想加入我们？"唐先生问。

"你们？"步维贤没想到除了他之外竟还有别人。

"我所有的计划都是有人资助的。当然，我不会强迫你加入。我不缺钞票，就算只靠我自己，一样可以继续深入地研究，只不过需要花更长一点的时间。"

"钱不是问题。"步维贤很干脆。

确实，对于逸园跑狗场的老板来说，钱真的不是问题。

问题在于，唐先生愿不愿意让他加入这个求永生的计划。

唐先生告诉步维贤，他们所参与的是由求长生者组成的民间秘密结社，名曰"五老会"。

说起这个五老会，最早的起源，目前已不可考。相传是宋代五位奇人为求长生不死而创立的。直到明朝中叶，才在野史中得见“五老会”之名。五老会信奉道教之理论，教义却又不同于道教，其仙学宗旨为“内化身心，外融物质”，“轻心性而贵肉身”。

明世宗之后的皇帝们，对道教的态度开始有一些转变。穆宗朱载垕即位后，鉴于其父崇道过甚，在臣僚徐阶的辅助下对道教采取了打击和抑制的政策。隆庆元年，削夺邵元节、陶仲文爵诰，毁除为他们修建的牌坊、墓碑，以及籍田宅院和宫观亭台。隆庆二年，又革除了正一真人的名号。

穆宗以前，明朝皇帝诏传龙虎山高道入朝是极为频繁的，并对所召道士给予很高的特殊待遇。但在明穆宗后，则鲜有龙虎山高道入京。加之晚明内丹学流传很广，修炼外丹的技术则几乎绝迹了。虽然道教的上层政治地位式微了，但民间的各种道教活动却如火如荼。各种宗教融合而成的民间秘密宗教，派别繁多，具有代表性的有白莲教、黄天教、八卦教、红阳教、五老会等。

其中，以五老会最为神秘，它也是少数仍保留外丹仙学的组织。

也正因如此，痴迷于外丹黄白之术的修行者们逐渐转投五老会，其中不乏高道、名医、朝廷要员和当世大儒。在晚明文人康宗文的《寤言录》中，有一段对五老会的描述。康宗文认为：其行事隐秘，不问世事，埋首外丹仙学，只求证得肉身之神通。

到了清朝，康熙、乾隆两位皇帝对道教的贬抑愈演愈烈。康熙朝明确规定：“巫师、道士跳神驱鬼逐邪以惑民心者处死，其延请跳神逐邪者亦治罪。”于是，不少民间宗教团体被取缔，而五老会则趁此机会隐栖苦修，一门心思炼丹以求长生。自此往后，关于五老会与仙学的记载便越来越少，到了清末民初，则几近绝迹。

听完唐先生的叙述，步维贤对他口中的“仙学”已是坚信不疑了，决意要加入五老会。实际上，他本人一直是一个神秘学的爱好者，在法国时便对当时欧洲极为热门的“唯灵论”痴迷不已，相信人死后可以进入另一个世界。但唐先生的“仙学”对他而言无疑更具吸引力。

与其变成灵魂，飘荡在世间，不如成为肉身不死的神仙，坐拥数之不尽的财富，永远地活在人间。这样一来，他就不必再为死后是上天堂还是下地狱而忧心了。

永生的百万富翁就是这个世界的神！

想到这里，步维贤已经丧失了理智，甚至答应了唐先生提出的许多要求，譬如出让一部分资产作为抵押、转让洋行的股份等。用唐先生的话来说，炼制丹药的资金需求量十分庞大，如果没有会员的支持，研究恐怕难以为继。

他们聚会的地点，通常设置于漂在黄浦江上的轮船内。步维贤就在那里结识了周金林、新井藤一郎、刘麒麟、约翰逊等巨富。他们都是唐先生炼丹计划的资助者，也都梦想着肉身不死、永存世间。每次见面，他们都十分关心“丹药”的研制进度。唐先生也会把最新的研究成果带来，给他们过目。他的团队不仅汇集了高道、名医，而且还吸纳了最顶尖的生物科学家。如果对方不配合，他甚至会以生命威胁其就范，可以说是不择手段的。

漫长的等待总算有了回报。

在产出第一批“丹药”后，唐先生立刻邀请他们前来“试丹”。步维贤承认，那天他特别紧张，因为唐先生所带来的“丹药”并不是传说中那种仙丹，而是一管注射剂。

“把药直接打进血管里。”唐先生对他们每个人说，“这样做，效果更好。”

他们照做了。

接下来的一周里，步维贤感觉自己的身体开始起了变化。他更有精神了，体力和食欲也有了显著的提高。这一切让步维贤越发相信是唐先生的“丹药”起了作用。但按照唐先生的规划，这只是第一期，后续还需要不断地注入新的药物，以维持人体细胞不死。

这种情况持续了近半年。

半年之后，情况开始发生了改变。步维贤的健康状况一落千丈，皮肤上起了许多丘疹，身体出现了过敏反应，免疫系统开始崩溃，肝肾也被损伤得很厉害。但步维贤答应过唐先生，不能将他们研制“丹药”的事说给任何人听，因此就连私人医生都搞不清楚发生了什么。私人医生只能警告步维贤：如果不停止乱用药物，他总有一天会死于过敏性休克。

带着医生的疑问，步维贤找到了唐先生，但质疑换来的是唐先生的愤怒和指责。他对步维贤说：“你随时可以退出，但希望你不要将我们的事说出去，否则的话，我敢保证，你和你的家人都会惨死在上海。”步维贤慌忙道歉说，自己不是这个意思，而是因为身体状况变差，家人十分担心，所以怕这件事情兜不住。唐先生让他宽心，解释道：身体的过敏反应等肉身不适都是正常的，因为他们正在做的是逆天改命之事。

可日本商人新井藤一郎并不这么看。

他联系了步维贤，认为唐先生在搞一场阴谋。

“这样下去，我们或许都会被他毒死！那些药根本不是仙丹，而是毒药！”

新井藤一郎的言论在步维贤心中种下了疑虑的种子，但那个时候他还是相信唐先生不会害他。不，与其说他相信这个陌生的中国人，不如说他对长生不死的渴求已经到了病态的地步。你永远无法叫醒一个装睡的人，也无法唤醒一个坚信肉体凡胎可以与天同寿的法国佬。

但新井藤一郎的死讯惊醒了他！

这位日本人拒绝继续注射由唐先生提供的“丹药”，并要求唐先生返还他资助的资产，更扬言退出五老会。

“如果你不让我离开，我就把这件事公之于众！”可能是因为有日本军方的支持，所以新井藤一郎对唐先生的态度极为嚣张，完全不把他的威胁放在眼里，“你们没有资格威胁我！”

谁知，过了没几天，新井就被一匹赛马踢爆了头。

但经过巡捕的调查，这最后被确定为一场意外。

报纸上报道了这次意外，调查得也非常详细，一切都没有谋杀的痕迹。

因此步维贤还是不愿清醒，直到刘麒麟在浴室因突发心脏病而溺毙。

这位永兴百货公司的大老板听从了新井藤一郎的建议，也停止注射“丹药”，因此引起了唐先生的不满。刘麒麟仗着有黄金荣的护佑，对唐先生的警告嗤之以鼻，结果也死于“意外”。一次意外不足为奇，但接连发生两起，那绝对事有蹊跷。

步维贤很聪明，他不会不明白这个道理。

他已被卷入一场骗局之中。

紧接着，死的是美商约翰逊。他请纽约黑帮老大——小路易斯·布切尔特派手下的杀手亚沙带了一伙美国人直捣黄龙。他们来到唐先生的宅邸，想用机关枪让他闭嘴。可当这伙杀手赶到那儿时，宅邸早已人去楼空。而约翰逊自己则不明不白地死在了他的办公室里。

由此可见，唐先生并没有夸大其词。即便在洋人的租界里，他也有通天之能。

周金林死后，五老会的修行者就仅剩下步维贤一人了。堂弟布维尔的死则是提前替他敲响的一曲丧钟。

第八回　螳螂捕蝉

静安寺路上的仙乐斯舞厅门口人声鼎沸。门口挤满了来看白俄舞女跳康康舞的人们。生意好的时候，排队的汽车一直排到成都路上。还有一种说法——想知道全上海的股票如何，看仙乐斯的营业就可以看出来。所以，仙乐斯舞厅还有“上海股票的温度计”之称。

阿弃蹲在舞厅门口，看着手中那份被人遗弃的报纸怔怔出神。

报纸的最上方印着一行广告语——“飞立脱，世界领先的杀虫剂”。但吸引阿弃目光的并不是这个，而是广告下方的一则报道：逸园老板步维贤的堂弟布维尔被残忍杀害，目前巡捕房正全力缉凶。文章右侧印着一张洋人的相片，正是死者布维尔的。

一击不成，反而打草惊蛇了。步维贤势必会加倍小心，自己再要下手可就难了。

而且根据报上的新闻，巡捕房已将步宅团团拱卫，四面都是带枪的巡捕，连一只苍蝇也别想飞进去。血海深仇固然要报，但面对这样的情况，除非是大罗神仙，否则谁都休想动步维贤一根毫毛。

阿弃将手中的报纸丢在地上，站起身来。此时的天色已完全暗了下来，但仙乐斯舞厅招牌上的霓虹灯将门前数丈照得如白昼一般。在离光明不远处的黑暗角落里，有不少蜷缩在一起的流浪儿。他们大多衣衫褴褛，极为瘦弱。那边太暗了，阿弃有些看不太清，只觉得这和舞厅前的明亮灯光形成了鲜明的对比。

当然，对于来仙乐斯逐乐的小开们来讲，那边反正一片乌漆墨黑，看不见的就不存在。

黑暗中不论发生什么，都与他们的生活无关。

阿弃沿着静安寺路向东漫无目的地走着。走着走着，见到一家临街酒铺，便向老板买了一瓶高粱烧酒，对着嘴边走边喝，以浇胸中块垒。

每当想起王毡、毛妹、丽香他们，阿弃的胸口就会抽痛。这种疼痛感很真实，一阵一阵的，好似有人用刀子扎进他的肋骨缝隙并不停翻搅。害死他们的凶手一日不死，这种疼痛感就会如影随形地跟着他。

不知不觉，他在这条公共租界的主干道上走了近一个小时，缓过神来才发现已到了江西路，再往前就要到外滩了。他转入江西路，朝北面走。在酒精的作用下，阿弃开始头脑发昏，脚下也像踩着棉花一般，一脚高一脚低，整个人摇摇晃晃。至于要去哪里，阿弃自己也不知道，只想不停走路，总比静下来悲伤要好。

夜色渐浓，沿街的长三堂子门口总有几个鸨母在招揽客人。

所谓“长三堂子”，是级别仅次于“书寓”的一种妓院。这里的妓女有另一种称呼，叫“长三阿姐”。她们接客频率不高，与那些低等窑子里的妓女也有着质和量的区别。凡到这里宿夜的嫖客，都是一些有闲有钱的角色。

“要不要找个阿姐陪陪？香香面孔？”一位浓妆艳抹的鸨母对着阿弃招了招手，“此地漂亮姑娘最多！包侬满意！”还不等阿弃回答，鸨母一伸手就勾着他的臂弯往屋子里拖。

此时的阿弃头昏脑涨，只知道自己被人拖进了一间浓香扑鼻的厅堂。

厅堂很宽敞，中央有一张红木沙发。鸨母将阿弃按在沙发上面，贼忒兮兮地笑着问他：“侬要不要‘小先生’？”

“什么肖先生？”阿弃被她弄得糊里糊涂。

“哎呀，不要帮我装戆。‘小先生’就是还没破瓜的小阿姐。”

“什么阿姐？”阿弃连说话的力气都没了，眼皮异常沉重，“我只想睡觉，我……”

“好了，好了，我把她叫过来，给你过眼，好吧？”鸨母搓了搓双手，心中窃喜不已，她看出阿弃是个洋盘，可以让自己好好宰上几刀，“侬勠急，就在此地等我，阿姐马上就带过来。”说完便离开了。

阿弃虽醉了，却也听得出来这是什么地方。他支起身子，摇摇晃晃朝门口走去。可这房子结构复杂，里面的好几条楼道来回交错，所以阿弃走了好几圈，别说大门口，就连刚才的厅堂都寻不着了。几圈下来，酒也醒了一半。

他走到一条楼道的尽头，刚想反身离开，忽听得隔壁房间传来一个女声：

“该起来了。”

这女声并不值得他大惊小怪，因为这原本就是供嫖客翻云覆雨之地，有女人再正常不过。吸引他注意的是接着这女声的男声。

“几点钟了？”

这四个字令阿弃心中一震，不由停下了脚步。

“都十一点钟了。”房内的女人说道。

那男人又道：“再睡一会儿。”

对于阿弃来说，这声音听着实在太耳熟了。

数十年来，他都是在这声音的谆谆教诲下成长和学习的。

他本以为再也听不到这个声音了。

阿弃弯下腰，将眼睛对准房门的锁孔，朝内望去。那锁孔正对着一张床，所以床上男女的模样被阿弃瞧得一清二楚。

床上那位女子看上去二十出头，正依偎在一个五旬的男子身边，神色略显疲倦。她半裸着身子，鬓乱钗横，一看就是刚行过房事。

女子轻轻推了推身边的男子，连声催促道："再不起来，就来不及了。哎呀，你这人总是这样，做事情不知轻重缓急。"

"知道了，知道了。"男子睡意正浓，被她这么吵醒，显然有一些不快，嘴上嘟哝着，眼睛却还是闭着，"我这就起来。"

女子抬起胳膊，用纤纤玉指斜支着半张俏脸，随口道："唐先生那边，你不好这样怠慢的呀。办正经事要紧。听话，快点起来。"

"好，起来，起来！"

男子长叹一声，依依不舍地下了床，去取衣架上的衣服。

望着正在窸窸窣窣穿衣的男人，女子眷恋地问："明晚你还来吗？"

男人边穿衣边回答："到时候再说。"

"到时候，到时候。每次都这么敷衍我。"女子哀怨地说道。

"知道了，明天晚上来找你。"

不知道是因为被女子搞得烦了，还是原本就打算如此，男子的回复很直接。

这幕景象全被阿弃收入眼中。

阿弃感觉自己像是在做梦，原本以为死了的人竟活生生地出现在自己的面前。此时的他感到太震惊，以至于身体像是被法术定住一般，完完全全动弹不得。

——怎么会这样？老爹他……他竟然没死？！

房间里的柴贵生已然穿好衣服，正准备离开。身后的女子冷不丁地抱住他，撒娇地道：“你说过要带我离开这里，离开上海，去过好日子。这话算不算数？”

柴贵生捏了捏女子的手，笑着道：“一定，一定。好了，不多说了，要来不及了。”说罢便拉开房门，一溜烟地跑了。

望着柴贵生匆匆离去的背影，女子半天说不出话来。

此时，门外已无阿弃的身影。

柴贵生出了长三堂子，沿着江西路往前直走。他来回望了一圈，发现路边并无黄包车可拦。正当他犹豫该不该继续朝前走的时候，身后一阵异响，紧接着闪出一个身影。那人身手极快，正要擒他的手臂。

柴贵生慌忙中往后连退三步，挥拳向那人面门打去！

谁知对方好似早就知道他会如此出拳一般，低身闪过，随即猛然抬脚，一记挟着劲风的高鞭腿狠狠踢中了柴贵生的侧脸！

毕竟年岁大了，在脸颊被重击后，柴贵生只觉眼前一片白光，整个人也失去了重心，轰然摔倒在地。但他的意识还未丧失。

夜里雾气太浓，街灯又太暗，还来不及看清对方的样子，就被击败了。

这对自幼习武的柴贵生来说简直是一种莫大的耻辱。

柴贵生从口中吐出一颗牙，接着口齿不清地问道：“你……你是谁……”

阿弃蹲下身子，伸出十二根手指，紧紧揪住了柴贵生的衣襟，将他朝前一拖，好让他能看清自己的脸：“你说！我是谁？”

路灯下，是一张如同鬼魅般的面孔。

“阿弃……是你……”柴贵生目瞪口呆。

“你告诉我这到底是怎么回事！”阿弃低声询问，每个字似乎都是从齿间挤出的。

“我……”

“你为什么没死？”

“你杀了我吧。”柴贵生放弃了辩解，像是一头待宰的牲畜，“这一切就是你看见的模样。我没想到事情会发展到这种地步。我……我也没办法。”

“什么叫没办法？那场大火烧死了所有人，烧死了王毡，烧死了毛妹，烧死了丽……丽香，为什么却没有烧死你？你……你不仅没死，还在这里逛窑子？告诉我，他们死，是不是你干的？”

阿弃忽然明白了一切。

不，他还是不明白。他想不明白，如大家的亲生父亲般的老爹何以会如此狠心，一把火将杂技团众人烧得干干净净！如果那天他没去月宫歌舞厅，那么他也会葬身在那场大火之中，被烧成灰烬。

“我是身不由己的。”柴贵生说。

“身不由己？我们把你当成父亲，你却要赶尽杀绝！你……”

“如果不这么做，死的人就是我！”

“你这话什么意思？”阿弃一把推开柴贵生，同时自己也后退了两步，仿佛要和眼前的柴贵生拉开距离，“有人威胁你？”

“阿弃，这么多年来，我一直是个傀儡。组建畸形人杂技团也好，四处杀人也好，其实都非我所愿，而是有人操控的结果。从一开始便是如此。我也不是因为发了善心而收留你们这些畸形人，纯粹是因为你们是社会边缘人，是世人眼中的怪物、废物，是完美的幌子。我能告诉你的只是这个。你杀了我吧。然后快走，离开上海，逃得越远越好，不要再搅和这件事了。这背后的势力不是你我可以对付的。我们这种人生来就是被奴役的。没有办法，没有办法。”

柴贵生说到此处，声音中竟带了几分哭腔。

然而阿弃却不为所动，眼睛死死地盯着他：“是谁？背后那人是谁？”

“你不是他的对手，千万别去自寻死路。”柴贵生眼中流出泪来，“不管怎么说，你们都是我亲手养大的，我对你们每个人都有感情。但老爹真的没用，我救不了你们，我……”

“他是谁？”阿弃别过脸，不愿意看见老爹这副悲伤的面孔。

“阿弃，算我求你，不要去，不要……”

柴贵生话还未说完，忽地停了下来。他瞪大双眼，朝自己的下腹看去。

腹中插了一把明晃晃的尖刀，是阿弃插进去的。

刀刺得很深，刀身几乎全没入了柴贵生的腹部。

“你害死了大家，我不会原谅你。”滚滚泪水从阿弃的眼角滑下，但他整张脸上挂着坚毅、愤怒、毫不妥协的神情，“告诉我他是谁。我还可以为你报仇。”

“我……我……”深红色的鲜血从柴贵生口中涌出，使他无法说话。

阿弃左手抚着柴贵生的背脊，右手握住刀柄，又将利刃送进去两寸：“告诉我他是谁！就算你不说，我也会去查。你知道，我这条命早已不是自己的了。”

柴贵生的眼神从惊愕慢慢转变为哀伤，接着又平静下来。

他知道阿弃所说的都是真话。

“关于唐先生的一切，我所知的都在这里了。”柴贵生从口袋中取出一本破旧的簿子，递给阿弃。阿弃翻开簿子，只见上面密密麻麻记了许多文字和数字，可惜他识字有限，大多都看不明白。

“什么意思？”阿弃猛地抬起头。

柴贵生的眼神已开始涣散，他快不行了。

他用尽浑身力气，把嘴凑近阿弃耳边，缓缓说了几句话。

但那几句话说的声音太轻，阿弃还未来得及反应过来，它就随风消散在了马路上。

习习夜风吹皱了月色下的黄浦江水面，波光粼粼，一艘由三北轮船公司督造的“富华”号客轮正缓缓航行。这艘豪华的客运轮船，被人以公司名义整船包租，此时正从上海十六铺码头起航，驶向宁波。

船舱内的贵宾客房陈设得富丽堂皇，装潢是时下流行的洛可可风格，在保留了巴洛克韵味的同时，又兼具东方艺术的美感。客房的墙上还挂着不少西洋油画，其中一幅竟是弗朗索瓦·布歇的手笔，但不知是否为复刻的赝品。

唐先生将杯中的红酒一饮而尽，随即眉头便拧成了一个“川”字形。

侍立在他身边的赵慕英知道，唐先生皱眉并非是因为这瓶从法兰西进口的红酒口感不佳，而是由于另一桩事情——原本答应按时赶到码头的柴贵生，咄嗟之间，竟没了踪影。这是个不好的兆头。因为柴贵生从不迟到，至少不敢爽约于唐先生。

“帮我点一支香烟。”唐先生将玻璃酒杯放在桌上，朝赵慕英伸出两根手指。

“先生，上次张医生说……”

唐先生抬眼看了看他。

“晓得了。”

赵慕英从西装内袋取出一盒哈德门香烟，抽出一根，架在唐先生的手指上，随后划燃自来火，恭敬地给他点上。

唐先生狠狠抽了一口，然后朝半空中吐出一团烟雾。

“留着他一条命，总归是未了的一桩心事。”赵慕英在唐先生耳边抱怨道，“本来应该直接做掉，丢黄浦江喂鱼。”

“你说，他为什么不来？”唐先生反问了一句。

“难道是吃多了老酒，困过头了？”

“我倒不这么看。柴老头跟我这么多年，也晓得我的为人和手段，谅他不敢有二心。我估计，可能出了事情。”

“他能出什么事？”赵慕英不解。

“不知道。”唐先生沉吟片刻，又道，“不是还有个小瘪三在外面么？怕不是被他给撞见了。要是真的如此，柴老头凶多吉少。”

说起小瘪三，赵慕英的脑海中不禁浮现出了他的模样。那天他们在月宫歌舞厅的一番对话实在令他难忘，尤其是那句“我不会替洋人卖命，这个是原则”，真的令他有些敬佩。

赵慕英心想，上海这么大，他们两人相遇的几率实在渺茫。

“不会这么巧吧？”

“讲不清楚。只是这次我感觉不太好。还有一件令人头疼的事情。”

赵慕英知道唐先生口中那件“令人头疼的事情”是什么。步维贤一天不死，唐先生这块心病就总好不了。对于胆敢背叛他的人，唐先生下手从不留情。

按照原来的计划，步维贤早该死了，谁知道他的堂弟竟当了他的替死鬼。

“对了，这帮教书先生都还好吧？”唐先生弹了弹烟灰，漫不经心地问了一句，“好吃好喝伺候着，到了宁波，他们还要派上大用场。”

“都好着呢。”赵慕英回道。

两人正说话间，客房的门外忽然有一阵响动。

赵慕英十分警觉，立马问道：“谁在外面？”

“送餐的。”门外那人道。

“这个点儿送什么餐？”

赵慕英转身朝房门走去，谁知他刚打开门，就被一只手抓着他的衣领，往外猛拽了一把。

与此同时，一道银光从他喉口掠过！

就差一寸，赵慕英的喉口就被利刃割开了。

唐先生身手敏捷，将赵慕英拖至自己身边，定睛一看，闯进来那人头发紧贴头皮，面色惨白，浑身上下湿漉漉的，一看就是从水里游上船的。他单手反握着一把匕首，虽然偷袭不成，但气势却不处于下风，朝唐、赵二人立个门户，一双凶目死死盯着唐先生。

“你……你怎么在这儿？”赵慕英见了他，目瞪口呆。

偷袭他的人，正是那日与他在月宫歌舞厅见面的阿弃。

阿弃并没有回答他，双唇不住地颤抖，不知是因为黄浦江水太过寒冷，还是因为胸中积压的怒气太甚。

唐先生朝阿弃微微一笑，跟震惊的赵慕英相比，他的神情则从容得多：“看来柴老头已经被你杀了。”

“杀他的人不是我，是你。”

阿弃终于开口了。

“是谁杀了他，已经不重要了。不是吗？”唐先生在阿弃面前负手来回踱步，丝毫不惧怕他突袭自己，“所以你来这里的目的是什么呢？替柴老头报仇？”

“我来要一个答案。”

“你要什么答案？”

阿弃看了一眼赵慕英，冷冷道：“我现在才想明白，这一切原来都是一场骗局。你根本不是步维贤的人，而是这个姓唐的狗！”

“是的，是我让慕英去找的你，也知道你会拒绝他。”唐先生停下脚步，把头转向阿弃，面容极为平静，“可是你要记住，把你们这群怪胎养起来、训练你们、给你们吃穿的人不是柴老头，而是我。我才是你们的衣食父母。”

“你把我们豢养起来，为的就是替你卖命。当你不需要我们的时候，就像宰牲畜那样宰了我们！我实在不明白，为什么你要对杂技团的人赶尽杀绝？”

“就像这支烟，吸完了，就应该扔掉。”唐先生说着，便将手里还剩一截的香烟丢在地上，抬脚踩灭了尚在燃烧的烟蒂，“这么简单的道理，你应该明白才对。”

“我……我不明白！”阿弃咬牙切齿地道。

“那我就让你死个明白。”唐先生摇了摇头，用一种极为怜悯的眼神瞧着阿弃，“最初，我让柴老头养你们这帮怪胎就是为了能帮我除掉一些人。这几年你们干得不错，制造的意外事件干净利落，各地的警察都没有怀疑过。但是呢，上海有个大侦探，一直暗中调查你们杂技团。无奈，我只好让你们在上海干完最后一票，就将你们全都做掉。但步维贤不死不行，而你又是杂技团里身手最好的那一个，于是我便让慕英引你去月宫歌舞厅。在你离开后，就派人烧了汇源里。留你一条性命这件事，柴老头起初并不知情。”

“你也算准了我会拒绝‘步维贤’的邀请？”

“是的。虽然你我没有见过面，但我从柴老头那儿了解过你。知道你的心气高，瞧不上步维贤这种洋人权贵。所以，我顺势将火烧汇源里的锅让步维贤背了。”

“所以那个光头也是你安排的？”

唐先生没有直接回答这个问题，只是笑道：“不过，让我始料未及的是你竟然失手了。这太令我失望了。步维贤没有死，死的是他的堂弟。在我原本的计划里，你应该在杀了步维贤之后被巡捕逮捕才是。这一切的剧情，我都已经安排好了。一个从火灾中逃生的怪胎在精神错乱下杀死了逸园跑狗场的法国老板。多好的剧情啊！哎！可惜啊！第一步走错，后面的戏就唱不下去了。”

“你为什么要杀死步维贤他们？”

“这和你无关。”

当阿弃提出这个问题时，唐先生的脸色变了，眉宇间隐隐现出怒色。

“真是好大一盘棋。”阿弃自问自答道，“打着什么五老会、仙学、不死药的幌子，将这些富商引入你设下的骗局之中，用各种手段霸占他们的资产，随后再用慢性毒药将他们杀死，以达到你卑劣的目的。你招揽的那些生物科学家恐怕是制造这些慢性毒药的元凶吧？这世界上怎么可能存在‘不死药’？”

“闭嘴！”唐先生怒喝道，“你懂什么?!”

“你们这些上等人和我们这些怪胎的共同点就是最终都要死，都会变成一堆白骨。你们富有四海，自然接受不了这个现实，所以这些个富商个个都要追求‘不死’，结果个个都死了。真的太可笑了！”阿弃说罢，畅快无比地哈哈大笑起来。

他的笑声仿佛一根根尖刺，深深扎入唐先生的心中。

赵慕英见唐先生满面怒容，于是从兜里取出一把驳壳枪，对准了阿弃：“再笑，再笑我就打爆你的脑袋！”

这时，唐先生却收起怒气，缓缓地道：“我们不一样。我拥有那么多，不能死。你们什么都没有，活着和死去，对这个世界来说，没有影响。这个世界从来就是不公平的。如果你觉得世界是公平的，那只能说明你太幼稚。穷人常说，有钱人没有烦恼。其实说错了，有钱人当然有烦恼。有钱人的烦恼就是，我拥有金钱、权力、美女、豪宅和这么舒适奢华的生活，我为什么要死？我不要死。我要永远地活下去。”

阿弃止住了笑声，对唐先生道：“你疯了。”

“不，我没有疯，而是你太愚蠢。”

“可惜……”

“可惜什么？”唐先生问。

“可惜你不会永远地活下去，因为今天就是你的死期！”

话音甫落，阿弃便手腕一抖。只见银光一闪，一把匕首蓦地向赵慕英飞射而去，迅捷无比！

唐先生还未来得及提醒，赵慕英的手腕便被匕首贯穿，惨呼一声，驳壳枪应声掉落在地上。

下一秒钟，阿弃便全力冲向唐先生。他知道先下手为强的道理，所以要在第一瞬就将唐先生打倒在地。然而，阿弃借势弹起的一记膝撞却被唐先生用交错的双手生生按了下去。这完全出乎了阿弃的意料，他知道自己遇上了一个顶尖高手！

在化解阿弃进攻的同时，唐先生连消带打地朝阿弃扬起一拳。阿弃慌忙间往后疾退，才堪堪躲过。可唐先生并不愿就此放过阿弃，快走两步，左右两记猛烈的摆拳命中阿弃的双颊，最后一记弹腿虽被阿弃用双臂的尺骨挡下，但因力量太强，踹得阿弃连退数步。

但两拳就将阿弃的脸颊打得高高隆起，脸上全是淤青。

就算不会武艺的人，都能轻松看出两人水平的差距。

唐先生脱下西装外套，丢在地上，右手松开领带，对阿弃道：“来，我陪你玩玩。”

阿弃叱喝一声，再次冲向唐先生。这次他立稳下盘，用刺拳试探唐先生的深浅，谁知唐先生身形左右连晃，将阿弃的刺拳全部躲开。他这脚下的步伐乃是从西洋拳击术中习来的，配合腰腹的力量及敏捷的反应，普通的拳速对他毫无威胁力。

阿弃连出几拳，都没打中唐先生。反观唐先生，他却只闪避，不回击，像是一头正在玩弄猎物的猛兽。连续的进攻耗费了阿弃大量的体力，他的喘息声变粗了，手脚动作也变得迟缓了。就在此时，唐先生从阿弃的进攻中看出了破绽，一记侧鞭腿迅猛地击中了阿弃的肋骨。随着沉闷的一声，肋骨登时被踢断。

阿弃强忍剧痛，整个人扑向唐先生。这时候他的动作已无章法。他知道，论身手，论武艺，他和唐先生有云泥之差，是以此刻做好了与对方同归于尽的准备，采取了不要命的打法。可是，唐先生不会给他这种机会。

就在阿弃双手探前飞扑而至时，唐先生一个侧避，紧接着旋腰发力，蓄力已久的后手直拳准确无误地砸中了阿弃的下颚。这拳力量极大，阿弃的下颌骨被打碎，整个人轰然倒地。唐先生这拳彻底粉碎了阿弃的战斗意志。才不过几招，畸人杂技团的头号杀手就被这位西装革履的上流精英打得毫无还手之力。这种场面，没有亲眼见过的人绝对无法想象。

唐先生走上前去，用那双擦得锃亮的名牌皮鞋踩在阿弃的脸上，低头观察了一番，想确认他昏迷了没有："还醒着呢？"

阿弃睁开双眼，狠狠瞪向唐先生。

"慕英，把他给我带到甲板上去。"

唐先生丢下这句话后，从桌上取了一个木制的小箱子，迈着大步，朝客房外走去。

夜风很大，一阵阵刺骨的寒风从"富华"号客轮的甲板上呼啸而过。人若站立不稳，很容易被这大风吹下轮船，掉进冰冷的黄浦江中。

阿弃如同一摊烂泥，浑身使不上劲。赵慕英忍着手腕被刺伤的疼痛，费了好大的劲才将阿弃拖至甲板。他立在阿弃背后，手臂从阿弃腋下穿过，将他面朝唐先生架了起来。残存的意识使阿弃半睁着眼，嘴里有气无力地骂着什么。

唐先生在船头负手而立，始终注视着他们。

“你的身手确实不错。”他对阿弃说，“可惜不是我的对手。你知道人活在这个世界上最痛苦的是什么吗？”

风变大了，从阿弃的嘴角淌下的鲜血被风一滴一滴地吹落在甲板上。

唐先生继续说道：“人生在世，最痛苦的莫过于选错对手。你和我不是一种人，你明白吗？人和人的差距有时候比人和动物的差距还要大。你、柴老头和你那群奇形怪状的同伴，不过是我养的狗而已。我高兴的时候，可以摸摸你们的头，给你们肉骨头吃；不高兴的时候，就把你们丢进黄浦江里喂鱼。”

“我一定要杀了你……”

阿弃的声音实在太轻，太轻了，还未被唐先生听见，就被风刮得无影无踪。

唐先生笑了起来，笑容十分诡异。他从木箱中取出六支注射器，对阿弃道：“今天我高兴，想给你肉骨头吃。这六支是那群教书先生新研制出来的不死药，没人用过。今天便宜你这条狗，给你试试。”

“不……不要……”这回阿弃真的害怕了，拼命挣扎起来。但他力气太小，又被身后的赵慕英死死钳制，根本动弹不得。

他不怕死，但害怕成为试验品。

注射器内的褐黄色液体加深了他的恐惧。

唐先生反握注射器，将它狠狠扎入了阿弃的颈部，然后将褐黄色的液体推入他的体内。阿弃想喊，却喊不出声。拼命挣扎使口中的鲜血喷洒出来，污染了唐先生那无瑕的白衬衫。见衣服被弄脏，唐先生露出厌恶的神情，立刻接连将其余五支注射器都快速地扎进阿弃的肉中。褐黄色的不明液体如同诅咒的种子，深深扎根于阿弃的体内。

过不多时，阿弃的肌肉就开始痉挛、不断抽搐，口角吐出些许混杂着鲜血的白沫。

唐先生上前，一把揪住阿弃的衣襟，将他从赵慕英手中拉过来，然后拎着他走到甲板边缘。下面是滚滚的黄浦江水，耳边是此起彼伏的风声与水声。

阿弃还在抽搐，双眼上翻。唐先生看着阿弃，右手张开五指，伸向赵慕英。赵慕英立刻会意，从身上取出一把驳壳枪，放到唐先生的手中。

“难受吧？”唐先生对阿弃道。

阿弃无法回应，仿佛已失去了意识，如同一具行尸走肉。

“难受就对了。”唐先生继续道，“跟我作对的下场就是这样。好了，我也玩够了。去死吧！你这个怪胎！”

言毕，他猛推了阿弃一把，随后举起驳壳枪，对准阿弃的身体，连开了四枪！

砰！

砰！

砰！

砰！

阿弃的身上应声绽出四朵血花，整个人向后仰倒，从船上跌落，坠入黄浦江中。

风声太大了，吞没了阿弃坠江落水的声音。

他悄无声息地来到这个世界，又无声无息地离开了。

没有人会知道，今夜黄浦江中又多了一条冤魂。

历史正如这滚滚东流的黄浦江水。人们记住的只是浮在江面上的豪华轮船，而江底的鱼虾又有谁会在意呢？

他们并不重要。

唐先生转过身，问赵慕英：“你的伤没事吧？”

赵慕英摇摇头道："没有大碍。"

唐先生道："那就好。我刚才想了想，我还是先不去宁波了。步维贤这件事，必须得做个了断。你带着那些教书先生先去。等我把这里的事情办妥了，再和你们会合。对了，我还需要你帮我做一件事。"

他说完这句话后，意味深长地瞥了赵慕英一眼。

"我明白。"赵慕英顿了顿，又问道，"先生，你准备自己动手？"

唐先生点了点头："步维贤知道的事情太多了。这个法国佬一天不死，我就一天寝食难安。顺着他这条线，我们迟早会被查出来。还有他……"

那位名满天下的大侦探就像卡在唐先生喉口的鱼刺，令他十分难受。

——霍森，我们之间，是时候做一个了断了。

第九回　黄雀在后

不知道是不是因为太久没进食，叶智雄感到胃里一阵阵地痛。

这是他的老毛病了，曾经也看过几位中医，说是得了胃脘病——气机失调，脾胃亏虚。但吃了几剂方子，病情也不见好转。久而久之，叶智雄摸索出病发的规律：如果长时间不吃东西，或者吃得太饱，疼痛感就会出现。

黄包车停在薛华立路的路口。叶智雄付了钱，大步走进总巡捕房的大门。

叶智雄感觉自己的胃像是被人用金属调羹生生地刮着，这种痛感随着时间的推移越发明显。他放缓了上楼的步伐，因为疼出了汗，汗湿的衬衫都粘在他的背上。他想起办公桌上还有两块凉掉的葱油饼，或许可以用来充饥以暂时缓解他的胃疼。

他的办公室在三楼。还在楼梯上时，叶智雄就发现办公室的门缝下面透着光亮，看来已经有人在里面等他了，于是忍痛直了直背，加快了脚步。

推开办公室的大门，屋内的两个人同时回过头来，他们是霍森和薛畊莘。

“霍先生，你怎么来了？是不是有陈教授的消息了？”叶智雄忙问。

他还无法忘记陈应现被绑走的那一幕，心中的愧疚感甚至让他稍稍忘了胃痛。

霍森飞快地看了薛畊莘一眼，然后道：“有一点消息。但你最好先听听薛先生的消息。”

薛畊莘接过话头，神色凝重地对叶智雄道：“你听说过五老会吗？”

叶智雄一惊：“你怎么会知道这个？”

薛畊莘见叶智雄的反应，显然他是知道的，这点倒是出乎意料。

“这个东西是刚才有人送到巡捕房来的。”

薛畊莘指了指他身后的书桌。桌面上的文件大都是叶智雄见过的，没见过的只有一本陈旧的簿子和一张纸，纸上写着一些文字。

“谁送来的？”叶智雄问。

“一个小孩。”

“小孩？”叶智雄没听明白。

“就是马路上的流浪儿童，不过也是别人托他送来的。这小孩说，有个身上脏兮兮的男人，给了他一点钱，让他把这两样东西送到巡捕房，交给一个叫‘叶智雄’的探长。”说到此处，薛畊莘像是又想起了什么，“对了，小孩说，那个男人一只手上有六根手指。”

“六根手指？”叶智雄看向霍森，霍森朝他苦笑。

——应该是他们要找的那个人。

叶智雄把目光重新投向书桌上的簿子和纸：“你们都看过了？”

薛畊莘点了点头。

叶智雄走过去，把它们拿在手上，细细读了一遍。

簿子的主人名叫“柴贵生”，是前段时间红遍大世界的畸人杂技团的团长。簿子里详细记录了畸人杂技团以巡演为幌子，在各个城市行谋杀之实的证词。其中，周金林、刘麒麟、新井藤一郎和约翰逊的“自杀”“意外”，也都是畸人杂技团所为。柴贵生还记下了许多与唐先生交往的事情，但大部分都没什么参考价值。对于五老会，柴贵生所知甚少。

那张纸上写的是有关唐先生及其党羽绑架科学家后如何逃离上海的内容。什么时间出发，从哪个港口上船，目的地是何方，都记得清清楚楚。

放下簿子和纸，叶智雄抬起了头：“现在证据确凿，必须逮捕那个姓唐的。既然我们已经知道了他们逃跑的路线，必须立刻拦截。若是让他们逃到宁波，再想捉人可就难了。”

“可是……”薛畊莘面露难色。

“怎么了？”

“黄浦江上可不是我们的辖区，归华界警察厅管。”

“可以申请联合行动吗？”

“联合行动不是不行，但这个点，找谁联系啊？”薛畊莘指了指墙上的挂钟，已经将近十二点了。这个时间段别说想得到警察厅水警的协助，就连薛华立路总巡捕房里恐怕都没几个巡捕在值班。如果想要联系华界警方，最快也要等到明天早上。

叶智雄等不了：“通知兄弟们，我们现在就出发，去截停姓唐的轮船，解救人质！”

霍森道：“我同你们一起去，多个帮手也好。”

“你脑子拎拎清，这是违反规定的！”薛畊莘急切地道。

叶智雄的鲁莽，薛畊莘也不是第一次领教了。但这种跨越辖区的逮捕行动很容易引火烧身，弄不好还要蹲监狱。况且萨尔礼早就看叶智雄不顺眼了。这个把柄要是落在他手里，叶智雄一定吃不了兜着走。

“再不行动，就要来不及了。难道眼睁睁看着他们逃到宁波？”叶智雄也急了。

不同于谨慎的薛畊莘，叶智雄一向重效率、轻程序，犯规的事情也一直在做，不过都是些小事，加之他破案率高，所以巡捕房上下也都睁一只眼闭一只眼。

“还是不行，你听我一句……”

“好了，不要啰嗦了。我是探长，就听我的！如果萨尔礼怪罪下来，我一个人顶着，绝不拖累你们。”

“你这人怎么不识好歹？我不是这个意思！”

叶智雄摆了摆手，说道：“好了，我们在这里争也没意思。有这个时间，人老早捉到了。你去通知值班的巡捕，和我一起出发去截停嫌疑犯的轮船。另外，这件事先不要让萨尔礼知道，否则要坏事。”

薛畊莘见拗不过他，也就罢了，长叹了口气，出门去招呼值班的巡捕出警。

“你有没有想过，那人为什么要把情报给你？”

不知何时，霍森已走到了叶智雄的身边。

叶智雄转过头，对他道：“因为敌人的敌人就是朋友。”

说出这句话的时候，他已经感觉不到胃痛了。

手腕传来的疼痛感越来越强烈。

船上没备止痛药，在到达宁波之前，赵慕英只能忍着。不过比起辜负唐先生的信任而带来的痛苦，这点疼痛又算得了什么？他这条命都是唐先生给的。如果下一秒去死能够让唐先生开心，他会立刻去死，一点都不会犹豫。士为知己者死，死得其所。

外面开始下起了雨，船身颠簸得更厉害了。

赵慕英坐在船舱里，忽地一阵反胃，立刻抱着马桶，开始呕吐，直到把胃吐干净，才舒服了一点。

他看着马桶里的呕吐物，心里冒出一个奇怪的念头——明明一整天都没吃什么食物，为什么可以吐出这么多东西？

他不知道，胃的容积远远超出他的想象。

最初遇到唐先生的时候，赵慕英还是个混迹于华界棚户区的小瘪三，过着有一顿没一顿的日子，住的是由毛竹、树棍、稻草和泥土等建造而成的棚户简屋。屋子外面到处是垃圾、粪便，长年臭气冲天，一到黄梅天，更是恶臭袭人。所以，他从不相信人死之后会下地狱，因为他就活在“人间地狱”里。

棚户区被称为“人间地狱”，这绝不是夸饰之词。

清朝末年，大批无谋生之道的移民涌入上海，使市区人口膨胀，许多贫民被推往城市的边缘安家，于是便出现了鱼龙混杂的棚户区。辛亥以后，各地帮会头目也随移民潮陆续进入上海，斗殴、娼妓、吸毒、谋杀、抢劫等罪恶在这里滋长，棚户区就成了黑帮的温床，不仅有外部的黑恶势力入侵，其内部也产生了不少流氓团伙。

不过，生长在棚户区的这些小流氓，终极的梦想还是进入大上海，混出个人样。他们视几位青帮大佬为偶像，都想靠自己的拳头和魄力在上海闯出一片天地。

赵慕英命苦，母亲早早死了，父亲又是个穷烟鬼，在他十三岁那年就消失了。没错，就是活不见人、死不见尸的那种消失。为了能生存下去，不被别人欺负，赵慕英学会了打架，也逐渐变成了一个好勇斗狠的人。

别人狠，他比别人更狠，渐渐地在他那一块儿打出了名堂。

但常在河边走，哪有不湿鞋？终于在一次聚众械斗中意外刺死了一个混混，被警察逮了个正着。按理说，杀人偿命，判个死刑也不为过。谁知赵慕英在牢里待了几天后竟然被放了出来，真是咄咄怪事！当时他也没多想，高高兴兴地出了狱。出了监狱，还没走几步，就被两个人掳上了一辆高级轿车，被带到了唐先生面前。

起初他以为唐先生是被杀之人的老大，心想："怪不得保我出狱，原来想要亲自动手。"于是把心一横，朝着唐先生一顿臭骂，污言秽语是不停地脱口而出。然而，唐先生却没有动怒，反而饶有兴致地听他骂人。等赵慕英骂累了，他才开口说话。

"你还挺有种。"唐先生笑着道，"听说你打架很厉害，有没有兴趣来帮我做事？"

眼前这个男人看上去不像在开玩笑。听了这话，赵慕英一愣，脑子更迷糊了。

"我喜欢不要命的人，尤其是身上背着人命的人。这种人做事通常都很果断。"唐先生盯着赵慕英的眼睛，像是在他的眼中寻找什么，"告诉我，你是不是这种人？"

"我……我是不要命……"

赵慕英被他的眼神盯得很不自在，这是他头一次感觉到恐惧。

"很好！"唐先生满意地点了点头，眉宇间闪过一丝笑意，"从今天开始，你就是我的人。自此往后，除了我之外，没人可以要你的命。"

后来赵慕英才明白，唐先生当时并没有吹牛，因为在那之后他杀了好多好多人，却再也没有被抓过。不仅如此，他还过上了从前梦寐以求的生活，香车美女和美酒佳肴应有尽有。他摇身一变，从一个棚户区的小瘪三变成了租界里上流宴会中的常客，手中掌握的随便一家赌场或舞厅的一天营业额的零头，都是从前的他一辈子都赚不到的数额。

给他这一切的，就是唐先生……

“不好了！赵哥，不好了！”

一阵喧闹将赵慕英从追忆里唤醒，与此同时，手腕处的跳痛也被唤醒了。疼痛一波又一波，恍惚间，他有一种错觉：自己的手腕变成了一棵树，有个樵夫，正抡着斧头，不停地奋力砍伐。

闯进船舱的是个身穿黑衣的壮汉。他双目通红，不知是因为刚刚哭过，还是因为得了结膜炎。

“什么事？”赵慕英低着头，视线停留在自己受伤的右腕上。他发现白色的纱布已被渗出的鲜血染红了，看来伤口又裂开了。

“巡……巡捕追来了，就在外面！”壮汉磕磕绊绊地说道。

赵慕英立刻起身：“你没看走眼？”

“当然没有，他们还在朝我们喊话，让我们把船停下。赵哥，现在怎么办？船上还有这么多人质，要是被巡捕逮住了……”

赵慕英蓦地面色大变。

“赵哥，你说巡捕怎么会半夜来追击我们呢？分明是有人告密嘛！这下可难办了……”壮汉深知大祸临头，面露难色，不停叹气。

“全部做掉。”赵慕英冷冷地道。

壮汉瞪大了双眼，一脸不可置信的表情：“全都杀了？这……这些人不都是唐先生的座上宾吗？”

“他们已经没有用处了。如果此时让巡捕发现我们船上有这些人，就会坐实绑架的罪名，到时候我们就彻底完了！所以要抓紧时间，趁着这些巡捕还未登船，把这些人都给杀了！一个都不准留！”

“可……”那壮汉本来还想反驳两句，但见赵慕英如此决绝，也不好再说。毕竟他是唐先生的心腹，这么做说不定是唐先生授意的。况且赵慕英说的话也并无道理，斩草要除根，才能以绝后患。

得到了指令，黑衣壮汉便大步走出船舱，带了几个黑衣人，将十几个人质领到了甲板上。这些人质虽是手无缚鸡之力的知识分子，却也不傻，知道这下雨天将他们带到甲板上以后要对他们做什么，于是纷纷跪下求饶，希望能饶他们一命。

但壮汉已经得到了赵慕英的明确指示，且巡捕的船离他们越来越近了，不容耽搁，便下令枪决。他话音刚落，随着几声闷响，那些替唐先生卖命研制不死药的科学家和医生们纷纷躺倒在地，每个人的眉心都被子弹打出了一个血窟窿。

人质全被干掉之后，赵慕英才缓缓现身。他见这一地死尸，怒上心头，对壮汉道："谁他妈让你们在甲板上杀人的？谁他妈让你们用枪杀人的？生怕后面追来的人听不见是吗？"

"那……那我们怎么办？"壮汉知道自己做错了事，吓得没了主意。

"这下可好，本来是个绑架犯，现在变成杀人犯了，被巡捕抓回去，一个个都要被枪毙！"赵慕英在说最后一句话时，故意加重了语气。

"赵哥，兄弟们也都是听你指挥啊，这……这可怎么办？"

"怎么？你想让我背这黑锅？"赵慕英冷笑一声，"你可别做春秋大梦了。今天在场的兄弟们都逃不了死罪。"

此言一出，甲板上众人喧哗，大家的脸上都罩上了一层阴霾。

"赵哥，你说怎么办，我们就怎么办！总不见得只能坐以待毙吧？"壮汉上前一步，对赵慕英说道。他的意思再明白不过：这帮人都是亡命之徒，不想就此束手就擒，与其被巡捕捉回去吃枪子，不如在这江面上和他们搏上一搏。

赵慕英环视众人，面上不动声色地道："兄弟们意下如何？"

众人齐声道："我们愿与赵哥共进退！"

"你有没有听见枪声？"

叶智雄立在船首的甲板上，回过头去问身后的霍森。

他眼前是一片江水，再远一点的地方能隐约瞧见一个黑点，那正是他们要追击的那艘满载科学家和医生的轮船。由于下着小雨，江面上的能见度变得更低了，即便把轮船的照明灯开到最大，前方也都是一片模糊。

霍森沉默了一会儿，才回道："嗯，我听见了。"

叶智雄举起手里的双筒军用望远镜朝前方探望，发现前方船上有人正在往江里抛东西，具体抛什么是看不清的，好像是用麻袋装的东西。见此情形，他立刻反应过来，口中大喊："不好！他们好像在往水里丢东西！霍先生，你看看。"

霍森接过望远镜，朝前望了片刻："你没看错，他们确实在往江里抛东西。"

"难道是人质？"

即使不愿意承认，但叶智雄还是说出了他的担忧。

霍森放下望远镜，面色也变得越发凝重："这艘船还能不能再快一点？"

叶智雄骂了句脏话，转身朝驾驶舱走去。进了船舱，叶智雄就把驾驶舱里的人都骂了一遍说，人命关天，船开这么慢，不知何年何月才能追上去。

薛畊莘则在一旁劝他说："半夜能给你找来一艘船已经很不错了，还嫌这嫌那，万一骂得人家不高兴，船不借我们巡捕，我们又能怎么样？难道还亲自下水，游过去救人？"叶智雄一听，觉得也有道理，于是催促的口气缓和了不少。

紧赶慢赶，终于让他们追到距离对方不到一百米。几个小巡捕在甲板上朝对方的船大喊，让他们立刻停下，接受检查。

可还没等他们多喊上几句，突然一阵噼里啪啦的声音在叶智雄耳边炸响。

只听甲板上有人惊叫道："妈的，他们用机枪扫我们！"

船头火星与木屑横飞，刺耳的尖叫声与连续的机枪射击声混在一起。

叶智雄大怒，下令道："反了！反了！大家抄家伙，和他们干！"

追击悍匪原本就是危险的行动，巡捕们自然早有准备，纷纷祭出比利时造的 M1930 轻机枪，与他们对射。这款机枪射速高、火力强，一时便扭转了劣势。三十几台轻机枪一阵扫射，对面船上有不少匪徒都被打爆了头。

绝对的火力压制让巡捕占了上风，船也越追越近。待对方甲板上的匪徒都死尽后，叶智雄就开始带领巡捕登上敌船。为了安全起见，他让霍森先待在原地，不要轻举妄动。

进到船舱，又遇到了几个匪徒的零星顽抗，但最后他们都被巡捕射死。

"报告探长，搜遍了船舱，并没有见到人质！"

听到这个消息，叶智雄的心沉了下去，他最害怕的事情果然还是发生了。

这群畜生竟然把人质都丢进了江里。

船上的匪徒死了大半，巡捕也伤了好几个，自己却连个人质活口都带不回去，可想而知，萨尔礼知道后会有什么反应。往严重里说，叶智雄这次贸然行动很可能被定性为害死这些科学家及医生的导火索。

叶智雄狠狠咒骂了一句。

这时，身后传来一阵喧闹。有人来报说，还有个活口在上面。叶智雄听了，立刻领着队伍来到船尾的甲板上。

赵慕英站在那里，手里还握着一把驳壳枪。

“人质在哪里？”

叶智雄一见到他，就摆出射击的姿势。这几乎是他的条件反射。

赵慕英大笑不止：“叶探长，您明知故问。”

言下之意就是那些人质都被丢进了江里。

叶智雄立刻对身后的人喊道：“都待着干吗？快点下水救人！救人！”

赵慕英道：“叶探长，我劝你不要白费力气了。这些人在被丢进水之前，脑袋都已开了花，就算让你捞上来，也不过是一具具死尸而已。”

他说话的语速很慢，却掩饰不住心中的得意。

“为什么？为什么？”叶智雄握枪的手在颤抖，“你为什么要杀了他们？”

“对不起，这个问题我无法回答。”

“你是谁？你是不是姓唐的？”

“我姓赵。”

“姓唐的人在哪里？”

赵慕英又笑起来：“这个问题，我也无法回答。”

“你不回答，我现在就毙了你！别以为我在开玩笑！”

说出这句话的时候，叶智雄已分不清自己是在恐吓，还是真的会扣动扳机。愤怒、愧疚、恐惧、绝望充斥着他的大脑。

“身为巡捕房的探长，你可以随意处决人吗？”

“我就说，你不理会我们的警告，对我们不停开枪，我们只是还击，只是自卫！”

“你威胁我？”

“是又如何？”

“叶探长，你以为我怕死？”赵慕英非但没有收敛，反而笑得更猖狂了，“如果我是个怕死的人，就不会站在这里了。当然，今天你们也没机会带我回巡捕房，你们是抓不到我的。至于唐先生，你们也永远抓不到他。”

“我数到三，你不说出姓唐的下落，我就开枪击毙你！”叶智雄面目狰狞，“一！”

“叶智雄！你疯了？他是唯一的活口，当务之急是先把他拿下！”薛畊莘对叶智雄吼道。他太了解叶智雄了，知道他在这种情况下什么事都干得出来。

“二！”

然而叶智雄并没有把薛畊莘的话听进耳中。

赵慕英突然将驳壳枪对准了自己的太阳穴，脸上浮现出嘲讽的笑容，对叶智雄道：“三！”同时扣下了扳机！

砰！

枪声瞬间被江风吞没。

赵慕英倒在地上，子弹打穿了他的头，也击碎了叶智雄最后的希望。

看着轮船上数十具尸体，叶智雄这才明白过来，一切都结束了。

这次营救行动，可以说彻底失败了，不仅没有抓住一个犯罪分子，就连人质都全员殒命。督察长萨尔礼极为震怒，几乎要将负责此次行动的叶智雄罢免，最后还是由警务总监出面说情，希望能再给叶智雄一次机会，叶智雄才暂时保住了他探长的职位。但矛盾的种子也从此种下了。叶智雄知道，距离他离开巡捕房只是时间问题。

华界警察厅出动了水警在江上搜寻，却没有发现那位“唐先生”的身影。对此，坊间有许多传闻：有的说，在匪徒与巡捕枪战时，他潜水逃逸了；有的说，他混在喽啰中，被巡捕击毙了；更有人觉得，那个最后的死者赵慕英便是“唐先生”本人。

总而言之，关于唐先生是生是死，社会上众说纷纭，莫衷一是。最后，这起震惊上海滩的奇案就以主谋失踪、从犯全员死亡的结果落下了帷幕。

当时的新闻媒体都认为，人们很快就会忘记这个案子，毕竟每天发生在上海的奇异事件太多太多了。

至少当时他们是这么认为的。

（第一部完）

第二部
洋房血案

霍桑点头道："是的，这是我们的失着。其实问题就在双重谋杀上。我们当时都觉得手枪问题比较急切而惹人注意，所以我就先注目到外围问题，而把内线问题暂时搁一搁了。"

——程小青《舞后的归宿》

出场人物介绍

步维贤	逸园跑狗场老板
伊莎贝尔	步维贤的妻子
露易丝	步维贤的女儿
李约翰	步维贤的女婿
朱斯特	步维贤的侄子
亨利	洋房的管家
艾琳	洋房的女佣
萨尔礼	法租界巡捕房督察长
薛畊莘	法租界巡捕房翻译
叶智雄	法租界巡捕房探长
罗闻	公共租界巡捕
李亦飞	私家侦探
罗思思	私家侦探
黄雪唯	私家侦探
胡弦	私家侦探
霍森	私家侦探

第一回　预告杀人

薛华立路的总巡捕房是法租界七个巡捕房中最大的一个，也是法租界警界的权力中心。每天早上八点，督察长萨尔礼都会准时来到他的办公室，让手下冲上一杯香气四溢的咖啡，站在窗前，静静享受美好的上海早晨。这几乎是他多年养成的习惯。每天这个时刻，他总会想起刚来上海的那段时光。

一九一九年，十八岁的萨尔礼来到了上海。萨尔礼的母亲是摩纳哥人，父亲是巴黎人，他是个混血儿。他受的教育并不多，很早就从军了。第一次世界大战结束后，萨尔礼就离开了军队，回到巴黎谋生。当时法国本土竞争非常激烈，想要有一番作为非常困难。他听说，上海正在招募巡捕，在那里洋人的地位很高，就算是文盲或者无赖，只要是外国人，在中国就可以受到尊敬。于是他下定决心，远渡重洋，来到了上海。

萨尔礼在上海的起点并不高，只是法租界的一个普通巡捕。当时，去做巡捕的通常是底层洋人，没有本事的才当巡捕。但萨尔礼并不在意，他脑子里只有一个想法——出人头地。萨尔礼在巡捕房很出众，仪表堂堂，善于审时度势和利用机会，是个实干型的人才。上司布置的任务，他都会圆满完成。此外，他溜须拍马的功夫也十分高明。

他的上司是警务总监费沃利。费沃利非常蛮横，有各种恶名，涉嫌勾结黑帮、支持鸦片贸易。跟随警务总监，萨尔礼在灰色产业链中也捞到了不少好处。在这样的情况下，萨尔礼在巡捕房一路高升，坐到督察长这个位置上，仅仅用了十年。

可以说，这些年来，他一路顺风顺水，当然也会偶尔遇到一些小麻烦。

今天他就遇上了一点小麻烦。

办公桌的中央放置着一份报纸，报纸头版上赫然印着四个大字——“杀人预告”!

预告的标题下面还有七个字——“步维贤今夜必亡”。

杀人也敢预告？

初见这份报纸，萨尔礼惊怒交集，一时不知说什么才好，过了好久心情才平静下来。

门口传来了敲门声，叶智雄和薛畊莘到了。萨尔礼让他们进门，拿起桌上的那份报纸狠狠朝叶智雄丢了过去。

“你看看！你自己看看！”萨尔礼怒道，“你不是说姓唐的已经死了吗？为什么还会有人企图杀死步维贤？”

“可能是恶作剧……”薛畊莘替叶智雄解释道。

“步维贤在法租界什么身份？竟然被这样威胁？还有，这家报馆怎么敢登这种内容？”

“这是家小报，而且也不在我们的辖区内。人家想登什么，我们完全管不了。”叶智雄回道。

“现在怎么办？”萨尔礼指着叶智雄道，“你必须解决这件事！否则就走人！”

"明白。"

"你是不是不服气？"

"没有，我服气。"叶智雄冷冷地说了一句。

出了办公室，薛畊莘将叶智雄拉到走廊的角落，问他："你打算怎么解决？去报馆抓人，还是暂时将步维贤转移到安全的地方？"

叶智雄耸了耸肩。他没想到姓唐的如此明目张胆，一时没了主意。

"还没想好。"他说。

"我认为还是把步维贤转移到一个隐秘的地方，这种做法或许安全些。"

"没用的，姓唐的手段高明。不论我们将步维贤转移到哪儿，我相信他都能找到。"

"那怎么办？"

叶智雄想了片刻，才道："不如把他保护起来。"

"保护起来？"

"加派人手，把步维贤的房子围起来。"叶智雄提高了声量，"我们就把步宅打造成铜墙铁壁，我看姓唐的还能怎么样！"

"你疯了吧？萨尔礼能同意？"

"不需要他同意。以防万一，我还会委托霍森他们来帮忙。"

说这句话的时候，叶智雄脑子里浮现的是黄雪唯的脸。

位于麦高包禄路的步氏宅邸，自建成以来，从未有过现在这般景象。

洋房的庭院里立着不少荷枪实弹的巡捕。不论是花圃，还是池塘，都有守卫和巡查的人。鉴于罪犯在报上扬言要刺杀步维贤，警务处总巡捕房为他提供了最高规格的保护。除了巡捕之外，沪上知名的几位大侦探家也都集聚在麦高包禄路的步宅里，他们是拥有“中国福尔摩斯”之称的大侦探霍森、少年侦探李亦飞、少女侦探罗思思等。

所有人都坚信，在这样大力度的守护下，再厉害的杀手也近不了步维贤的身。

不过，华人探长叶智雄并没有这么乐观。

从前几次案件来看，步维贤口中的那位“唐先生”的犯罪手段十分高明，对巡捕也相当了解。如果他想要暗中杀死步维贤，绝不会用硬碰硬的方式，这不是他的处事风格。如果用动物打比方，那位唐先生像是一只猫，喜欢在杀死猎物之前将猎物玩弄得筋疲力尽。

叶智雄搭的黄包车在步宅前停下。他付给车夫五角，但对方似乎对这个价格并不满意，还在和他讨价还价。叶智雄不耐烦地出示了证件。那车夫一见是巡捕，立刻拉起车就溜，不一会儿溜得连影都没了。

叶智雄抬手看了眼表，下午两点。

经过昨晚的一番劝说，步维贤终于松了口，接受了巡捕的保护。步维贤从一开始犟头倔脑到做出重大让步，之所以会发生这种转变，与其说是对巡捕妥协，不如说是信任以霍森为首的大侦探们。

没走几步，叶智雄忽然听见有人在洋房门前与巡捕起了争执，快步走近一看，原来是黄雪唯小姐。

黄雪唯换了一身墨绿色的绣花旗袍，外面披着一件云裳公司最新款的冬大衣，脸上略施粉黛，浑身上下洋溢着妩媚的气息。她手里夹着一支香烟，仰着头对门口执勤的巡捕道：“我是受了巡捕房叶探长的委托才来此地的。你们两个不要绞七廿三，快点放我进去！”

两个巡捕见了叶智雄，仿佛看见了救星，忙对他道：“叶探长，你可算来了。这位女士一口咬定是应了你的邀请而来的。”

叶智雄见了黄雪唯，先是一愣，缓过神后，立刻道：“没错，她是我请来的。”说话的时候，他不敢去看黄雪唯的眼睛，心扑扑狂跳。

两个巡捕见状，忙给他们让开了一条路。

黄雪唯朝叶智雄笑了笑：“叶探长，怎么才来啊？我们进去吧。”

叶智雄低着头说了声“好”。黄雪唯走了两步，忽然止住，将叶智雄上上下下打量了一番。叶智雄被她看得不好意思，忙问：“怎么了？”

黄雪唯用手扯了扯他的皮茄克，对叶智雄道：“这件衣裳新买的？不错不错，你穿在身上，还挺英俊潇洒的呢！”

叶智雄忙把眼睛从黄雪唯脸上移开：“瞎七搭八，哪里英俊了？”

两个人说笑着进了屋。

他们俩穿过宽敞的门厅，沿着一条走廊又走了一会儿，就进入了右侧的一个房间内。由于这一次没有女佣领路，叶智雄得以好好参观一番。这是一间欧式风格的客厅，极为宽敞，天花板也很高，墙壁很厚实，不大的窗户上面镶嵌着彩色的玻璃。阳光透过窗户投射进来，使客厅变得五彩斑斓起来。除此之外，这间无比奢华的会客厅里还有一些价格不菲的家具和饰品，如天花板上的豪华玻璃吊灯、配有厚坐垫的高背沙发、大理石砌成的壁炉、质地极佳的东方地毯、墙壁上悬挂着的一幅幅镶在金箔画框里的油画。

叶智雄之前也去过几位华商的洋房，不论奢华程度，还是面积大小，他们的客厅都无法与这间相提并论。

“叶探长，我哥都走了好久了，你怎么才来？”

忽然传来了一个清脆的女声，叶智雄转头看去，只见罗思思坐在沙发上，正在享用冒着热气的红茶。她面前是一张样式老旧的餐桌，上面放着一本亚嘉泰·克利斯坦的侦探小说——*Peril at End House*（《悬崖山庄奇案》）。

“怎么就你一个人？小李呢？”叶智雄在会客厅来回张望，却不见其他人的身影。

“他去二楼的书房借书了。其他人都在自己房里。”罗思思瞧见了叶智雄身后的黄雪唯，笑了起来，“黄姐，你也来了？那个喜欢吹牛皮的胡大侦探呢？怎么就不见了？”

黄雪唯莞尔一笑：“你都说他喜欢吹牛皮，是个假侦探。上一趟听了你们的推理，当然被吓得不敢再来了。对了，霍森来了吗？”

“他还没来呢，说是晚上到。”

黄雪唯听了，若有所思地点了点头。

叶智雄听黄雪唯一来就问霍森的事，心里有些不是滋味，不过当然不会在明面上表现出来。他对黄雪唯道：“我们也别傻站着，在沙发上坐着等吧。”

黄雪唯挨着罗思思坐下，叶智雄则挑了单人沙发坐。两人才坐定，会客厅的大门即被推开，一位胖乎乎的女佣走了进来。这女佣也是个洋人，不过中文说得不错：“两位想喝点什么吗？”

“我要咖啡。”叶智雄先说。

“和罗小姐一样，红茶就行了，谢谢。”黄雪唯又问了一句，“您怎么称呼？”

“叫我‘艾琳’就行了。”胖女佣朝他们鞠了个躬，“我这就去准备饮料。”说完就离开了。

叶智雄环视会客厅，发出一声由衷的赞叹：“真是漂亮！这些个洋鬼子在我们国家可挣了不少钱呢！一个个都赚大钱、造洋房、买洋车、穿绸着缎、吃大菜。像我这种普通人，一辈子的薪水都买不起这一个客厅。哎，想想就来气！”

黄雪唯笑了笑，道：“没想到叶探长也这样俗气。对你来说，赚大钱、造洋房、买洋车、穿绸着缎、吃大菜这种事重要，还是把罪犯抓进监狱重要呢？”

“当然是抓罪犯重要。”

“钱这个东西，重要的不是多不多的问题，而是你能否用得心安理得。”

黄雪唯说话虽慢条斯理、嗲声嗲气，但每句话都切中了要害。叶智雄听了，不由红了脸，有点自惭形秽，后悔道：“黄小姐教训的是。我也就发发牢骚。其实真要让我不当巡捕，给再多钱，我也不干！”

“对了，昨天你哥跟我大致说了一下这边的情况。不过，对于这里的人，我还不是很熟。能否烦劳罗小姐替我介绍介绍？”黄雪唯把脸转向罗思思。

“这栋洋房里厢，除了叶探长、李亦飞、我和你之外，就都是步维贤的家里人。刚才的女佣你已经认识了，我就不介绍了。还有个长得像根胡萝卜的英国老头，是这里的管家，叫什么亨利。除此之外，还有步维贤本人、他的侄子朱斯特、女婿李约翰、夫人伊莎贝尔。我算算啊，加上还没来的霍大侦探，夯不啷当一共十一个人。”

未等罗思思说完，叶智雄就提出了疑问：“侄子和女婿？这两个人是从哪里冒出来的？”

他记得昨天离开步宅时，还没这两号人物。

“他们俩都是今天才来的，你当然没见到。那个叫‘李约翰’的是步维贤女儿露易丝的丈夫，正巧在上海出差，听闻老丈人差点出了意外，就赶来关心一下。”

“步维贤的女儿也在中国？”叶智雄问。

“不，他女儿没来，留在法国。”

“那个侄子是什么来头？”

“就是步维贤堂弟的儿子。他爸被人杀死在此地，他悲愤之余，当然要来看看。而且伯父步维贤对他一直不错，眼下生命遭到了威胁，他来慰问慰问，也在情理之中。”

“嗯，他们也算是重情重义的人。”叶智雄点评道。

黄雪唯听了，忽然笑了一声，随即就捂住了嘴。叶智雄问她笑什么，她也不说。

三人正聊着，女佣艾琳推门进屋，给他们端来了红茶和咖啡。

叶智雄接过咖啡，喝了一口，发现有些烫嘴，便放在一边。他抬起手，正准备用袖子擦嘴，却被黄雪唯制止，递给他一块粉色花纹的手帕。

“新买的衣裳，别弄脏了。以后擦嘴别用袖子，用手帕多好，又干净又卫生。”

“不要紧。我一个大男人，不用这么讲究！”叶智雄挥了挥手。

“男子汉不拘小节，这道理我也懂。但有的坏习惯不能用不讲究来搪塞，譬如你这种行为，就很不好，邋里邋遢。”

“那我就谢谢你了。”叶智雄接过手帕，擦了擦嘴。

他发现自己在面对黄雪唯的时候脾气小了，固执的性格也不见了。不论她怎么说，自己都没法反驳。不，应该说是不想反驳才对。

这时，李亦飞也走进了会客厅，手里捧着三册书，看来是刚从书房回来。李亦飞先是客气地向黄雪唯和叶智雄问好，然后坐在了叶智雄对面的单人沙发上。

“看什么书呢？”叶智雄问。

“都……都是侦探小说。”李亦飞赧然道。

叶智雄接过来翻了翻，三册书的书名分别是 *Trent's Last Case*（《特伦特最后一案》）、*The Greek Coffin Mystery*（《希腊棺材之谜》）和 *The Poisoned Chocolates Case*（《毒巧克力命案》），都是洋文书。叶智雄看不懂，瞧上两眼就放了回去，嘴上说：“读书好啊，喜欢读书好！”

黄雪唯问李亦飞：“你是在哪里借的书？”

李亦飞答道：“就是二……二楼的书房。”

黄雪唯又问："发生命案的那间？"

"是的。"李亦飞点了点头，"有……有什么问题吗？"

"没有，没有，我只是有点好奇。按理说，死过人的房间一般都比较忌讳进去，怎么还对外开放呢？这位法国老板还真有点没心没肺呢！"

叶智雄笑着说："也许人家洋鬼子没那么多忌讳呢！"

正说着，门外传来一阵急密的脚步声。过不多时，会客厅大门被推开，一名相貌平平的巡捕对叶智雄道："叶探长，不好了！"他满面惊悚，喘着粗气，额头上渗出一层细密的汗水，看来是从屋外一路快跑而来。

叶智雄从沙发上站起，快走了过去。巡捕将手中的那份《时报》递给了他。

"探……探长，你看报纸！"

不看不要紧，叶智雄一看之下，登时也呆立在了原地，心中的惊怒之情简直到了极点！

又是一份杀人预告！

坐在沙发上那三人见叶智雄面色大变，也都纷纷起身，聚拢过来，探头去看。预告的标题下面仅七个字——"步维贤今夜必亡"。

"第二份杀人预告？"黄雪唯立在叶智雄身后，双手抱臂，微微蹙眉。

她心下暗忖："但凡欲行谋杀之事的凶手，没有一个是恨不能悄悄进行的，哪里还有广而告之的道理？这位唐先生不仅预告一次，而且还像害怕巡捕房忘记一样又在另一份报纸上预告了第二次。他葫芦里究竟卖的什么药？"

罗思思也是挠着脑门，嘟哝道："在杀人之前先做个预告，这在侦探小说中倒不少见。现实生活中，我倒是头一次看见。我感觉这件事没那么简单，背后一定有诈。”

李亦飞在一旁一言不发。但从表情上看，他认可罗思思的推断。

“胆子也太大了！”叶智雄愤愤地将报纸丢在地上，“他根本没把我们巡捕房放在眼里！接二连三地发杀人预告，简直就是挑衅我们！好啊，来啊！我倒是要看看这位唐先生有什么三头六臂，可以在我眼皮子底下杀人？”

叶智雄转过头，对身后的巡捕道：“把这栋洋房里所有的人都叫来，我要在这里开个会。报纸上说，今天晚上凶手要来杀人。你让兄弟们打起十二分精神，别让人看扁了！”他说话声音很大，故意让楼上的人都听见。

那巡捕得令后，立刻退了出去。

李亦飞捡起报纸，沉吟片刻，对叶智雄道：“我……我有个想法。”

叶智雄问道：“什么想法？”

李亦飞道：“不……不如我们把步维贤先生转……转移了。这样的话，凶手就算真……真来杀人，也会扑……扑个空。”

叶智雄听了这话，有点生气，哪有仗还没打，就先灭自己威风的？于是没好气地道：“我看不如直接投降算了。”

“我……我不是这个意思……”

不等李亦飞解释，叶智雄又抢道：“这栋洋房被我们巡捕团团围住，杀手怎么进得来？除非他是孙悟空，会七十二变！我看啊，他这是在虚张声势！我们不要中他的计，就待在此地，哪里也不去。”

李亦飞还想再劝，却被罗思思拦住，朝他摇了摇头。她想表达的意思很明显：这里的守卫工作毕竟是由叶探长全权指挥；她和李亦飞都是叶探长请来协助他的，手中并无实权；叶探长要是不高兴了，随时可以让他们走人。李亦飞不傻，见叶智雄正在气头上，心知多说无益，话到嘴边，又咽了下去。

过了大约一刻钟，步宅里的众人逐个来到了会客厅。

最先到的是管家老亨利和女佣艾琳。亨利走在前面，拉长着脸，似乎对家里来了这么一群不速之客非常恼火，而胖女佣的不满情绪却没他这么明显，或许也是对家里来客人使工作量加大这点有些微词，不过总体来说不高兴并未表现在脸上。他们两人来到沙发边上，没有入座，而是站立在边上。叶智雄请他们落座，而老亨利的回答却是："我们习惯站着说话，先生。"

无奈之下，叶智雄只得放弃劝说。

紧接着来到会客厅的人是步维贤的女婿李约翰。李约翰梳着分头，戴着一副眼镜，有着棕色的皮肤，身板很薄，属于瘦长型身材。他穿着一件旧款的灰色西装，内搭一件花衬衫，看起来斯文中略带痞气，总体来说算是个相貌英俊的青年。

"我叫约翰，请问您就是叶探长吗？"他用发音别扭的中文对叶智雄道。由于不常来中国，他的中文发音并不是很标准，但基本上能表达他想表达的意思。

"是的，请坐。"叶智雄和他握了手。

李约翰坐定后，罗思思用英语问他是哪里人，他回答说来自英格兰的利物浦。罗思思好奇他是怎么和步维贤的女儿好上的。李约翰说，这一切都是缘分，他曾在法国巴黎工作过一段时间，和那时候正在念大学的露易丝相识，立刻被她的美貌所吸引。说起露易丝，李约翰脸上满是甜蜜的微笑，看来他们夫妻的感情很好。

正当李约翰对罗思思讲述爱情故事的时候，又有一个青年男子悄然进入了会客厅。

与文气的李约翰不同，进屋的男子浑身充满了野性。这可能和他魁梧的身材与粗犷的外貌有着很大的关系。朱斯特有着一张不买账的脸，一头短发，肩膀很宽，手臂和胸前的肌肉高高隆起。但如果仔细观察的话，还是能够发现，他的年纪远小于李约翰，也许才二十岁出头一点。

“你好，我是朱斯特。”魁梧的男子耸了耸肩，“步维贤是我的伯父。”

朱斯特在中国待的时间不短，他的中文远比李约翰的标准。

“关于您父亲的事，我们深感抱歉。”叶智雄上前与他握手，发现他手劲很大，“不过请你相信，我们绝对不会让这种事再次发生！”

“‘这就是生活，充满了意外，有时候你只能接受’，对不起，这是我爸活着的时候常说的话，听上去老气横秋，但有点道理。不是吗？”朱斯特说话时，肩膀又开始了不自然的抖动。看来这是他的习惯，并不是在表达某种情绪。

“当然，一定要听父亲的话。您请坐。”

朱斯特坐在了李约翰的边上。奇怪的是，他们没有相互打招呼，都把对方当成了空气。这让在座的侦探们感到疑惑。

罗思思在黄雪唯耳边低声道：“这两个好像有敌意。”

黄雪唯不答，只是笑了笑。

过不多时，会客厅的门再次开启，这回进来的是这个屋子的主人，也是整个案件的主角人物——步维贤夫妇。

步维贤看上去比之前更苍老了一点，也许是因为受到了死亡的威胁，所以整个人的生气像是被抽走了，徒留下一副死气沉沉的皮囊。他手里握着拐杖，走得很慢。搀扶他的那位身材娇小的女士应该就是步维贤的夫人伊莎贝尔。

乍一看这两人一点也不相配，步维贤足足高出他夫人两个头，伊莎贝尔就像被步维贤牵着的一个孩子。伊莎贝尔虽然身材不高，但容貌还是非常美丽的，粉扑扑的脸庞，一对湛蓝色的眸子，年近三十的她看上去比实际年龄小十岁。她将一头金发挽成高发髻，脖子上系了一条粉色丝巾，显得高贵典雅。也许是因为穿了霍布尔裙的关系，她走起路来略显蹒跚，更显得她婀娜多姿。

叶智雄上前打招呼，却被伊莎贝尔所无视。她扶着步维贤径直从他身边走了过去。

片刻的尴尬过后，叶智雄调整了心态，回过头把目光撒向会客厅的众人。

叶智雄从李亦飞手中接过报纸，高高举起："相信各位都已经听闻这件事了。既然凶手扬言要在今晚对步维贤先生不利，那么我们就要做好万全之准备，所以我希望今夜各位都不要离开这栋房子。待在这里是安全的。屋外有我巡捕房的兄弟守卫着。相信凶手胆子再肥，也不敢硬闯进来。"

"你在限制我们的人身自由？"李约翰表达了不满，"这是违法的！"

"李先生是吧？你可以出去，但是出去之后今晚就不要再进这个屋子了。"叶智雄坚决地说道，半步也不退让。

"什么意思？"

"我这么跟你说吧。"说话时，叶智雄偷偷瞥了一眼步维贤，后者仍是面无表情，"这次的凶手不同以往。关于之前几位富商的遭遇，你们也都知道，没有几位大侦探的协助，巡捕都以意外或自杀结案了。这说明什么呢？说明凶手诡计多端，所有的谋杀都是经过严密的计算和安排的。我们通常称这种凶手为智慧型罪犯，这类是最难对付的。李先生你一旦出门，我们不知道凶手会对你做出什么事来，甚至可能让你带着某样东西回到这里。对这栋房子里的人来说，这都会是个威胁。"

李约翰听了，当即翻脸，立起身道："你是说我会协助凶手对付我岳父？”

坐在一旁的朱斯特动了动肩膀，冷笑起来。虽然他的笑声短促，但是笑得很用力，故意让所有人都听见。

叶智雄安抚道：“当然不是这个意思。只是为了安全起见，至少今夜大家不能离开这栋房子。如果实在需要什么，可以转告我，我让门外的兄弟们去买。”

李约翰气鼓鼓地坐下，双手抱胸，不再说话。

“没有异议的话，我就继续说下去了。”叶智雄拿起桌上的咖啡，喝了一大口，清了清嗓子后继续道，“第二件事，为了确保步维贤先生的安全，从今天晚上一直到天明，我会和步维贤先生寸步不离。”

“Diable！你疯了吗？”伊莎贝尔尖叫起来。

她难以接受睡觉时身边多一个陌生的男人。

叶智雄解释道：“夫人，请您放心。在我守卫步维贤先生的时候，您可以去另一间卧室暂时将就一晚。”

“我拒绝。”这时，步维贤发话了，“我睡觉时不习惯身边有人，况且在我看来，这家伙登报说要杀我，不过是虚张声势而已。”

“可是……”

“这件事就不用再讨论了。”步维贤打断叶智雄道，“伊莎贝尔可以去别的卧室休息，但我必须在自己房间里睡觉。房子四面都有巡捕守卫，因此我相信姓唐的本领再大也不能拿我怎么办！好了，叶探长，如果没有别的事情，我想回自己的房间休息。”

既然步维贤都这么说了，叶智雄也只能接受。要是惹恼了步维贤，难保他不会去督察长萨尔礼或者警务总监费沃利那边告状。

步维贤站起身，伊莎贝尔忙上去搀扶。两人朝大门方向走了没几步，步维贤忽然停下，转过身，对管家亨利说：“在用晚餐之前，别让人来打扰我。”说道此处，他略微顿了一顿，把目光投向叶智雄：

“尤其是警察。”说完就出了门。

老亨利仰着脖子，对着步维贤的背影大声道：“知道了，先生。”

这个姿势让他看起来更像一根胡萝卜了，一根趾高气扬的胡萝卜。

李约翰紧接着站起来，对叶智雄道：“我们可以回房了吗？探长先生？”不等叶智雄开口，他就走出了会客厅。其余的人也陆续起身离开。

“看来大家都不怎么喜欢你。”

黄雪唯拿起那杯已经凉了的红茶，呷了一口。她的口红印在了杯缘上。

“我可喜欢他们了。”叶智雄不无讽刺地说。

会客厅里，除了叶智雄、黄雪唯、罗思思和李亦飞四位外，就只剩女佣艾琳还在陪着他们。叶智雄吐了口气，将手里的咖啡一饮而尽。

“需要我再给您添一杯吗？”女佣艾琳问道。

“有劳了。”叶智雄将杯子递给她，抬手准备用袖口擦嘴。只见袖口临到嘴边又忽然被放下，他转而去取兜里的手帕。

罗思思见了，笑着道：“黄姐，我发现叶探长还挺听你话的。”

叶智雄道：“什么听话不听话的，衣裳新买的！”其余三人听了，笑成一团。

半天无话，放过不提。

夜里七点，管家亨利张罗好晚饭，众人在餐厅一起用餐。但是黄雪唯、罗思思和李亦飞不习惯与步家人一起吃饭，便麻烦艾琳将晚餐送到各自的房里。叶智雄因职责所在，即便步氏一族均不待见他，也要留在饭桌上和他们共进晚餐。

叶智雄头一回吃西餐，面前只有刀叉，没筷子，这让他很不习惯。步维贤坐主座，其余诸位分别坐在长餐桌的两边。最靠近步维贤的左右两人分别是伊莎贝尔和李约翰，接下来是朱斯特和叶智雄。管家与女佣立在一旁侍候。吃饭的时候，他们用法语交谈。叶智雄听不明白，于是招呼女佣艾琳站在自己身边，替他做翻译。

艾琳不像其他人，对叶智雄还算客气。

叶智雄很喜欢今天的主菜，吃了两口，觉得味道很不错，于是问艾琳："这是什么？"艾琳说："这叫'Sweetbread'，其实是用虾酱煎的小牛胸腺。"叶智雄表示惊讶："牛胸腺也能吃？我只听说过可以吃牛肚、牛肠、牛心、牛百叶，未听说过可以食用牛胸腺。"艾琳解释说："初生的小牛尚未断奶，腺体干净，没有异味，当天屠，当天吃，最为可口。"叶智雄一听，顿时没了胃口。他对艾琳说："小牛真可怜。我们中国人不宰小牛。有的替农民耕地耕了一辈子的老牛还能得以善终。"艾琳说："你们中国的烤乳猪很好吃。"叶智雄一时语塞，只得拿杯子喝水。

餐桌上，步维贤一家人都很沉默，各吃各的。

准备上甜点的时候，步维贤忽然站起来，说要回房。

老亨利对步维贤道："先生，今天的甜点是您最喜欢的千层派，不吃了吗？"

步维贤板着脸，环顾餐桌，视线缓缓扫过每个人的脸。最后，他把目光停在了叶智雄脸上："和一群都想我死的人在一起吃饭，对不起，我没什么胃口。"

"费利克斯！你在说什么？"伊莎贝尔又尖叫起来，"这里怎么会有人想要你死？"

这女人虽然漂亮，但似乎不会好好说话，每次都是扯着嗓子在喊，非常聒噪。

步维贤把目光转向她，冷笑道："是吗？我亲爱的夫人，你难道不知道我有多讨人厌？恐怕你也不希望我活得太久，不是吗？”

“你生病了吗？怎么尽说胡话？”伊莎贝尔涨红了脸，声音却变弱了。

“对了，还有你——我亲爱的女婿约翰。如果今天夜里我不幸遇害，你和我的女儿都会很快乐，是吧？”

“……”

“朱斯特，我相信，你来这里不是为了保护我，而是来看这位讨人厌的有钱伯父的笑话的。就算我在你面前遇到危险，你也不会伸出你那粗壮的手臂帮我一把。这点我比谁都清楚。”

“……”

“哦，对了，还有你。”步维贤又打量起身边的管家来，“我忠诚的仆人——老亨利，你也巴不得我早点儿死！”

“先生，我……”

“好了，不用多说了。中国有句古话，叫‘知人知面不知心’。我在这里把这句话送给在座诸位。”步维贤说完，就迈着大步离开了餐厅，留下了一桌不知所措的家人。

叶智雄听了艾琳的翻译，完全陷入云里雾里的状态。他问艾琳：“你们老爷是不是犯糊涂了？对于家里这些人，他为什么一个个骂过去？”

艾琳压低声音道：“老爷才不糊涂。他嘴上不讲，心里门清。”

叶智雄忽然有一种不祥的预感。召来这么多巡捕拱卫步宅，究竟是对是错？这样做会不会反倒帮了姓唐的大忙？他依次观察餐桌上的人们：惊慌的夫人伊莎贝尔、沉默的女婿李约翰、愤怒的侄子朱斯特、尴尬的管家老亨利，以及有点幸灾乐祸的女佣艾琳。

每个人都顶着一张无辜的脸，好像步维贤错怪了他们。

第二回　众駷朋疑

伊莎贝尔未料到，自己有一天会住进这间原本为客人准备的卧室。

她并不是要抱怨这间屋子的床不够柔软，地上的毯子不够精美，或者吊灯的瓦数太低以致屋子很暗，而是害怕孤独，这种孤独从出生一直持续到现在。她本以为，嫁给步维贤后，这种孤独感会消失。但她错了，结婚之后，这种孤独感比以往任何时候都更强烈了。

起初她并不明白这意味着什么。在遇见步维贤之前，她并没有恋爱过，关于爱情的一切知识都是从书本里得来的，就像福楼拜笔下的那位可怜的包法利夫人一样。年轻的伊莎贝尔心里充满了对爱情的憧憬。

但是，不论在哪个国家，爱情总会输给现实。

认识步维贤的时候，她还是个十几岁的姑娘，而对方年长了她二十岁。步维贤不符合浪漫爱情小说中男主角的形象，况且他已有家室，甚至还有个女儿。但这时的步维贤已在上海发了财，而伊莎贝尔的家境并不如意，金钱对她来说很重要。

步维贤是勃艮第人。第一次世界大战后，他选择离开巴黎，来到上海。那时候他只不过是个小会计，和几个法国同乡一起成立了一家投资银行。紧接着，他又召集了十余位股东，斥百万银元之巨资，建成了逸园跑狗场。自此之后，生意蒸蒸日上。

像步维贤这样的成功男士的追求，贫穷的女孩总难以拒绝。

结婚之后，伊莎贝尔便随丈夫来到了上海定居。起初，步维贤对伊莎贝尔很是关心，为她挥金如土，比如斥巨资建了这栋位于麦高包禄路上的豪宅，只为博美人一笑。

可惜爱情的新鲜感维持不了多久，更何况对于步维贤这样的巨富而言。

渐渐地，两个人的关系疏远了。有一部分原因当然是步维贤在事业上十分忙碌，但最重要的是，步维贤对伊莎贝尔没从前那么上心了。他常常和生意上的合作者流连于歌舞厅，夜不归宿也是常有的事。对于具有他们这种身价的人来说，这种日子是常态。但伊莎贝尔接受不了，她不想做一个被关在笼子里的金丝雀。

她想要反抗，也确实这么做了。

与他相识相爱，最早是在大光明电影院的茶室里。

几年前，大光明电影院因播放了一部名为《不怕死》的美国片而被迫停业。这部片子由喜剧明星哈罗德·劳埃德主演，因辱华而遭到民众抵制。影院也受到牵连，不得不暂时歇业。重新开业的大光明电影院因其豪华的设施而一跃成为“远东第一电影院”，成为上海摩登男女最爱的消遣场所。

伊莎贝尔还记得，那天她穿了一件新买的碎花长裙，打扮得非常漂亮。她看的是蔡楚生导演的《粉红色的梦》，本以为是部爱情片，结果却是讲婚外恋的。看到一半时，伊莎贝尔忽然一阵眩晕，于是想要起身离开影院，结果一个踉跄，差点跌倒，幸而身边有一位先生扶住了她。

他是个英俊的中国人，打扮得很体面。他用英语询问伊莎贝尔："您没事吧？"

伊莎贝尔表示想出去透透气，男人很绅士地扶着她出了影院。

走到大街上，伊莎贝尔感觉好多了。她对这位男士表示了感谢，想请他喝下午茶。这位男士欣然答应。两人一拍即合，在静安寺路上的一家蛋糕店落座。

这一整个下午，两个人聊得异常投缘。伊莎贝尔和他谈论了最近看的 D.H. 劳伦斯的小说，男人向她介绍了最近听的昆曲《牡丹亭》。他们还发现双方都喜欢喝酩悦香槟、吃新雅饭店的冬瓜盅、读浪漫的爱情小说。

临走时，伊莎贝尔有些不舍，对他说："我还能再见到你吗？"

他回答道："想见的话，一定有机会。"说着给了她一张名片，上面有他的电话号码。"你随时可以联系我。"他又加了一句。

自此以后，伊莎贝尔和这个男人常常见面。只要步维贤不在家，她就会想尽办法和他见面。时日一久，感情一发不可收拾。

在这段日子里，伊莎贝尔是快乐的，也是痛苦的。

她之所以快乐，是因为得到了爱情，有一个愿意为她全心全意付出的男人。

而痛苦则源自她的身份——有夫之妇。

尽管她爱他，但两人终究是不会有结果的。

每当伊莎贝尔想到这点，她的情绪就会变得很低落。

如果能永远和他在一起，那该多好啊！他是那么的英俊潇洒、学识渊博、善解人意，虽然可能不如步维贤富有，但也有自己的汽车和房子，在上海也算得上是个有钱人了。和他在一起，不但能够拥有爱情，也不需担心物质问题。

但希望还是太渺茫了。步维贤不会允许自己的妻子离开他，而且在上海这座城市里，步维贤还有公董局撑腰，通吃黑白两道，要是知道妻子出轨，那么一定会找到那个男人，然后……伊莎贝尔不敢再细想下去，她不希望他出事。

也许分手是最好的解决办法。

最后一次见面是在大东旅馆的房间里。

上海的高级旅馆号称“三东一品”，即东亚、大东、远东和一品香。其中，大东旅馆的特点在于西化，一切家具全都采用法国最新、最摩登的款式，可谓一应俱全。伊莎贝尔喜欢这家旅店，还有个原因——在这家旅店的三楼可以吃到正宗的法式牛排。

两人行完云雨之事后，男人照例点燃了一支烟。

伊莎贝尔靠在男人的肩上，对他说：“以后我们还是不要见面了。如果他知道我们的关系，我怕他会对你不利。”

男人狠狠抽了口烟：“我不怕他。”

伊莎贝尔用手抚摸着男人的侧脸：“亲爱的，我知道你不怕他，但是我担心你。”

男人问伊莎贝尔：“你还爱他吗？”

伊莎贝尔摇了摇头：“爱？不，早就不爱了。我恨他！现在的我只爱你一个，如果能和你在一起，我愿意做任何事。”

男人将手里的烟头丢进了痰盂，转过身，面对伊莎贝尔，神情十分严肃：“你真的愿意做任何事吗？”

“当然！”伊莎贝尔用力点头。

“如果他死了，那该多好啊！”

在伊莎贝尔听来，男人这句话不像是玩笑话。

朱斯特回房之后，给自己倒了满满一杯啤酒。

英商上海啤酒有限公司出品的友牌黑啤酒是他的最爱。丰富的泡沫、醇美的口感是这款黑啤的特色。相比之下，怡和啤酒的口味就淡很多。

不过最好的啤酒还是得去德国才喝得到。

朱斯特将杯中的啤酒喝完，又给自己满了一杯。在啤酒泡沫溢出杯缘之前，他低下头吸了一口，弄得嘴唇上一层白沫，麦芽的香味在口中回荡。

他的父亲布维尔也是一位啤酒爱好者。不，应该说，让朱斯特爱上啤酒的人就是他的父亲。在他尚未成年的时候，布维尔就经常瞒着妻子，偷偷给儿子酒喝。父子对饮的这个画面永远不可能再出现了。

想到这里，朱斯特的泪水开始滴入酒杯里。

如果不来中国，父亲就不会死。

可是懊悔又有什么用呢？如果留在法国，布维尔就挣不到钱。而且堂兄在上海混得这么好，去投靠他是当时最好的选择。

他们父子来上海后，就被步维贤安排在跑狗场工作。

布维尔的工作能力很强，上任后立刻改变了跑狗场之前的运营模式。他向步维贤提出，想要与明、申二园抢夺客源，就必须大幅降低门票价格，来扩大顾客群，以期将所有阶层一网打尽。步维贤认为堂弟的建议很有道理，于是下放权力，让他大干一场。

于是，布维尔在正式开赛前举办了好几场试犬赛，并在逸园试赛期间破天荒地采取“任人参观概不取资”的营销策略。民众出于好奇，成群结队地前往观赛。当时中西各大报纸也纷纷派员前往采访，有的报道称：“四座临观者达万余人，左近乡民，亦扶老携幼，来与盛会，啧啧然诧为奇观焉。”

紧接着，布维尔又充分利用当时发达的报业大力宣传逸园。以《申报》为主，连续刊登广告，增发整页的特刊，详细列出了逸园所在的位置、专车路线、邻近停车地点、观赛的购票方法等。开幕当天，对到场的女宾赠送上绘逸园示意图的绢制团扇，还送出数千份精美手帕、化妆品等作为来园礼。

在迎合中上阶层品位的同时，布维尔也不放弃其他社会阶层的客人。他采取大众化的经营模式，使用的手段包括降低门票价格、压低下注金额，其中最吸引人的还是逸园对于下注金额的大幅调降。这就使有意入场的下注者负担得起。

得益于这种不分阶层、一网打尽的营销手段，逸园打了个漂亮的翻身仗，直接将老牌的明、申二园甩在了身后。去逸园赛狗俨然成为了当时上海最时髦的活动。

然而这一切都随着布维尔的死亡戛然而止。

步维贤告诉朱斯特：看在他是布维尔儿子的分上，可以给他一笔钱，但跑狗场的分红是无法兑现了，因为和逸园签有工作合同的人是他的父亲。但朱斯特认为：父亲对逸园跑狗场的贡献很大，他这个做儿子的不应该只得到这点钱，应该得到一部分分红。但步维贤完全没有将朱斯特放在眼里，对于他的提议，一概不再理会。

被忽视的朱斯特非常愤怒，警告伯父步维贤：如果不将他父亲的那份钱分给他，就登报举报逸园跑狗场舞弊！

实际上，这种具有赌博性质的跑狗赛的胜负完全掌握在狗主手中。狗主操控比赛结果的方法很多，譬如给赛狗吃得过饱而使其行动迟缓、在赛狗的饮水中混入白兰地而使其醉了等。在逸园工作了这些年，对于其中的猫腻，朱斯特了解得清清楚楚。

步维贤当然不会被这样的威胁吓到。他告诉朱斯特，即便他去报馆举报逸园跑狗场舞弊，也没有哪家报纸敢刊登这样的新闻。他还说：每年跑狗场给法租界公董局交纳的税款和各项费用高达数百万银圆，公董局不会允许朱斯特胡闹；逸园的股东里还有“黄麻皮”和“大耳杜”这样的人物，如果朱斯特不想被丢进黄浦江喂鱼，就管好自己的嘴。

朱斯特知道步维贤没有胡说。步维贤只要动一动嘴皮子，明天就会有青帮的杀手上门，把朱斯特的脑袋切下来，当皮球踢。

——算了，还是放弃吧。

就拿上这点钱，回法国去，忘记这里的一切。

在接到那通电话之前，朱斯特本来是这么打算的。

但是那通电话改变了一切。

他在逸园跑狗场工作时认识了一位客人。

这位客人是个有钱的中国人，年纪很轻，相貌堂堂，对很多事情的看法都很有见地。最重要的是他们两人都是武痴。久而久之，两人便成了很要好的朋友。朱斯特经常带他去拳击馆练西洋拳，他则带朱斯特去中国的拳馆学习咏春。

他们切磋过几次，但每次都是朱斯特落了下风。他不明白，这位看似瘦弱的中国人怎会有如此强大的爆发力，每次都可以将他击倒。

前几天，朱斯特把这位中国朋友约出来吃饭，并和他说了自己的打算。

“我打算回法国了。”朱斯特耸了耸肩，“反正那笔钱也讨不回来。”

“这是你父亲的钱，也是你应得的。我不认为回法国是个好主意。这件事不能就这么算了。”中国朋友表明了反对的态度。他认为，朱斯特可以诉诸法律，为自己讨回公道。

“会审公堂不会支持我的。要知道，租界里都是他们的人。他们可能还会反咬一口，诬陷我私吞公款，说不定还会抓我去厦门路监狱坐牢。”

“难道就这么算了？”

“我斗不过我伯父，他在上海的势力太大了。唉，我真的没有其他办法了。”朱斯特拿起啤酒杯，一口气喝了一大半。

“不，还有机会。”

“什么机会？”朱斯特眼前一亮。

“你不是说，有人想要刺杀你伯父，但你父亲运气不好，做了替死鬼吗？”

“那又如何？”

“如果死的人是你伯父就好了。”中国朋友很认真地说道。

“可他现在已经被巡捕保护起来了。我认为根本没人可以杀得了他。”

朱斯特摇晃着头，像是要把这种想法从脑袋里驱逐出去。

“不一定。”中国朋友拿起啤酒杯，做了个敬酒的动作，“事在人为嘛！”

——“如果别人不能杀死他，为什么你不亲自动手？”

虽然中国朋友没有继续说下去，但朱斯特已经猜到他想说什么了。

“不管怎么说，露易丝总是他的独生女儿，这些财产将来也是会留给我们的。”李约翰躺在床上，像是在给自己打气般自言自语道，“所以我觉得还是得和他好好谈谈。”

说完刚才那段话后，李约翰忽然坐起来，严厉地说：“什么女儿?！他就是个守财奴！这些年给我们的生活费完全就是打发乞丐的零钱。明明这样有钱，却不愿意多给我们一点。他是一个十足的吝啬鬼，比葛朗台还抠门！”

接着，李约翰又放缓了语调，低声道：“话不能这么说。毕竟我们还年轻，不懂事，岳父或许是在磨炼我们呢？可能……可能……”

他编不下去了，双手狠狠地挠了挠自己那头乱发。

李约翰这次来上海的目的，根本不是出差，而是受了妻子露易丝的委托，向岳父借一笔钱。他们在法国的账务状况糟透了，尤其是在买了新的房子后。

步维贤寄给他们的那点生活费，对于解决李约翰夫妇的财务危机来说，简直是杯水车薪。

露易丝也曾致电父亲，希望他能够大方一点。然而步维贤的回答却十分冷酷无情。他认为，李约翰应该撑起这个家，他们已经成年了，不应该再伸手问父母要钱。露易丝听了这话之后，情绪崩溃，对着父亲破口大骂。当然，她的后妈伊莎贝尔也是她辱骂的对象之一。她认为，父亲再婚后变得更加吝啬，一定是被伊莎贝尔这个不正经的女人迷惑了。

事实上，步维贤给他们的钱足够让李约翰夫妇过上无忧无虑的生活。但步维贤实在难以满足他们对奢侈品以及豪宅的追求。

“希望你以及你那位废物丈夫能够自食其力！”步维贤最后一次和女儿通话时，语重心长地对她说道，“否则的话，我会永远瞧不起你们。”

“我没你这样的父亲！”露易丝朝步维贤大吼，“你只爱你的钱和那个贱货。我希望你死在中国，永远不要回来！”

“我在中国过得很好，暂时没有回国的打算。”步维贤轻描淡写地道。

父女因此决裂了很长一段时间。如果没有李约翰此番来华探望步维贤，这场父女间的冷战可能还要再持续几个月。

“露易丝很担心你。”刚见到步维贤时，李约翰露出一副忧心忡忡的表情，“她让我一定要来看望您。还有，她说，上次在电话里她十分鲁莽，对此表示非常遗憾，希望您能够谅解她。我认为露易丝有点小题大做了。世界上哪有记恨女儿的父亲呢？”

他说完，尴尬地笑了笑，然而笑声却像被丢入大海的石子，没有激起任何回响。步维贤理都没有理他，只是吩咐亨利照顾好他的食宿。

李约翰下床给自己倒了一杯开水，但没有喝，而是在卧室里来回踱步。

原本他也没打算从步维贤这里捞到什么好处。如果岳父实在不愿意给钱，那他就打道回府，再想其他办法搞钱。

几天前，一位中国的生意伙伴告诉他：新康洋行决定在自己的地块，也就是原沙发花园，兴建新康花园住宅区，但由于一时资本不足，难以全面开工，所以决定将地块的北边转让出来。目前，浙江兴业银行对这块地皮表现出了浓厚的兴趣，但还未买下，如果李约翰手头宽裕，买它不啻一笔很好的买卖。除此之外，其美路那里也有一块不错的地皮，很适合投资，如果李约翰有兴趣，也可以去了解一下。

李约翰一听之下，登时心潮澎湃，预感到发财的机会就在眼前。原沙发花园的地皮位于霞飞路，是市区的中心，而其美路的商业前景更是不可限量。

当时上海市的中心已被租界占据，南市南临黄浦江，闸北的北面是宝山县，均无发展的余地。于是，经中央政府批准，上海特别市决定发展江湾，在那里建设一个“新上海”。这个计划也称为“大上海计划”。而计划的第一步就是以五角场为中心修建五条通往市区港口的辐射状的道路，而其美路就是其中一条。

若落实了“大上海计划”，其美路的地段就会成为新的市中心。提前买入周边的地皮真是一本万利的投资。

为了能让岳父高看自己一眼，李约翰并没有将这个消息告诉步维贤，而是想等投资成功后再报喜讯。这样才能显得自己有本事。

于是，他再次向步维贤提出了借钱的请求。

这一次步维贤没有保持沉默，而是指着李约翰的鼻子一通臭骂：“你要是胆敢再和我谈钱的事，就请你立刻滚出我的房子！还有，告诉露易丝，如果她继续这样胡闹，我就当没养过这个女儿！”

李约翰吓得脸都白了，灰溜溜地回了房间。

——还是算了吧……

他叹惜自己没有发财的命，这么好的机会就在眼前，如果能有一笔钱就好了。

李约翰回过神来，喝了一口开水。

——不行！好不容易遇到的机会，不能就这么放弃！

——岳父说得没错，钱不是从天上掉下来的，而是靠自己争取来的。

——中国不是有句古话叫“富贵险中求”么？

他决定赌一把。

空气中弥漫着一股很奇怪的味道，略微有点呛人。那是调色油散发出来的气味。

老亨利放下手中的调色板，仔细端详着自己创作的那幅人物画像，并不十分满意。他再次拿起画笔，左手捧着《美术》杂志，照着上面的图片临摹。今天不在状态，画中的背景，不论怎么补色，总显得十分突兀。试了几次，他索性放下笔，起身走到窗前。

打开窗户，凉风吹在他的脸上，令他头脑清醒了不少。

“还是没有艺术天赋啊！”亨利对着窗外自言自语地说道。

正因如此，亨利对艺术更抱有一种敬畏的态度，尤其是对他喜爱的绘画艺术。

他不喜欢时下流行的印象派、野兽派，还有什么见鬼的立体主义。他讨厌塞尚和马蒂斯，认为康定斯基就是在涂鸦，而毕加索则是个浪得虚名的家伙。

“看看他们的素描！这算哪门子的画家？这个世界疯了！”亨利逢人就抨击现代艺术，“他们甚至画不好一只陶罐，就开始大谈概念！”

在亨利看来，古典绘画才是真正的美，而现代艺术大多是哗众取宠的玩意儿。

他喜爱的画家是伦勃朗、安格尔、德拉克罗瓦这样的古典派。喔，还有卡巴内尔。这位法国学院派画家的作品总能让亨利神魂颠倒。

不论是《被牧神劫持的仙女》，还是《维纳斯的诞生》，都是无与伦比的艺术品。较之波提切利，卡巴内尔对维纳斯的刻画更真实，特别是在表现她优美的体态以及慵懒的神情方面。论及展示女性的肉体之美——那种触手可及的真实与柔软，卡巴内尔无人能及。

不过也有人批评卡巴内尔的画作中有色情的成分，卡巴内尔的回应是：“用道德的眼光来看待艺术是大家偶尔会犯的小错误。”但不管怎样，他的画作都受到了沙龙的推崇。他也成为十九世纪最知名的学院艺术家之一。

也正因为亨利对卡巴内尔爱得如此狂热，所以当他在步维贤的卧室见到那幅《白衣少女》时，惊得下巴都快要掉到地上——尽管他没有下巴。

“这是卡巴内尔的真迹！”步维贤得意扬扬地炫耀道，“我花了不少钱。”

亨利在画前驻足，痴痴地看着画中的少女。她是那样的美丽，有着蓬卷的金发、性感的嘴唇、迷离的双眼，仿佛在等待爱侣。

亨利被这幅画中的少女彻底迷住了。

步维贤看出了亨利的心思，于是对他说：“你喜欢的话，我可以将这幅画送给你。”

亨利简直不敢相信自己的耳朵。

“先生，您不是在开玩笑吧？”他再次确认。

“当然不是。尽管这幅画价格不菲，但对我来说，你的忠诚更有价值。”步维贤知道亨利是个艺术的狂热爱好者，尤其是对新古典主义的绘画。

“喔，先生！我……我不知道该如何表达我的感激之情……”

亨利太激动了，以至于都开始语无伦次起来。

步维贤笑着道：“等你合同期满，离开我这儿的时候，你就可以把这幅画带走。好了，时间也不早了，你去休息吧。”

离开步维贤卧室后，亨利的双手还在颤抖。他太高兴了，简直可以说是欣喜若狂。他竟然能够得到一幅卡巴内尔的画！而且在他的眼中，这幅《白衣少女》比《维纳斯的诞生》更加完美。这一刻，亨利觉得自己是世界上最幸福的人。

然而这种快乐的心情并没有保持太久。

就在几天前，步维贤将亨利叫到了书房，想要和他好好谈一谈。

“亨利，我有一个消息必须告诉你。”步维贤说话时神情极其严肃，这让亨利有一种不好的预感，“挂在我卧室的那幅画，我得出售了，所以不能送给你了。”

“可是……”

“对不起，亨利。有位中国商人出了一个让我无法拒绝的价格。不过，我会另买一幅大师的真迹送给你。修拉怎么样？或者西涅克？我猜你应该更喜欢后者。我的一位画商朋友正好有一幅他的作品，相当不错的风景画……”

亨利看着步维贤的嘴一张一合，却已经完全听不见任何声音了。

他的大脑一片空白。

过了好久，亨利才缓过神来。这时，步维贤已经不说话了，而是抱着双臂，冷冷地看着这位不识抬举的老管家。

“可我只想要卡巴内尔的画。”

亨利说话的声音虽然很低，口气却很硬。

步维贤站起身，走到亨利面前，对他说：“我希望你明白自己的身份。你没有资格和我讨价还价，明白吗？这幅画是我的，我想怎么处理就怎么处理。只要我愿意，明天就可以把它丢到江北棚户区，让那里的穷人把卡巴内尔的画当草纸用。”

听了这话，亨利气得发抖。

“你不过是我的仆人。我没义务要讨你开心，明白吗？”

“明白……”

“大声一点，我听不见！”

“明白！先生！”亨利用力喊道。

步维贤满意地点了点头，换上一种柔和的语调对亨利说：“现在，请你出去。”

辛苦了一整天，在这个时间点，艾琳终于可以卸下女佣的担子，好好休息休息了。

她的肩膀酸胀，脚踝也很疼。她已经不年轻了，身体的恢复能力也大不如前。在她二十岁时，任何体力劳动都无法将她击垮。只要睡上一觉，任何疾病都能够自愈。

“好的睡眠能治好所有的病！”

这句话曾是她的口头禅。

然而现在的她已经四十岁了，再也不像年轻时那么有活力了，尤其是干体力活时，觉得越来越力不从心。

她坐在床上，从床头柜的抽屉里拿出一张老旧的相片。

相片里，艾琳正抱着一个帅气的白人男子，两个人笑得十分灿烂。

他的名字叫德里克·斯卡莱特，是艾琳的情人。

斯卡莱特最早是惠廉·麦边的私人助理，而麦边则是明园跑狗场的创始人之一。

一九二七年下半年，惠廉·麦边与海因姆联合一群志同道合之士，包括怡和洋行沪行经理贝思、古沃公馆律师兼合伙人赫礼士、沪上地产业龙头业广地产公司的经理施伯克、负责上海及周边地区公共汽车运载业务的中国公共汽车有限公司工程师色立克等人，合组了"上海赛狗会有限公司"，并采取私下募股的方式进行募资。

初始股本——鹰洋三十五万元很快于一九二七年底募足。于是公司致函公共租界工部局，申请在界内兴建跑狗场，并称将采取赛马的方式赛狗。就在这个时候，斯卡莱特被麦边先生相中，负责跑狗场的日常运营工作。麦边很器重斯卡莱特，斯卡莱特也不负期望，采取了许多措施，把明园跑狗场办得有声有色。

艾琳与斯卡莱特相识、相恋都在明园的跑狗场。

那时她已在步维贤家中从事家政工作，在休息日，常与另一位女性朋友一起前往明园跑狗场，在场内设的咖啡馆吃点心。斯卡莱特正巧来买咖啡，对艾琳一见钟情，遂邀请她共进晚餐。艾琳见斯卡莱特器宇轩昂，又是明园跑狗场的高层管理人员，自然是受宠若惊，立刻答应下来。就这样，两人开始了一段热烈且甜蜜的恋情。

当然，关于她真实的身份，斯卡莱特并不知晓。

她不想让心上人知道自己只是个下等的女佣，而且还是他竞争对手的女佣，所以一直瞒着斯卡莱特。艾琳虽然比他年长五岁，但斯卡莱特爱艾琳爱得极为疯狂，并声称要娶她为妻。只是斯卡莱特在英格兰还有妻儿，所以暂时无法和她结婚。不过他向艾琳保证，回国后第一件事就是和妻子离婚，然后风风光光地迎娶他。

恋爱的幸福冲昏了艾琳的头脑。正当她盘算着如何向步维贤夫妇提出辞职时，噩耗传来了。

斯卡莱特在他的公寓里用一根绳子吊死了自己。

自杀的理由是他受不了明园跑狗场被迫关停的打击。那是他的心血，也是他所有的事业。

收到消息的艾琳悲痛万分。她无法接受爱人已经死去的噩耗。但一切既成事实，她也不能改变什么。这段短暂又美好的恋情就这样无疾而终了。

然而一封匿名信的到来却让艾琳的心情从悲伤转变为愤怒。

原来，导致明、申二园彻底歇业的罪魁祸首不是别人，正是逸园的老板步维贤。

信中揭露：步维贤出重金买通工部局董事会的华董刘洪生，于是后者就撰写了一份长达数十页的备忘录，给工部局董事会的外籍董事们传阅。刘洪生在文中反复剖析利害，要求董事会对跑狗场采取更严厉的措施。他认为：公共租界在社会治安、公共卫生、基础设施等方面虽然都领先于华界，但目前公共租界的犯罪率日高，而赌博又是容易滋生犯罪的产业，一旦租界的犯罪率高过华界，华界就会借此极力打击租界形象，从而取消租界的治外法权。

刘洪生还表示：不应只禁轮盘赌和回力球赛，却任由跑狗场照常开赛；申、明二园一面同意减赛，一面却延长赛时、加多场次，毫无收敛的迹象；租界施政水平下降，合法性也会降低，各董事有必要对此政策进行重新考量。

“为延长租界之寿命，工部局一定要向外界证明，我们治理得比别人好！”

华董刘洪生的呼吁引起了工部局董事会的重视，加上英外交部副大臣柯兴登也就此事致电英驻沪总领事，工部局终于下定决心，对公共租界内的跑狗场采取了强硬的手段。

读完匿名信，艾琳愤愤不平。斯卡莱特虽不能说是步维贤亲手害死的，但可以说是被步维贤逼上了绝路。年轻英俊的斯卡莱特成了逸园与明、申二园商战的牺牲品，艾琳无论如何都无法接受这样的结果。她渐渐对步维贤产生了恨意。

所以当有人扬言要杀死步维贤时，她十分高兴，也乐见其成。

可是，现在的情况不容乐观。巡捕将这栋房子团团围住。凶手纵有三头六臂，恐怕也不能潜入洋房内杀死步维贤。

想到这里，她的心又沉了下去。

床头柜上有一本亚嘉泰·克利斯坦的小说。这是她从步维贤的书房借来的，是她们国家最近崛起的女侦探小说家的作品。她之前看过几本，那本新出的*Lord Edgware Dies*（《人性记录》）结局所揭晓的凶手的身份，着实令她大跌眼镜！

是的，在亚嘉泰·克利斯坦的侦探小说中，没人能够猜到凶手的身份。

艾琳拿起这本小说，端详起来。忽然间，想明白了一些事情。

这位未来的侦探小说女王仿佛赐予了她一些灵感。

第三回　夜半惊雷

步宅的晚宴极不愉快地结束了。步维贤回房休息后，伊莎贝尔、李约翰和朱斯特也都回到各自的房间里，管家亨利也不见了踪影。叶智雄独自从餐厅移步到了会客厅，坐在沙发上，回想刚才发生的一些事。这时，门外巡捕来报，大侦探霍森来了。叶智雄看了一眼手表，已过九点。

霍森走进会客厅，脱去身上的开司米大衣，在叶智雄对面坐下。

"叶探长，我不在的时候，这里有没有什么异常？"

"异常倒是没有，只是发生了一件发噱的事情。"

"喔？啥事情？"

叶智雄将刚才发生在餐桌上的事情一五一十地说了一遍。霍森边听边不停点头，没有给出自己的看法和回应。女佣艾琳端来了两杯咖啡。叶智雄接过后，让她早点去休息，这里没什么需要她帮忙的了。艾琳谢过叶智雄后，也回了自己的房间。

此时的会客厅里只剩下叶智雄与霍森两人。

霍森提议上楼去见一下步维贤。叶智雄劝他最好别去，因为这法国老头脾气不是很好。但在霍森的坚持下，亨利还是被叫来，领着霍森上了三楼。霍森在楼上并没有待太长时间就回到了会客厅。

“我真应该听从你的建议。”霍森苦笑着摇头。

“怎么了？”

“我们敲了门，但步维贤并没有开门。也许是睡了吧。”

“好吧，这老头子脾气真够怪的。”叶智雄道。

他们聊了一阵。也许是因为在楼上听到了下面的动静，黄雪唯、罗思思和李亦飞也都下了楼，来到一楼的会客厅。

黄雪唯见了霍森，眉开眼笑道：“大侦探，你终于来啦！有关报纸上杀人预告的事，你可晓得？”

霍森道：“嗯，看了。刚才还听叶探长说了件趣事。”

罗思思来了兴致：“什么趣事？说来听听！”

叶智雄只得将刚才对霍森说的话又再重复了一遍。

李亦飞听了，若有所思地道：“这样看来，除……除了外面有人要杀步维贤，这房子里的人也……也希望他死？”

罗思思道：“那是不是应该派几个巡捕上楼贴身保护步维贤？”

叶智雄大摇其头：“你看今天下午步维贤的反应,他是不会接受的。不过大家也不用太过担心，就目前情况来说，步维贤还是安全的。这栋房子里的人就算希望他死，也不敢现在就动手。今晚我们主要的敌人还是那位在报纸上发布杀人预告的唐先生。再说，他们都希望步维贤死，这也只是步维贤的主观臆断，并无实据。有的人年纪大了，难免神志不清，说话颠三倒四，不可全信。”众人听了，纷纷点头表示同意。

接下来就是漫长的等待。侦探们和门外的那些巡捕一样都需要值班守夜。叶智雄摸了摸别在身后的斯密司惠生转轮手枪，心里暗忖：那位唐先生若是带人硬闯，他就和他们拼了，自己已做好了豁出性命的准备。

也许是瞧出了叶智雄的心思，黄雪唯递给他一杯开水，劝他不要那么紧张："既然已经做好了万全的准备，就别多想了。"

叶智雄接过玻璃杯，道了声谢。

见大家百无聊赖，罗思思便提议，大家聊一聊曾经办过的最离奇的案子以度过这漫漫长夜。李亦飞少年心性，尤其来劲，连连说好，黄雪唯和霍森则笑而不语。在大家的鼓动下，叶智雄被迫做开场。

"和你们办的奇案相比，我的那些案子根本不足挂齿。"

"您可别谦虚啦！啥人不晓得你享有'法租界华人第一探长'的美誉？"罗思思不给叶智雄推脱的机会，不停催促，"快说！否则，我就让黄姐命令你说！"

"好，好，那我说一个。"叶智雄举起双手，表示投降，"但我真没遇过什么奇案。"

"就说一个最难忘的！"罗思思道。

"那我得想想。"

叶智雄低头沉吟片刻，说起了一个两年前他经办的案子。

一天，他接到报案：昨天，英商怡和丝厂有个名叫"王阿宝"的工头不见了，哪儿都寻不到人；今天，发现王阿宝被人砸死在了工厂的车间里。于是，叶智雄便带着手下赶到怡和丝厂。在案发现场，叶智雄发现王阿宝的头已被砸得不成样子，血肉模糊。

经过法医师鉴定，王阿宝的致命伤是后脑颅骨破裂，从伤口的形状看，应该是钝器击打造成的。侦查这种案件，一般都要从被害人的熟人开始排查。既然是在工厂里被杀，那么最有嫌疑的一定是工厂的同事。所以，叶智雄便找来了王阿宝的领导，车间主任张财贵，向他请教有关王阿宝的一些情况。

张主任说，这个王阿宝三十来岁，苏北人，皮包骨头，人长得倒是挺高，于是人送外号"长脚鹭鸶"。叶智雄又问，在工厂里有没有和别人结仇？张主任听了直摇头。他说，王阿宝在工厂里对大家都客客气气，没什么人记恨他。

被害人没有仇家，这下让叶智雄犯了难。

他又问张主任，那王阿宝有没有下属？张财贵一听，面色立变，开始支支吾吾、语焉不详起来。叶智雄立刻就知道自己摸对了路。在叶智雄的逼问下，张主任终于松了口，带着叶智雄去了制造车间。

一进车间，叶智雄就被眼前的画面惊得半天说不出话来。触目所及都是小孩子。十三四岁的已算年长，更多的是六七岁的，最小的才五六岁。

那些小孩一个个都是发育不良的样子。年纪最小的那个脸上挂着鼻涕，呜哩嘛哩，话都还说不清楚，只会不停地叫："肚皮饿，想吃饭。"

叶智雄问了张主任才知道，这些孩子还都有童工证，算是持证上岗的合法员工。

张主任进一步解释说，现在经济形势不好，小孩子便宜，出来工作还可以帮家里减轻一些负担，所以很多厂子雇用的都是童工。

"早上三四点就开工，到晚上七点或更晚下班，中间半小时吃饭，没有休息日。"叶智雄对在座的侦探说，"我当时就蒙了。这些情况是我根本不了解的。我从不知道这么小的孩子竟然会在工厂里做工。有的孩子才六岁啊，六岁是该上幼儿园的岁数。"

当叶智雄提出关于这些孩子上学的疑问时，张主任则露出了鄙夷的神色。他回答说，上学的都是有钱人家的孩子，穷人家的孩子念什么书，还不如早点出来挣钱。

在丝厂的精纺、粗纺、弹花、拆包等车间里，童工须拆开原棉，扯松棉花，捡出杂质。叶智雄看着空气中弥漫的飞絮不停地钻进孩子们的鼻孔、耳朵、嘴巴里，心里很不是滋味。就在这个时候，他发现，一个十二三岁的女童有意闪躲他的目光。巡捕的直觉告诉他，这个孩子应该知道些什么。

叶智雄得知：女童的名字叫“冯爱兰”，宝山县人，爸爸妈妈在她小时候就因染吸血虫病而死了；为了不饿死，她带着七岁的妹妹冯爱玲一起来到上海讨生活，在这家丝厂找了份工作。叶智雄见她身体瘦弱，形容憔悴，黝黑瘦小的身体总是在发抖。

他尽量用温柔的声音向她询问情况，生怕惊吓孩子。

他问冯爱兰，为什么这里的孩子身上都有伤？冯爱兰说，因为他们不听话，不听话就要被工头搞路子。叶智雄又问，她自己被搞过路子吗？冯爱兰不答，眼乌子定怏怏。

叶智雄讲故事讲到这里，叹了口气，低眉道：“他们只要做错事，就被一顿毒打。孩子哪里经得起工头拳头的伺候？”

冯爱兰告诉叶智雄：她最好的朋友杨惠娟当夜工时睡着了，就被工头毒打，打得脸上鲜血淋漓，尽管流着血，还要继续工作；还有一个叫“林敏”的十二岁女孩，因做错了一点小事而被工厂辞退，苦求未果，回家后变得痴痴呆呆，三天后竟死在家中。

“医生说，她是被吓破了胆。”叶智雄深深吐出了一口气，“为了生存，他们连这样的生活都怕失去。”

会客厅里一片沉默，他们仿佛可以听见童工们悲惨的哭声。

叶智雄的话并非危言耸听。上海工业医院成立于一九一九年，到一九二三年，共救治纺织工人八百八十名，其中有童工一百五十人。童工中，因伤致永久残废者占百分之二十九，因伤致死的占百分之三。

“后来我问她，王阿宝是被谁打死的？你们猜她怎么说？她承认是她打死的。但是从王阿宝头上的伤口来看，砸他的人显然不止一个，而是一群。”叶智雄的手颤抖得很厉害，桌上的玻璃杯被他拿起又放下，再拿起又再放下，“我让冯爱兰说实话。她求我别乱抓人，一口咬定就是她打的，因为他欺负她妹妹。我问是怎么欺负的？她说，工头脱妹妹的衣裳……”

叶智雄讲到这里顿住话头，深深吸了口气：“她妹妹才七岁。”

他知道车间里不止一个童工参与了杀人。走过车间的时候，他能感觉到有一双双纯洁却愤怒的小眼睛盯着他看。“人太多了，孩子太多了。”叶智雄边走边想，“我区区一个巡捕，能为孩子们做什么呢？我救得了他们吗？”

一种空前的无力感笼罩着叶智雄，这种感觉是他从未有过的。

最终，叶智雄没有带走孩子们，而是直接命令收队。但张主任不肯就这样放巡捕离开，不停纠缠叶智雄：“是不是那帮小赤佬做的？叶探长，你一定要帮帮忙，把凶手抓出来呀。否则我晚上是睡不着觉的呀。孩子这么小就杀人，将来还得了？一帮小畜生……”

他话音未落，叶智雄猛地转过身子，朝着张财贵的脸就是一拳！

这一拳狠狠击中张财贵的面门，打得他四脚朝天，跌倒在地。叶智雄怒吼一声，准备再扑上去，要不是被其他两位巡捕拖住，能把张财贵当场打死。

张财贵像狗一样伏在地上不停哀号：“巡捕打人！巡捕打人！”

叶智雄讲完这个案子，说了声“对不起”，便起身去解手，低着头朝二楼的卫生间走去，留下抹着眼泪的罗思思、眼角泛光的李亦飞以及沉默不语的黄雪唯和霍森继续待在会客厅里。

叶智雄上楼后，霍森也站起身来，对他们道：“对不起，我要出去透透气。”

黄雪唯朝他点了点头。听了这个故事，大家心里都不好受，能理解他的做法。

霍森披上大衣，大步朝门外走去。

“唉，那些孩子真是太可怜了。”罗思思用手帕擦拭着眼角的泪水，“没想到还有这么多小孩子过着那种日子。”

黄雪唯叹道：“上海不是只有歌舞升平的十里洋场。吃不饱饭的和露宿街头的人行盈行市。街上有那么多流浪儿。他们还羡慕工厂里的童工有工作、有饭吃呢。”

听她说完，罗思思和李亦飞几乎同时低下了头。

三人相对无言。

“砰——”

谁都没想到，就在他们等叶智雄回来的时候，耳边突然炸响了一记枪声！

在这宁静的夜晚，这记枪声显得格外刺耳！

“出事了！”最先反应过来的人是李亦飞，他飞快地站起身，朝二楼跑去。黄雪唯和罗思思对视一眼后，也用最快的速度跟了上去。

三人沿着楼梯，跑上了三楼。

待他们赶到步维贤卧室门口时，叶智雄早就在那儿了。他用力地拍打着卧室的大门，扯着嗓子向里喊。但是房内无人回应。叶智雄急了，摆开架势准备撞门。

“门没有锁！”

李亦飞提醒他。

叶智雄拧开把手，四人推门而入。当他们进屋的瞬间，管家亨利和女佣艾琳来到三楼的走道上，楼梯上也传来杂乱的脚步声。

步维贤的卧室装潢得富丽堂皇，形状呈正方形，天花板很高，从开着的两扇窗往外看，可以看见人工开凿的池塘。卧室内的墙上挂着精美的肖像画和狩猎得来的战利品。一大张高级的波斯地毯几乎铺满了整个房间。进屋右手边是一个由桃木做成的衣橱，衣橱边放着一张橡木大床，床边有一个上头镶嵌了珍珠的床头柜。（如图所示）

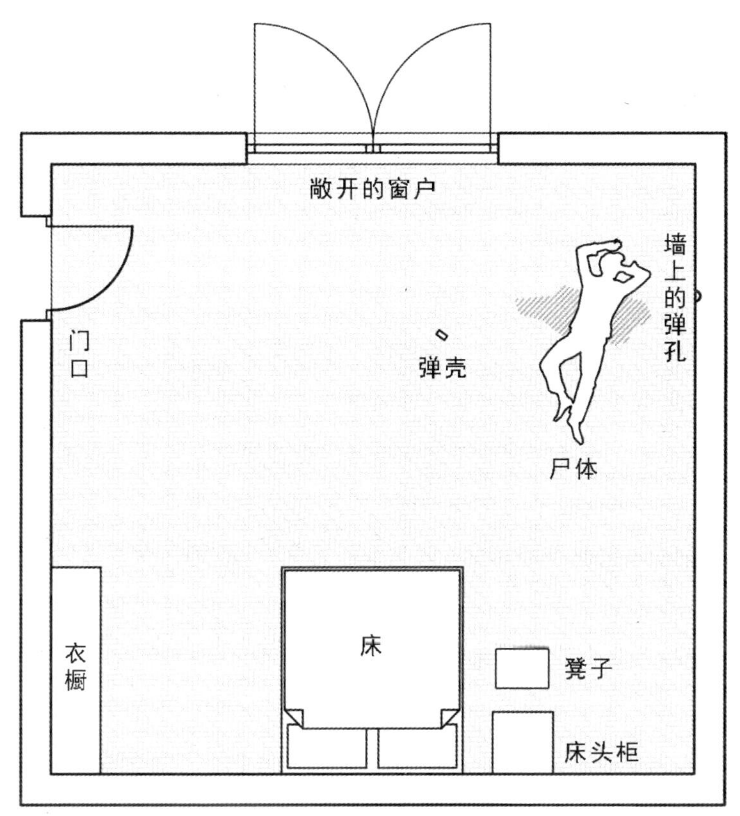
敞开的窗户
墙上的弹孔
门口
弹壳
尸体
衣橱
床
凳子
床头柜

他们一进门，就看见了步维贤。他静静地躺在地上，任由窗外的冷风吹乱了他的头发。在他身前的地毯上，有一枚散发金属色泽的东西。叶智雄一眼就认出那是一枚弹壳。在步维贤身后的白色墙壁上，一个黑色的小洞赫然可见，洞口略微发黑，看来像是弹孔。

“不准破坏现场！所有人站在门外！”

叶智雄怔了一怔后，立刻回过神来，当先进入步维贤的卧室。

步维贤被人从正面一枪射中心脏而毙命，胸口的一大片血迹都已变成了暗红色。靠近胸口的地毯上有一大块被鲜血渗透，变得黏糊糊的。叶智雄伸手探了探他的颈脉，已摸不到脉搏跳动的迹象。这时的步维贤已经死透了。

从卧室门口传来老亨利的叫声。他想闯进来，却被李亦飞挡在了门外。紧接着，伊莎贝尔、朱斯特、李约翰也都赶来了，一队巡捕当然也闻声而至。被巡捕拦在门外的伊莎贝尔破口大骂，不停地叫巡捕快去找医生。可是叶智雄比谁都清楚，就算华佗在世，也救不了步维贤。心脏被子弹射穿，只有一个下场，那就是死亡。

“把所有人都带回客厅。没有我的命令，谁都不准离开！”叶智雄对手下的巡捕道。

他站起身，走到那堵雪白的墙壁前，看了看那个弹孔，又回过头，看了看脚下的步维贤。此刻他最需要的是一个法医师和一个弹道专家。

黄雪唯、罗思思和李亦飞三个人并没有随大家一起回会客厅。他们是官方请来的民间侦探，理应参与调查这起命案。但是，没有叶智雄的允许，他们还不能踏入犯罪现场，毕竟叶智雄才是真正的官方侦探。

也许是因为意识到自己冷落了他们，叶智雄道：“你们先等一会儿。在法医师来之前，我做个初步的现场勘查。”言毕，他戴上白色的手套，取出证物袋和笔记本，并一一标记现场的线索。叶智雄用镊子小心翼翼地夹起掉落在步维贤身前的金属弹壳，将它放入证物袋，然后在它掉落的位置上用粉笔做了个记号。

从现场的情况来看，那枚打穿步维贤心脏的子弹应该是射入了墙壁之中。

过了大约一刻钟，巡捕房负责凶杀案的侦查员及法医师才赶到现场。

负责尸体勘查的法医师姓李，师从北平大学法医学教授林几，很有本领。他对步维贤的尸体粗略检查了一番，对叶智雄说，现在还不好说死因是什么，胸口确实有贯穿伤，但还是要等他们把尸体运回法医室进行精确检验后，才能确定死因及死亡时间。法医师让叶智雄放心，尸体运回后，他会立刻着手检验，第一时间通报结果。其他勘查工作同时也在进行，墙上弹孔中的那枚子弹也被挖出来带走了。

叶智雄神情恍惚地走出案发的卧室，来到走廊。他取出一支烟，叼在嘴上，却一直忘了点火。黄雪唯上前，问他什么情况，叶智雄目光涣散、无法聚焦，什么都不说。

李亦飞关切道："叶探长，你……你没事吧？"

罗思思也道："你心理压力别太大。虽然这件事十分蹊跷，但我相信一定能查出真相！"

"还真死了。"叶智雄仿佛自言自语地道，"怎么就死了？"

"叶探长……"罗思思不知道该如何安抚他。

刚才还信心满满的华人探长立刻就被现实浇了一盆冷水。

"哪能就被杀了？他怎么就被杀了？明明这么多人守卫，怎么就被人一枪给打死了？我真的想不明白。这件事说不通啊，真的说不通……"

叶智雄魔怔了，一直不停地重复那些话，絮絮叨叨，没完没了。

黄雪唯瞧不下去了，走过去伸手把叶智雄嘴边那支未点燃的香烟夺过来，狠狠丢在地上，随即双手揪着他的衣领，将他用力往墙上一推。

“这样有用吗？”黄雪唯凤眼圆睁，一改此前温柔知性的模样，嗔怒道，“你想破案，想抓住凶手，必须要振作才行！这样疯疯癫癫的有用吗？”

罗思思吓了一跳，生怕黄雪唯照着叶智雄的脸就给他一巴掌，忙上前拉住她的胳膊，劝慰道：“黄姐，叶探长只不过是一时受了刺激，才变成这样。你给他一点时间。”

黄雪唯对罗思思道：“时间？我们可没时间了！眼下必须争分夺秒。步维贤什么人物，这起案子必会使公董局高层震怒，那时可不是什么督察长来问罪了。如果破不了案，警务总监都得被撤职，像叶智雄这样的探长，必会被丢进会审公堂监狱，把牢底坐穿！”

经她这一分析，罗思思和李亦飞才意识到问题的严重性。

“我们必须抢在萨尔礼来之前尽快将这个案子破获。这样的话，叶智雄或许还有一线生机。”说到此处，黄雪唯放开双手，对叶智雄道，“留给我们的时间不多了。”

“黄姐，你可别吓唬我。我们还剩多少辰光？”罗思思小心翼翼地问。

“天亮之前。”声音从楼梯口传来，众人定睛一看，说话的原来是霍森。他正迈着稳健的步子朝他们走来，一脸凝重、不容置喙地说：“天亮之前，一定要把这个案子破了！”

初步的勘查工作结束后，巡捕房的人带走了步维贤的尸体。也许是因为怕再出什么幺蛾子，所以运尸的巡捕希望叶智雄能够护送他们回位于薛华立路上的总巡捕房。但此时的叶智雄显然不能胜任这样的工作，无奈之下，只得劳烦霍森做这件事。巡捕房的人早就听说过霍森的事迹，对他仰慕已久，认为由他护航是再好不过的。

步宅内的其他人都被控制起来，软禁在会客厅中。按照正常的逻辑推理，他们杀死步维贤的嫌疑最大。根据在门外护卫的巡捕的证词，案发当时，即枪声响起的那一刻，应该是夜里十点半。这时的洋房被巡捕们里里外外地包围着，不可能有人能够偷偷潜入洋房，在杀死步维贤后再偷偷溜出去。

除非这个杀手是科幻小说家威尔斯笔下的隐身人。

对于案件的调查方向，黄雪唯、罗思思和李亦飞三位大侦探在二楼一间安静的客房里进行了激烈的讨论。他们的观点大相径庭，唯一达成共识的便是这个可怕的凶手必是步氏家族的一份子。根据步维贤当夜在餐桌上的那番话可知，凶手极有可能就是伊莎贝尔、李约翰、朱斯特、老亨利、胖女佣艾琳中的一个。

罗思思道："现在叶探长的精神状态不太稳定，我们只能依靠自己的力量找出案件的真相。黄姐，对于这起案件，你还有什么想法？"

黄雪唯回道："既然步维贤是被枪杀的，那么寻到那把射杀他的枪就是破案的关键。"

李亦飞道："我……我不这么看。我要是凶手，早……早就处理掉这把枪了。你没见案发现场的窗户大开，很有可能就是因为凶手需要把枪丢……丢进人工池塘里。话……话说回来，凶手何以要开窗杀人？这件事尤其使我生疑。就算是为了把枪丢……丢入水池，为啥不再将窗户关上？真是百……百思不得其解。"

罗思思道："你都说了，凶手开窗很有可能是为了丢枪。毕竟身处围城，万一被人搜到，岂不是人赃并获？不关窗户是因为没有必要，这有什么难以理解的呢？"

李亦飞摇头道："道……道理我也明白。只是，总觉得开窗这……

这件事没……没那么简单。”

黄雪唯道：“好了，我们在这里你一句我一句，也讨论不出啥名堂来。索性去步维贤的卧室看看，说不定会有新发现呢。”

此言一出，罗思思与李亦飞都表示同意。

想要破案，不跑现场怎么行？就连福尔摩斯这样的大侦探，还不是照样拿着放大镜在案发现场细细查上一遍？

案发之后，巡捕封锁了步维贤的卧室，并遣专人在门口放哨。起初门口的巡捕不愿放行，说：“叶探长说过，一定要保持案发现场的原貌，闲杂人等不得入内。”黄雪唯一听，给她气笑了，便问那巡捕：“我们是谁请来协助巡捕房查案的？”巡捕答曰：“叶探长。”黄雪唯又道：“那叶探长专程请来的人也算是闲杂人等？”那巡捕听了，木知木觉，理不清思路。

罗思思道：“你现在放我们进去，假如破了案，也有你的一份功劳。不放我们进去，届时破不了案，上头怪罪下来，你就得和叶探长一道去会审公堂吃官司。”

那巡捕听了罗思思的恐吓，哪里还敢阻拦，吓得立马侧身，请这三位大侦探进屋。

进了卧室，三人便分别展开行动。

罗思思走到弹壳掉落的位置，蹲下身子，细细看了几眼，接着抬起头，望向白色的墙壁。她内心估算了一下弹壳与墙壁的距离，接着把目光停留在了那个弹孔上，只见弹孔里的子弹已被弹道专家带回巡捕房，墙壁上被挖出了一个洞。她站起身来，小心翼翼地走到墙壁前，用自己的身高去估算这弹孔的高度。

在罗思思查看弹孔的时候，黄雪唯则在这面白墙前半蹲下来。她的目光锁定在波斯地毯上的四个对称凹痕上。因为这种地毯的质地很柔软，所以只要时间一长，放置在地毯上的东西就会留下痕迹。她回过头，看见床头柜边上有一张小凳子。

在观察完地毯之后，黄雪唯站起身，转而检查那面墙壁。她发现，在弹孔上方有一个裸露的挂钩，挂钩很小，不太引人注目，而挂钩周围有一块长方形的印记，这印记的颜色与墙面的有些许不同。她隐隐觉得，这可能是本案的突破口。

和她们俩不一样，进屋后，李亦飞唯一关注的便是那扇敞开的窗户。

这扇窗户的样式很普通，是向外开启的平开窗，木质的窗框用红漆刷了一遍。李亦飞站在窗前观察了数分钟。他发现，两边的窗扇均开到了极限，从窗口往外望，可以看见窗下的人工池塘，池塘四周都是整齐的花圃。他还将身子探出窗外，只见窗外的墙面十分光滑，墙上没有可以供人攀爬的东西。

李亦飞在窗前待了很长一段时间后，退几步，开始查看窗沿下的地毯。和黄雪唯一样，他也在地毯上发现了一些不寻常的东西——几滴血。

他们三人在卧室里待了不到半个小时，俱有不小的收获，尤其是罗思思。她难掩兴奋之情，走路也是蹦蹦跳跳的。她还向巡捕借了一把卷尺，进到卧室里量了半天，出门时俨然一副胸有成竹的模样。

出了卧室大门，黄雪唯对李亦飞道：“看来罗小姐已厘清了这起案件的眉目，要领先了呢。”

李亦飞并不答话，而是抱着双臂，拧着眉头，默然不语。看他的样子，像是还在思考有关卧室里那扇洞开的窗户和地毯上的血迹的问题。

罗思思也不否认，笑着道：“黄姐，你可别怪我捷足先登！”

黄雪唯笑着说：“我盼着你捷足先登！”

两人正说话间，一阵有力的脚步声传来，原来是大侦探霍森从薛华立路上的总巡捕房赶了回来。他水还没喝上一口，即上了三楼，打算抓紧时间进步维贤的卧室勘查一番。

罗思思挡在卧室门前，一脸得意地对霍森道："大侦探，这回你可晚来了一步。看来'东方福尔摩斯'的称号可要归我了呢！"

霍森将身上的大衣脱下，搭在手臂上，笑道："那我先恭喜你！"

黄雪唯问他："法医室那边什么时候出报告？"

霍森道："比较详细的报告，今晚肯定出不了。不过，我嘱咐法医师务必尽快查明死因。法医师也说了，有了消息，第一时间给我们打电话。"

李亦飞问："电话打到这里吗？"

霍森点了点头，道："是的。我将步维贤住宅的电话给了他。对了，叶探长现在的状况如何？"

黄雪唯苦笑道："恐怕不是很好。"

霍森嗟叹一声，道："也罢，让他先好好休息一下。忙了这些日子，他也累了。"接着，他对挡在门口的罗思思用调侃的语气说道："不知这位有'东方福尔摩斯'之称的罗小姐能否让在下进屋勘查一番呢？"

罗思思听了十分受用，便让了路，请霍森进屋。

进屋之后，霍森不像他们三人这样仔细，而是非常从容地先在屋内走了一圈，漫不经心地浏览了一遍。卧室门开着，另外三位侦探就立在门口，看着霍森勘查。当霍森走到那枚弹壳的位置时，罗思思心想，难道他也注意到了这个问题？当霍森靠近墙壁、抚摸白墙的时候，黄雪唯心里不禁打起了鼓，暗忖道，霍森是否和她想到一块儿去了？霍森驻足窗边，研究起了敞开的窗户。这让李亦飞更加确信，自己的想法是对的！

可霍森没有在任何一个位置停留太久。他在卧室内匆匆逛了一圈后，径直走了出来。这令另外三位侦探十分惊愕。

“你已经有眉目了吗？”罗思思忍不住问道。

霍森朝楼梯口快步走去，边走边说：“眉目？光靠看一间屋子，怎么可能有眉目？我必须和屋子里的几位嫌疑人谈一谈。只有通过谈话，才能逼近案件的真相。这是我一直以来秉持的信念。”说到此处，他忽然回过头来：“你们要不要跟我一道？”

第四回　讹言谎语

霍森下到一楼，正巧撞见准备上楼的叶智雄。

叶智雄热切地问道："霍先生，有没有查出什么来？"

此时的叶智雄刚从步维贤之死的打击中缓过神来，想起萨尔礼的嘴脸，深知自己若不能破获此案，轻则被革职问罪，重则难逃牢狱之灾，因而惊出一身冷汗。上楼之前，他命两个巡捕看住伊莎贝尔等人，不能让他们离开会客厅。

霍森摇了摇头："还没有。不过你别担心。就算我不行，这里另外还有三位鼎鼎有名的大侦探。不怕案子不破！"他说话间，稍微侧了侧身，现出身后的黄雪唯、罗思思和李亦飞。

"那我先谢谢大家。"

叶智雄在绝望中看见了一丝希望，面对黄雪唯，露出了羞愧的神情。

霍森又道："不过呢，我还要请叶探长帮一个忙。"

叶智雄道："霍先生请说。"

霍森抬眼扫了一圈会客厅的众人，大声道："我需要借用一个房间，向各位问一些问题。你知道，干我们侦探这行，光用眼乌子看是破不了案的，还得用嘴巴多问。”

叶智雄立刻会意，道：“没问题！二楼的书房应该是空着的，你看那间可以吗？”

霍森回过头，问身后三位侦探的意见。三人均未表示反对。

“这样！不可以！绝对！”管家亨利站起身来，手指着霍森，用蹩脚的中文道，“你们没有权利！在这里办案！”

叶智雄回头瞪亨利，怒道：“这洋房的四下里被巡捕团团卫护，连一只苍蝇都飞不进来，所以凶手不可能是外来者！换言之，杀死步维贤的凶手就在你们这几个人之中。作为犯罪嫌疑人，你有什么权利干涉我们办案？”

“不合理！不合理！”亨利气得跳脚。

尽管管家亨利强烈反对，也无济于事，洋房二楼的书房还是顺理成章地成了几位侦探的临时审讯室。

在进入二楼书房之前，霍森还向叶智雄提出了一个要求——他希望能够去这些嫌疑人的卧室转一圈。虽然步宅里的这些人都有作案嫌疑，但搜查他们的房间还是非常冒险的举动。毕竟目前只是怀疑而已，并无真凭实据证明他们犯了罪。叶智雄起初有些为难，但心想，如果案子破不了，左右都是一死，不如拼一把运气，于是满口答应下来。

霍森拍了拍叶智雄的肩膀：“我们几个先分头去四处探探，一刻钟之后，在二楼书房集合。”

他说话的语调十分平稳，既不慷慨激昂，也不低声下气，而是在稳健中透着一股充满信心的从容。不知为何，霍森散发出的气度让叶智雄十分安心，仿佛只要听他的话，任何困难都会迎刃而解。

二十分钟后，诸位侦探都来到了书房。待一切就绪，已是深夜十二点了。

巡捕不知从哪里搬来两张桌子，把它们并排放在书房的中央。霍森、黄雪唯、罗思思和李亦飞在桌子的同一边坐下，叶智雄则拉来了一张椅子，坐在他们的左侧。桌面上还放着一些纸笔，方便侦探们记录口供。就这样，他们把步维贤的书房当成了一间临时的审讯室。

“你们想从谁先开始？”叶智雄问。

“步维贤的夫人。”罗思思抢先说道。看来她早有准备。

叶智雄见其余诸位没有异议，便吩咐手下的巡捕将伊莎贝尔召来。

伊莎贝尔气呼呼地走进书房，她走路的样子有点奇怪，一瘸一拐的。叶智雄深信，如果此时给她一把枪，她能把在场所有的人都打死。她的目光在这五个人身上转来转去，最终落在了叶智雄身上：“我认得你的上司！你别以为是个探长就了不起。你要记住，这里是法租界！”

“是的，夫人，我明白这里是法租界。身为法租界的巡捕，我们现在的职责就是查出杀害步维贤先生的凶手。您不会不配合我们吧？”叶智雄道。

“你没有权力限制我的人身自由！”伊莎贝尔怒气冲冲地说。

“我们并没有打算限制您的人身自由，只是请您暂时配合我们的调查。”霍森替叶智雄解围道，“除非您不想真相大白，也不想知道谁是杀死你丈夫的凶手。”

“这怎么可能？我当然想弄清谁是凶手！”

“那就请您坐下，回答我们几个问题。不会花太多时间。”

也许是霍森的话起了作用，伊莎贝尔虽然还是一副怒不可遏的模样，但至少一屁股坐到了给她安排的位置上。她的座位正好在四位大侦探的对面。

霍森问道：“案发时间是十点半，那时你在做什么？”

伊莎贝尔难以置信地看着霍森，惊愕地道："你们在怀疑我？我可是他的妻子！"

罗思思笑着道："我们就是在怀疑你。"

伊莎贝尔瞥了她一眼，极为愤恨地说道："那你们就是疯了！"

霍森又再问了一遍刚才的问题。

伊莎贝尔道："大概已经睡了。"

霍森又问："几点睡的？您还记得吗？"

"不记得了。"说这句话的时候，伊莎贝尔恶狠狠地瞪了叶智雄一眼，"拜这位叶探长所赐，今夜我和丈夫分开睡。如果我们一起睡的话，费利克斯说不定不会出事。"

霍森道："您是被枪声吵醒的吗？"

伊莎贝尔道："是的。醒来之后，我瞥了一眼挂在墙上的时钟，知道当时大约是十点半。实话实说，听见枪声，我立刻就知道费利克斯遇到了危险。"

霍森道："听见枪声以后，你就离开房间，来到三楼步维贤的卧室，是吗？"

伊莎贝尔点头道："没错。"

相比之前，她的态度已经缓和了不少。

罗思思突然问道："你和你丈夫步维贤先生的感情怎么样？"

伊莎贝尔冷冷地回道："这和案子有什么关系？"

显然她并不想回答这个敏感的问题。

罗思思道："大有关系呢！请你正面回答我的问题。"

被逼无奈之下，伊莎贝尔只得道："我和费利克斯的感情一向很好。我们认识的朋友都可以作证。我比这个世界上任何人都爱我的丈夫。"

"是吗？"罗思思冷笑一声，"我可不这么认为。"

"我不明白你在说什么！"

问话一开始，伊莎贝尔就明显感觉到了罗思思对她的敌意。她不明白，这位中国女孩何以处处针对她。

罗思思问："夫人，能不能伸出你的左手，给我们看一下手掌？"

听了这句话，伊莎贝尔的神情瞬时紧张起来，充满了戒备。她不仅没有伸出左手，反而用右手紧紧捂住了左手。

罗思思又问："不能看吗？"

伊莎贝尔低头不语。

"好吧，既然你不愿意展示给大家，那我就说说我的观察结果。"罗思思伸出自己的左手，撑开五指，对众人说道，"步维贤夫人的左手无名指上有佩戴过戒指的痕迹。我们都晓得，结婚戒指应该戴在左手无名指上。但步维贤夫人却没有戴婚戒。我想请问夫人，既然您和步维贤先生的感情这么好，为何要摘下结婚戒指呢？"

"这是我的自由。"

伊莎贝尔这次的反驳显然没有了之前的气势。

罗思思知道她心虚，于是乘胜追击："确实，你有脱下结婚戒指的自由。不过，能否告知我们你的理由呢？任何理由都行，只要能说服我们。"

"我想买个新的戒指。"伊莎贝尔的回答一听就像是临时编造的。

"据我所知，你们结婚这么多年，你一直佩戴这枚戒指。就在几日前，你忽然想买一枚新戒指，随后在新戒指还没买的情况下就摘下了那枚旧戒指。是不是？"

"是的。"伊莎贝尔小心翼翼地答道。

罗思思对她的回答很满意，接着又问："夫人，你有枪吗？"

伊莎贝尔愣了片刻，随即很快地摇了摇头："没有。"

罗思思道："那你会开枪吗？"

伊莎贝尔同样摇了摇头。

这时，黄雪唯突然问道："夫人，冒昧问一下，您多高？"

伊莎贝尔冷眼看着黄雪唯，没好气地道："四尺五寸。怎么，是不是想对我的身高评头论足一番？"她虽然对自己的美貌很有自信，但对于不高这件事一直耿耿于怀。是以无论谁问及她的身高，均被她认定是在故意羞辱她。

黄雪唯忙否认道："不，当然不是。是您多心了。"

"希望如此！"

"还……还有一个问题。"这次提问的人是李亦飞，"您认不认识一个中……中国男人，四十多岁，相貌英俊，身材很高大。"

伊莎贝尔脸色大变，有点不知所措："我不知道你在说什么。你是想侮辱我吗？"

"不，我……我完全没有这个意思！"

"你们就是在羞辱我！一会儿批评我的身材，一会儿怀疑我的道德。对不起，我没法和你们继续交流下去了。"伊莎贝尔说完，站了起来，对众人道，"请问，你们还有什么问题要问我吗？如果没有，恕我不再奉陪了！"

还未等其余人回答，伊莎贝尔就大摇大摆地走出了书房。

她走之后，罗思思对其余的侦探说："刚才她撒谎了。"

霍森点头道："我们都瞧出来了。不过，即便她刚才说了谎，也不能断定凶手就是她。除非你有决定性的证据或者无懈可击的推理。"

"会有的。"罗思思一副成竹在胸的模样，然后将视线投向了一直沉默的李亦飞。她的眼神仿佛在说：

"我已经有答案了，你呢？"

李亦飞没接收到罗思思那略带挑衅的目光。他正低头沉思，仿佛在解一道非常复杂的数学难题。

朱斯特很不耐烦，尤其是在有这么多人同时审讯他的时候。在对他进行审讯的同时，法医室那边开出了验尸报告，显示死者的心脏确实遭到了枪击。

“你们让我感觉自己是个罪犯。”对面前的侦探们说话时，他满脸不乐意，“这让我很不舒服。”他长得很壮，声音却和外形有点不搭，十分尖细。

霍森对他说：“抱歉，因为情况比较特殊，只能请你忍耐一下。”

朱斯特耸了耸肩，没有接话。

霍森问他：“枪响的时候，你在做什么？”

朱斯特低下头，乜着眼想了半天才道：“我在床上看书。看到一半时，听见了响声。我一下子就从床上跳了下来，跑出来查看。结果就见到伯父被杀了。”

霍森挑了一下眉头：“什么书？”

朱斯特伸手挠了挠他的寸头，随口道：“Hemingway（海明威）的小说。”

叶智雄问李亦飞 Hemingway 是谁。李亦飞说，他也不知道，也没听说过，但可以肯定的是这人绝不会是侦探小说家。

霍森试探性地问：“你的伯父被杀，这事对你刺激大吗？”

朱斯特又做了一个耸肩的动作：“说实话吗？不，我并不难过。”

“为什么呢？”

“因为他对我的父亲不公平。”

“你说的是布维尔先生吗？”

“是的。”朱斯特终于停下了抖肩的动作，把双手放在膝盖上，身体微微前倾，“在我父亲死后，他拒绝将跑狗场的分红给我。这对我们家来说是不公平的。我相信，父亲如果在世的话，一定会非常生气。”

“合……合同上有这条吗？”李亦飞插了一句。

“哪条？”

“就是在你父……父亲死后，他在跑狗场应得的利益可以由儿子继承。”

“没有。”李亦飞的话让朱斯特有些不太高兴，“但这不是理所应当的事么？”

李亦飞摇头道：“不，现……现在一切商业行为可都要以法律条文为准。”

朱斯特举起双手，摆出投降的姿势，对他们道：“好吧，就算我对伯父有些意见，但我也不会去杀了他。你们明白吗？这太疯狂了。我是个思维正常的人，不是变态。而且杀了他对我有什么好处？他死了，我照样拿不到一分钱。”

乍听之下，这话倒是没有问题。

但李亦飞却不这么认为：“如果是为了报……报复呢？”

“报复？”朱斯特不明白他的意思。

“有……有些人的行为未必一定是利益驱动的结果。我们中国就……就有很多侠士杀人并不是为……为了自己，而是为了惠及他人。我相信你们国家也……也一定有这样的人。”

李亦飞的话意味深长。言下之意是，有的人杀人纯粹就是为了报复，未必都是源自经济利益的纠纷。

朱斯特恼了，大声质问李亦飞：“你什么意思？”

眼见现场的火药味越来越浓，叶智雄不得不出来打圆场。他让朱斯特不要那么激动，大家都是为了尽快破案；要李亦飞这边也注意一下言辞，考虑到朱斯特刚失去了亲人，所以有些情绪也是可以理解的。

李亦飞听了，只觉得好笑，但在朱斯特面前还是要克制一下，因而换了个问题："你……你很喜欢打猎吧？"

"没错。"

"我们在你的房间里看见了很多狩猎得来的战利品，还有不少猎枪。"

"打猎犯法吗？"朱斯特反问道。

"不……不犯法。"李亦飞用手指了指朱斯特，脸色立刻变得严肃起来，"但至少说明你会用枪，而且用得不错。"

"那又如何？"

朱斯特双手抱胸，摆出一副桀骜不驯的模样。

"没什么，我们只是确……确认一下。对了，你房间里有……有几把猎枪呢？"

"两把。"

"都是打……打猎专用的吗？"

"没错。"

"为……为什么喜欢打猎？"

"兴趣。"

"是因为喜欢杀……杀戮的感觉吗？"

"你认为是，那就是吧。"

聊到这里，朱斯特已经有些不耐烦了。他的答案越来越简短，越来越敷衍。

"你……你的伯父喜欢打猎吗？"

"这种问题有意义吗？你不如问我有没有杀死他。"朱斯特双手一摊，"我已经说过了，就算他不愿意给我我父亲应得的那份钱，我也没必要杀死他。因为即便他死了，我也拿不到一分钱。这么简单的道理，我相信你们不会听不明白吧？"

霍森轻咳了一下，对朱斯特道："那我们来聊聊其他话题吧。你觉得是谁杀了步维贤？在这间屋子里谁最可疑？”

“我怎么知道。如果一定要我说的话，我认为是李约翰。”

“为什么？”这个答案让在座的侦探们都感到很意外。

朱斯特用手揉着肩膀：“我父亲曾经和我说过，伯父的女婿就是个吸血鬼。他们夫妇不仅不工作，而且还拿着伯父的钱在巴黎享乐，开销也很大。后来，也许是因为伯父想明白了，所以开始减少他们的生活费。为此，伯父的女儿和他闹得很僵。现在，我伯父死了，最大的受益人就是他们夫妇。这还不明显吗？”

叶智雄问道：“你和李约翰的私交如何？”

“我们没有私交。我瞧不起他。”

“我也瞧不起朱斯特！”

李约翰说话的音量很大，大到在一楼的人或许都能听见他在二楼书房里说话的声音。

霍森饶有兴致地看着李约翰的脸，缓缓问道：“为什么呢？”

“因为他是个贪婪的家伙！”谈起朱斯特，李约翰的表情都扭曲了，“他希望每年都能拿到逸园跑狗场的分红。这简直是痴心妄想！而且他还喜欢把逸园成功的功劳都算在他父亲头上。可是，布维尔这个老头子什么都不会。他的一切都是我岳父给的！他们家不仅不知道感恩，还有脸问我们要钱？”

叶智雄问他：“在你看来，朱斯特怎么做才是不贪婪呢？”

李约翰道：“拿着我岳父给他的补偿金，滚回法国去。”

叶智雄道：“可据说补偿金的金额很小，朱斯特无法接受。”

李约翰用手拍打着自己的大腿，情绪激动地道：“这正是他的贪婪之处！那笔钱的金额可不小，足够他在巴黎过上十年八年的好日子了。我要是他，就拿着钱乖乖离开上海。”

叶智雄又问："你也很缺钱，是吗？"

这问题让李约翰有点难以回答，说"是"不好，说"不是"也不妥。

"每个家庭都会有困难。"

他只能这么回答。

"也就是缺咯？"叶智雄凑近他问道。

"如果你要这么理解，那我也没有办法。"

"就目前情况看来，步维贤死后，你和你的妻子是最大的受益人。因为在此之前步维贤已经开始减少你们的生活费，而且你们现在急需用钱。我说得对不对？"

李约翰勃然大怒。他指着叶智雄的鼻子骂了几句英文，随后用蹩脚的中文道："岳父给不给我们生活费是我们家里的事，轮不到你一个外人来插嘴。"

叶智雄点头道："如果他不死，那这事确实与外人无关。不过，眼下他被谋杀了，身为法租界的巡捕，我不能坐视不理，因此必须过问此事。"

李约翰怒道："那你们认为凶手就是我？"

叶智雄道："不排除这种可能性。"

"荒谬！"李约翰撇了撇嘴，"你们有什么证据怀疑我？"

"荒谬？"霍森从大衣内侧的口袋中取出一沓资料，"这个东西，你认得吗？"

见到那份资料的瞬间，李约翰面色陡变，刚才嚣张的态度一扫而空，连说话的声音都开始微微颤抖："你……你这是从哪里搞来的？"

"今天上午，我托保险公司的朋友把步维贤亲属都调查了一遍。果然发现了一些有趣的事。"霍森对两边的侦探道，"李约翰先生和他的妻子两人各自买了一份保险，而且保险的受益人都是对方。换言之，他们两人中不论谁出了意外，另一个都能得到一笔可观的赔偿金，还能继承对方的财产。”

李约翰怒道：“你这是在调查我的隐私！你……”

说出这话后，他自己也觉得可笑：侦探不就是专门调查隐私的么？

霍森继续说了下去：“于是乎，我便有了一个可怕的想法。当然，你不会仅仅为了保险的赔偿金而杀死妻子，但如果妻子继承了一大笔钱呢？步维贤死了，他的遗产由他女儿继承。如果女儿又出了意外，那么这笔遗产自然就落到你的手里了。”

“闭嘴！你在胡说八道！”

“或者我们再做一个大胆的假设——你本来就打算干掉你的妻子。据我所知，你们的经济状况一塌糊涂。若步维贤真的袖手旁观，那么你能得到一大笔钱的唯一途径就是骗取保险金。”

“闭嘴！”李约翰被霍森彻底激怒了。

他站起身，迅速冲向霍森。如果没有叶智雄的阻拦，他可能已经和霍森扭打在一起了。霍森面无表情地看着他，脸上丝毫没有惧怕的意思。

叶智雄劝道：“这一切都是没有根据的假设。侦探不假设，那还怎么办案？你冷静一下，千万不要惹事！”

李约翰甩开叶智雄的手，走出了书房。

只给侦探们留下了一个愤怒的背影。

李约翰离开后，接着进来接受审问的是管家亨利。

亨利进屋时神态不如之前那般自若，表现得有些手足无措，看来步维贤的死对他打击很大。当然，他脸上还挂着对这群不速之客的些许不满。或许在他看来，假如这些人不来步宅生事，死亡就不会发生。

霍森见老管家进屋后一直站着，便示意他坐下来谈。

他刚坐稳，霍森便开门见山地问："案发时你在做什么？"

亨利答道："我在屋子里画画。"

霍森道："嗯，我们去过你的房间，也见到了你画的那些东西。说实话，感觉很不错。"

亨利道："谢谢。不过我自己没有绘画的天分。这点我比谁都了解。我只是喜欢而已。"虽然受到夸奖，但他并没有表现出很高兴的样子。

"很不错的兴趣。"霍森认可道，"有没有人能证明你那时候在画画呢？"

亨利摇头："没有。"

霍森忽然问道："你讨厌步维贤吗？"

亨利还是摇头："不，我不讨厌。我很喜欢步维贤先生。他有教养，有品位，是个好人。"

黄雪唯插嘴道："步维贤在餐桌上可不是这么说的。"

她记得叶智雄告诉他们，步维贤在晚餐时曾对亨利说："我忠诚的仆人，老亨利，你也巴不得我早点儿死！"

亨利颇有些尴尬，不过还是试图解释："步维贤先生一直这样，话会说得很重。他是个很严厉的人，对任何事情的要求都很高。"

能看出黄雪唯对他的回答并不满意。

霍森又问："你们之间发生过争吵吗？"

亨利又一次摇了摇头："没有。"

这时，黄雪唯忽然插嘴道："你喜欢收藏名画吗？"

亨利显然没料到有人会提这种问题，微微一怔，随即憬然道："你在我房间里见到了许多画作，怪不得会问这个。我诚实地告诉您，小姐，这些都是赝品。我可不像步维贤先生这么富有。真迹高昂的价格是我这种仆人无法承受的。”

黄雪唯问：“步维贤有真迹？”

亨利如实答道：“几乎都是。”

黄雪唯眨着眼睛，现出惊讶的表情：“有钱人果然不一样。这些画作都是价值连城的吧？”

亨利道：“是的。只要是对美术史有一点了解的人，就会知道步维贤先生的收藏品十分昂贵。除了西洋画，他还收中国画。八大山人、石涛、顾见龙的真迹，他都有。”

罗思思吐了吐舌头，低声对黄雪唯道：“早知道就从客厅偷偷搬走几幅画了。嘿嘿，那岂不是发财了？比干侦探这行有前途多了。”

李亦飞听了，冷笑道：“看……看来你不是想当侦探，而是想做小偷。这样一来，我们那位侠盗罗苹的饭碗可……可就不保了。”

他说的“侠盗罗苹”乃是上海滩闻名的侠盗。罗苹专门盗窃外国富商收藏的古董，并与租界的巡捕们斗法。叶智雄也与他纠缠过几次，每次均吃了暗亏。他和女侠盗黄瑛并称为“上海滩最令富豪头疼的雌雄大盗”。

罗思思道：“能当罗苹也不错，好过一些道貌岸然的巡捕和侦探。他干的都是劫富济贫的勾当，至少是一条汉子。”罗思思说罢，还朝李亦飞做了个鬼脸。

李亦飞气得不行：“小偷就是罪犯。你……你这是是非不分！”

黄雪唯知道她在说笑，也不理会，把头转向亨利，继续道：“既然步维贤有那么多名画，你又喜欢艺术，那么他有没有送过你什么东西？”

“什么东西？”亨利装糊涂道。

“比如你喜欢的名画——”黄雪唯故意拖长了尾音。

亨利摇头的幅度更大了："没有，先生并没有送过我艺术品。我和他之间是雇佣关系。他付薪水，我提供服务。除此之外，没有别的。"

黄雪唯双手抱臂，分明对亨利的话有所怀疑："卡巴内尔……"

"你说什么？"亨利假装没有听清。

"卡巴内尔。"黄雪唯又重复了一遍，接着道，"你是不是很喜欢他的画作？我在你房间里见到了许多临摹他的画的习作。"

叶智雄听不懂英文，完全不知道他们在聊什么。李亦飞只得低声在他耳边当场翻译给他听。谈及卡巴内尔时，李亦飞只说他是法国的一位画家，但至于他具体有什么功绩，则完全谈不了，因为李亦飞本人对西洋美术的了解极为有限。

"是的。请问，这有什么问题？"亨利的语速明显变快了。

"啊，没什么问题。只不过我不是很喜欢他的画风。"

"您觉得他的画太放荡、太露骨了吗？还是因为他在担任沙龙评委时一直拒绝承认印象派的艺术价值？"

谈及自己感兴趣的领域，亨利的心情果然放松了不少。

卡巴内尔和马奈结下的梁子，黄雪唯自然是知道的。她不喜欢卡巴内尔画作的原因并不是这个。她说："我觉得艺术价值并不高，仅此而已。"

亨利道："那我只能对你的审美水平表示遗憾。"

"步维贤既然收藏了那么多名画，那他有没有卡巴内尔的画作呢？"

黄雪唯问出了亨利最担心的、同时也是她最感兴趣的问题。

一阵沉默后，亨利回道："我不记得了。"

"你对艺术品这么有兴趣，却不记得步维贤买了哪些画作？你觉得这正常吗？"黄雪唯觉得好笑的是这个老管家连谎话都不懂怎么圆。

“我不明白你的意思。”

黄雪唯意识到，亨利的情绪已在临界点，随时可能爆发，于是换了个问题：“你会开枪吗？”

“我会。”

“除了你，这里还有谁会使用枪支？”

“朱斯特是个猎手，夫人好像也有一把小型的手枪。”

“你呢？也有吧？”

亨利霍地立起身来，脸上现出了怒容。他不知道，黄雪唯是在故意激怒他。

“如果你们有证据证明我是杀死步维贤先生的凶手，那就请你们把我抓起来。如果没有，对不起，我现在就要离开这里。因为你们的做法实在是不够体面。在没有任何证据的情况下，污蔑一个好人。这不是一个有教养的人会做的事情！”

亨利说完，挺直身子，走开了，但离去的步伐有些僵硬。黄雪唯用手支着下巴，看着老管家高瘦的身影慢慢走出书房。

她的目光一直没有移动。

最后一位接受审问的人是女佣艾琳。她拖着肥肥的身体，缓缓走进了书房，表现出一副忧心忡忡的模样。如果仔细观察，其实会发现，艾琳的相貌并不算难看，她只是太胖了。

“各位侦探先生。”她说话的声音很轻，大家听起来有点吃力，“请问我能帮什么忙？”

“如实回答我们的问题就是最好的帮忙。”

叶智雄对她说话时口气很好，这可能是因为艾琳对他们还挺不错。

“枪声响起时，你在做什么？”

“我在铺床单。”艾琳回答道，“忙了一整天，我实在太困了。”

“听到枪声以后，你做了什么？”

“说实话，我真的很害怕。起初我以为是打雷了。可仔细想想，打雷的声音并不是那样，而且也没见有闪电。于是我猜到这是有人想要杀死先生。”

艾琳说这些话时不仅声音很小，连语速都变得十分缓慢。

“你对这栋房子熟悉吗？”

“还行。”

“你觉得凶手是从哪里潜入的？”

艾琳歪着头想了半天：“说实话，我觉得没有可能。”

“不可能是外来犯罪吗？”

“是的，几乎不可能。这栋楼的出入口，除了窗户外，就只有一个正门。四周全是巡捕，如果爬窗的话一定会被看见，从正门进屋就更不可能了。”

“所以你觉得是内部犯罪？”

叶智雄像是在诱导她。

艾琳点头道：“这我可不敢下定论。不过就目前的情况来看，这种可能性极高。”

“你认为谁的嫌疑最大？”罗思思忽然问道。

“这实在太难猜了！”艾琳露出了苦恼的表情，思忖了一会儿，又道，“如果一定让我选一个的话，我认为李约翰先生的嫌疑最大。”

“为啥呢？”叶智雄好奇道。

“步维贤先生一直在接济他们夫妻，但他们的花销就像一个无底洞，永远都填不满，而且一年比一年夸张。您明白我的意思吗？先生在我面前不止一次抱怨过这件事。李约翰在他的眼里就是一个废物。先生不想见他，也不想听见任何跟他有关的消息。我相信李约翰自己也明白。这次来上海，他一定别有目的。”

“什么目的？”

“可能和金钱有关吧。至于他和步维贤先生谈了什么，我也不清楚。”

“那么你呢？”

“抱歉，我没听明白你的意思。”艾琳狐疑道。

“对于步维贤的死，你怎么看？”

“我很难过。”

“真的吗？”

叶智雄提问的时候看着她的眼睛。

“好吧，我说实话。我在这里工作的时间不长，对步维贤先生的感情没有那么深，这跟亨利不同。所以他被杀害，我只能表示遗憾，谈不上悲伤。”

“那你觉得亨利难过吗？”

艾琳想了想，道：“看上去也还行，不过说不定内心十分悲伤。男人通常都把悲伤藏在心里，不是吗？”

叶智雄表示同意这句话。

“对了，您最近有没有去过药店？”

霍森忽然没头没尾地问了一句。

“药店？”叶智雄被霍森吓了一跳，脱口而出。与此同时，黄雪唯、罗思思和李亦飞脸上也现出了疑惑的神情。

艾琳先是一愣，随后做出恍然大悟的表情，对霍森道：“对，我确实去过药店。上周工作太忙了，神经系统也许出了问题，总是睡不着觉。连夜失眠对我白天的工作有很大影响，所以我就去药店配了药，用来帮助睡眠。”

霍森笑笑，道：“睡不着觉，需要吃砒霜吗？”

这句话仿佛一颗丢入平静水面的炸弹。其余四位侦探都瞪大了双眼。叶智雄更是禁不住喊出声来："这是怎么一回事？"

艾琳张开嘴巴，像是想要说点什么，但最终又合上了嘴。

她无法正面回答霍森的问题。

霍森目光敏锐地瞥了她一眼，道："你不必太害怕，也不必问我为何会知道这些。身为民间的侦探家，若没有一些朋友和眼线，就开不了侦探社了。你只需回答我的问题便可。请问，你从药店买砒霜，是不是想要对谁下毒？"

"不，我拒绝回答。"

艾琳摇了摇头。由于她低下了头，大家都看不清她脸上的表情。

霍森又问："那就是准备自杀？"

"我不知道。"艾琳还是摇头，"请你们不要再逼我了。先生的死真的与我无关。砒霜和先生的死也没有任何关联。"

"没错，步维贤是被枪打死的。但会不会是凶手在动手时忽然改变了策略？这我们就不知道了。"

正当霍森准备继续盘问的时候，从楼下忽然传来一阵吵闹声。紧接着，传来的是皮鞋快速走上木质楼梯所发出的声音——有人从一楼跑上来了。

果然，不到半分钟，书房的门就被粗鲁地推开，进来的是一位年轻的巡捕。

那年轻巡捕的额头上满是汗水。他见了叶智雄，急切地说道："探长，不好了！督察长来了！督察长就在下面！"

叶智雄一惊，立刻从椅子上弹起："萨尔礼来了？"

"嗯，就在下面。"年轻巡捕用力点头。

叶智雄对四位侦探道："怎么办？没想到这个法国佬这么快就来了。这下可就难办了。"

原本的计划是在面见督察长之前就将案件解决。这样一来，大家即便是去了警务总监那边，叶智雄也有东西可以交代。叶智雄不仅能免除牢狱之灾，说不定还能升个职、加个薪。

眼下审问才到一半，没想到总巡捕房的督察长萨尔礼竟亲自上一线查案。转念一想，他这么做也有道理。死的人毕竟是法国在华巨商，是上海滩有头有脸的人物。萨尔礼此时就算已经入梦，也必须被叫醒，亲自到现场指导调查工作。

“怎么办？这下可麻烦了！”叶智雄用双手揉了揉脸，叹了一口长气，“罢了，罢了。是福不是祸，是祸躲不过！”说完就准备下楼。

霍森一把拉住叶智雄的胳膊，对他道：“有话好好说，别冲动。”

叶智雄拍了拍霍森的肩膀，然后拉开他的手：“放心，我自有分寸。”

“叶智雄，你给我出来！”

从楼下传来了萨尔礼的叫骂声，其中还夹杂着薛畊莘翻译萨尔礼讲话的声音。

第五回　子弹之谜

叶智雄闻声后，当先步下楼梯，匆匆来到一楼的会客厅，其余侦探也紧跟其后。督察长萨尔礼站在会客厅的中央，冷眼看着他。薛畊莘则立在萨尔礼身边，朝叶智雄使眼色。几位被传讯的嫌疑人正围住萨尔礼，向他抱怨他们遭到了不公的对待。

萨尔礼一见叶智雄，就立刻上前，指着他鼻子骂了一连串脏话。薛畊莘十分尴尬，只挑了几个并不那么难听的词，译出来给叶智雄听。即便如此，叶智雄还是听得火冒三丈。他若不是强压着怒火，早就照着萨尔礼的面门给他狠狠来上一拳了。李亦飞听不过去，上前想要替叶智雄说话，却被黄雪唯拦下。

“你上去只会添乱。这洋人毕竟是他的上司，说他几句，也很正常。”

“可是，这……这件事不能怪在叶探长头上啊！”

“要是你替他强出头，洋人就会反过来责难你。叶探长必会为你说话。他为人急公好义，自己被骂，也就罢了，却不能眼见自己朋友受到委屈。如此这般，到那时就真不好收场了。”

李亦飞听了黄雪唯的话，觉得也有几分道理，便不再做声。

萨尔礼骂了足足五分钟。可能是因为口渴了，也可能是因为词穷了，他终于停下那张嘴，单手松了松领口的领结，转身对薛畊莘说了几句法语。薛畊莘听了，大惊失色，急忙回了几句。这几句话惹恼了萨尔礼，使他又对薛畊莘破口大骂了起来。

叶智雄看在眼里，心底明白：可能是萨尔礼要严办他，薛畊莘则为他说了几句好话。他不是会连累朋友的人，于是道："他刚才说了什么？你直接翻译就好。"

薛畊莘露出为难的神色，道："这……这叫我怎么说？"

叶智雄看了一眼萨尔礼，接着对薛畊莘道："没事，说吧。我问心无愧，不怕他。"

薛畊莘支支吾吾道："督察长说，你有谋杀步维贤的嫌疑，要把你抓起来。"

对于叶智雄来说，这简直就是莫须有的罪名！但以他对巡捕房高层的了解，这也是意料之中的事情。他没有表现出很激动的样子，而是平静地接受这一切。此时，两名巡捕来到叶智雄身边，一左一右地将他夹在中央，准备捉他回巡捕房。

"你……你们做什么？"李亦飞推开其中一位巡捕，立在叶智雄身侧，"事情还没搞清楚，就……就乱抓人，你们是巡捕，还是流氓？"

"叶探长犯了哪条罪名？你们要这样对他？"

罗思思见状，也不甘示弱，大步走到叶智雄身前。

萨尔礼本来就气得够呛，眼见这么多人护着叶智雄，怒火更甚，扬言要把他们全都带回巡捕房。

"谁敢再替叶智雄说话，就有包庇罪犯的嫌疑，到时候一样要坐牢！"

薛畊莘在一旁汗如雨下，译得磕磕绊绊、十分不顺。

叶智雄无意连累他们，正欲劝说，却见霍森不紧不慢地走到萨尔礼的面前。霍森笑着对萨尔礼道：“督察长，你可还记得我？”薛畊莘如实翻译了这话。

萨尔礼对霍森上下打量了一番，摇了摇头：“我不认得你。”

“我叫霍森，是个侦探。”霍森很客气地说道，“霞飞路培恩公寓的谋杀案就是我破的。您可有印象？”

去年，位于霞飞路上的培恩公寓发生了一件十分恐怖的谋杀案。死者是一位名叫“梅格雷”的法国服装设计师，在蒲石路上的西比利亚皮草行工作。凶手的杀人手法十分恐怖。凶手将梅格雷的尸体分成了好几块，并带走了他的头颅。不久，这位法国设计师的脑袋在极司菲尔路上被发现。这个案子轰动了整个法租界。经过整整一周的排查，巡捕仍一无所获。最后，大侦探霍森出马，两天内便破了这件奇案。

培恩公寓谋杀案的侦查过程与本案无关，故在此略过不表。

“是你？”萨尔礼瞪大了眼睛，有点不敢相信。

薛畊莘在翻译霍森原话之余，还做了补充。他告诉萨尔礼：霍森是上海最有名的私家侦探；不单单经办过培恩公寓的谋杀案，还破过许多令人费解的奇案、怪案；总之，他是上海，不，应该是全中国，最好的私家侦探。

“你有什么话想说？”虽然对霍森的能力将信将疑，不过既然他能破获培恩公寓斩首奇案，萨尔礼也不敢小觑他。

“我想问督察长先生借一点时间。”

“什么？”萨尔礼眯起了眼。

“很简单。您认为叶智雄就是本案的凶手，要将他带走，本来是没有问题的。但就这样带他回去，难以服众，毕竟巡捕没有找到他杀人的证据。不如将叶智雄留下，先听一听我们几位侦探的推理。说不定其中就有人掌握了叶智雄犯罪的证据呢！”

李亦飞听在耳中，不明所以，便低声问黄雪唯道：“黄姐，霍……霍先生为啥要这样说？人又不是叶探长杀的！”

黄雪唯道：“寿头，霍先生是在救叶智雄。”

见李亦飞还是不懂，罗思思便在他耳边道：“你个戆大，平常和我老三老四，倒是很有智慧，怎么临到要紧关头却拎不清了？霍先生是在为叶探长争取时间！”

萨尔礼的目光在霍森、黄雪唯、罗思思和李亦飞的脸上流转。

“不行。”他拒绝得相当干脆。

位于叶智雄两侧的巡捕已从腰间取出手铐，正准备给他铐上，不料手铐却被罗思思一把夺了下来。她这个举动着实大胆，就连一向处变不惊的霍森都面色大变。而身为督察长的萨尔礼更是勃然大怒，手伸向腰间的枪袋，准备拔枪。

李亦飞快步上前，一把抓住罗思思的臂弯，紧张地道：“你……你做什么？”

罗思思把脸转向萨尔礼，朗声道：“我晓得凶手是谁。如果我把案子的真相告诉你，你能不能放过叶探长？”

她这次说的是英文，所以无需薛畊莘翻译，萨尔礼也能听明白。

“我凭什么要相信你？”萨尔礼反问道。

“因为你别无选择啊！除了栽赃叶探长，你也没有其他办法了。天一亮，公董局就会派人来问罪。到时候巡捕房交不出人，费沃利是不会放过你的。你们抓走叶探长，不过是想找个顶包的，还不如先听听我的推理。如果正确的话，就可以逮捕真凶，皆大欢喜。如果错误，对你来说，也不过是浪费了十几分钟而已。”

罗思思侃侃而谈，显得极为自信。这种自信不知不觉感染了在场的众人，包括萨尔礼在内。

霍森也在一旁道：“罗小姐说得有理，不如给她一个机会。”

李亦飞忙回过头，问罗思思道："你已经知道凶手的身份了？"

罗思思笑道："这次可比你快了一步！"

萨尔礼踌躇片刻，终于抬起头来，对罗思思道："好吧。你快说，凶手是谁？"

罗思思摇头道："不能在这里说。"

萨尔礼道："你又想耍什么花招？我可没时间陪你们在这儿浪费时间。"

罗思思道："只要大家随我一起去三楼步维贤先生的卧室，一切谜团就迎刃而解了。但是要我在这里说明清楚，对不起，我做不到。"

内心充满疑惑的其实并不只有萨尔礼和大侦探们，还包括伊莎贝尔、朱斯特、李约翰、亨利和艾琳等嫌疑人，他们也都摸不透罗思思想要做什么。而罗思思呢，则表现出一副胸有成竹的样子。巡捕们也都纳闷，在这么短的时间里，难道这位小姐当真查出了凶手的身份？他们心里嘀咕，但明面上却没有表现出来，一个个把目光投向萨尔礼，就等他定夺。

"好吧，我给你十五分钟。"

最终，萨尔礼还是松了口。

得到了督察长的首肯，屋内的气氛稍微缓和了一点。那几个巡捕本就是叶智雄的手下，因萨尔礼下令拿下叶智雄而夹在中间并不好受，眼见罗思思暂时化解了危机，对这位小姐不由另眼相看。

众人追随罗思思的脚步，来到了三楼步维贤的卧室。

临到门口，罗思思转过身，对女佣艾琳道："能不能借一把卷尺和一根绳子给我？"

艾琳道："需要多长的卷尺和绳子？"

罗思思往屋内瞧了一眼："越长越好。"

艾琳又把目光投向了萨尔礼。她知道此时此地谁才是主事的人。

薛畊莘将罗思思的要求翻译给萨尔礼听，后者点了点头，批准了这个请求。大家进入卧室，等了五六分钟，艾琳才拿来了罗思思要的东西。

“我接下来要做的事情可以直观地让你们了解我的想法。”罗思思站在弹壳掉落的位置，朝李亦飞和黄雪唯招了招手，“你们来帮我一下。”

她让李亦飞在弹壳掉落处按住卷尺的一头，然后将尺子拉长至被害人摔倒的位置，将测量的数字报给黄雪唯，让她记在笔记本上。随后，罗思思又测量了墙壁上的弹孔到地毯的距离。最后，她环视屋内众人，指着朱斯特道：“你的身高是多少？”

朱斯特被她问得莫名其妙，用手指了指自己的脸：“我的身高？”

罗思思点了点头。

朱斯特道：“五尺四。”

罗思思道：“差不多。你能否过来一下，帮我一个忙？”

朱斯特不知她葫芦里卖的什么药，既然巡捕房督察长都准许了她的要求，自己也没理由反对，只得乖乖走上前去。罗思思让他转过身，立在步维贤被杀的位置上，又叫李亦飞在弹壳掉落的位置上站好，千万不能移动。

接下来，罗思思又让黄雪唯站到墙边，要她把绳子的一头按在弹孔上，随后拉着细绳，穿过朱斯特的腋下，叫李亦飞握住绳子的另一头。

完成这一系列动作后，罗思思满意地转过身，朝在场众人道：“大家现在明白我想说什么了吧？这条细绳就是我模拟出来的射杀步维贤的那枚子弹的轨迹。”

除了在场几位侦探，众人一片哗然，尤其是叶智雄。

罗思思进一步解释道：“要找出凶手，其实并不难，因为凶手在杀害步维贤的同时留下了许多线索。首先引起我注意的就是墙上的弹孔。不论怎么看，这枚弹孔的位置都太高了。我用尺量了一下，足有五尺二寸。而步维贤是心脏中弹，他的心脏离地高约四尺五寸。那就奇怪了。”

她说到这里，顿了片刻，才继续道：“按理说，子弹出膛后的弹轨应该是直线才对。但是这枚子弹在近距离射穿步维贤心脏后，竟然没有射入步维贤身后离地四尺五寸的墙壁处，而是射到了高达五尺二寸的地方。造成这种现象的唯一解释就是……”

“从低处向高处射击！”

罗思思话音甫落，叶智雄就接口说道。

“没错，凶手在距离步维贤三尺多的低处向他开枪。”罗思思用手指了指李亦飞所站立的位置，“我们晓得，步维贤先生的身高是五尺五寸，除了管家亨利之外，这里没人高过他。但若只是比步维贤矮几寸的人开枪，子弹不会射入那么高的地方。假如身高五尺四的朱斯特站立在距离步维贤三尺外朝他心脏开枪，因为步维贤心脏的位置离地四尺六寸，所以子弹不可能在穿过心脏后射入的墙壁位置是五尺高处。那么，换作稍矮一点的李约翰或艾琳呢？”

被罗思思叫到名字的两个人均表现得十分紧张。李约翰不仅闭上了嘴，连整个身体都绷直了。艾琳则瞪大了一双无辜的眼睛，仿佛下一秒就要大喊：“冤枉！”

“李亦飞手中绳子的高度，即子弹发射时的离地高度，是四尺。”做出了这结论后，罗思思的脸上绽出了自信的笑容，“从这么低的高度对步维贤进行射杀，在场所有人中，唯有一个人才能做到。”

说完，她把目光投向了唯一能做到的那个人——身高不足四尺五寸的伊莎贝尔。

伊莎贝尔再愚蠢，此时也已明白了罗思思的用意。她冲着罗思思歇斯底里地骂起来，用尽所有难听的话语。

萨尔礼把脸转向伊莎贝尔，脸上充满了疑惑：“夫人，真的是这样吗？步维贤先生是你射杀的？”

“她在胡说！费利克斯绝不是我杀的！”

“那你如何解释弹轨？”萨尔礼眼神里透出了一股冷漠，“这个高度只有你做得到，不是吗？”

“警官，我不知道她在说什么。或许凶手是蹲着开枪的？”

“不，这不可能。”萨尔礼晃了晃他的大脑袋，这个动作使他有点像红头阿三，“如果蹲下的话，射击点就更低了，可能连四尺都不到。”

“总之，不是我！”伊莎贝尔气呼呼地说，“这是污蔑！我和费利克斯的感情很好！我没有杀他的动机！”

“不，你有。”罗思思不容置辩地说，“而且我有证据。”

伊莎贝尔的眼神变得警惕，但嘴上还在叫骂。

“你有枪。”罗思思一字一字地道，“就藏在你的裙子里。”

此言一出，在场所有人都为之一震。萨尔礼立刻退到了薛畊莘的身后。巡捕们纷纷将手搭在枪袋上，以防伊莎贝尔突然发难。

屋内顿时一片寂然，每个人都紧绷了神经。

伊莎贝尔的脸色苍白。她在做一个艰难的抉择。过了好一会儿，她才道：“我确实有枪，也确实把它藏在裙子里。”

当她伸手从裙里取枪的时候，好几位巡捕都把手枪握在了手里。他们害怕伊莎贝尔做困兽之斗，朝他们射击。

但伊莎贝尔并没有这样做。

她从裙中取出一把小型的手枪，丢在地上。手枪很小，掉在铺满毯子的地上，几乎没发出声响。

这是一把被称为“蛇牌撸子”的手枪。

所谓“蛇牌撸子”，就是德国绍尔公司生产的第三型 M1913 袖珍手枪，由工程师弗里茨·泽纳设计而成。由于绍尔公司的商标在第三型上变成重叠在一起的两个 S，看着像两条纠缠在一起的蛇，所以此款手枪在中国被称为“蛇牌撸子”。

“你怎么知道我身上藏了一把枪呢？”伊莎贝尔问。

“从你进屋接受审讯起，我就开始怀疑了。你走路的姿势很不自然，就像在腿上绑了什么的样子。不过我也只是推测。”

“但是我真的没有杀人。”伊莎贝尔双手一摊，用尽全力想让大家相信她的说辞，“我和费利克斯很相爱！”

“可是你并没有戴你们的结婚戒指。”

“那是我的自由！”

“那个中国男人呢？”罗思思像是在宣判伊莎贝尔死刑一般。

“什……什么中国男人？”

“就是你的情夫。”

“我没有情夫！我不懂你在说什么！”

被说中了心事，伊莎贝尔的声音逐渐变得模糊起来。

罗思思可没那么容易放弃，继续穷追猛打：“我还记得，李亦飞问你是否与一个中国男人有瓜葛，你闪烁其词，表情也变得十分怪异。那个时候我就确信你在撒谎。你和步维贤的婚姻已经走到了尽头，你爱你的情夫，你希望你的丈夫死……”

“够了！”伊莎贝尔大叫，“够了！我承认，我已经不爱费利克斯了。但我真的没有杀他，我没有。请你们相信我。”

她开始用哭腔说话，就像一个在万圣节因没有要到糖果而哭诉的孩子。

“那个男人是不是姓唐？”

“什么？”

伊莎贝尔瞪大了噙着泪水的眼睛。

“我问，你的情夫是不是姓唐？”罗思思又说了一遍。

“不，他不姓唐。”

“那他的名字是什么？”

“我不能说。”伊莎贝尔用力摇头，“这会给他带来麻烦！”

萨尔礼在旁插嘴道：“夫人，你不说的话，恐怕你自己的麻烦更大。别忘了，你现在还没洗清杀人的嫌疑。”

“求求你们了，求求你们别再逼我。”伊莎贝尔用双手捂住脸，大声哭泣，“我是个可怜的寡妇，你们不能这样对我。”

萨尔礼朝身边的手下使了个眼色，示意他们将伊莎贝尔带回去。

罗思思看在眼里，心里很不是滋味。可这就是罪犯的下场。伊莎贝尔为了情夫杀死了自己的丈夫，就应该付出代价。她百分之百确信，勾引伊莎贝尔出轨的中国男人就是那位唐先生。

只要伊莎贝尔到了巡捕房后承认是唐先生教唆杀人，这个案子就算破了。

至此，罗思思总算松了口气。当她转过身后，却发现屋里的气氛有些不对劲。不仅黄雪唯和霍森，就连李亦飞也一样，他们的脸上都浮现出焦虑的神情。

最终还是黄雪唯先开口：“你们先别急着抓人，凶手未必是步维贤夫人。”

此刻最紧张的人莫过于叶智雄。他生怕黄雪唯说错话，惹恼了萨尔礼，但内心深处又对黄雪唯很有信心。这种情绪相当矛盾。

“黄姐，你说什么啊？”

罗思思不明白黄雪唯何出此言。关于案子的来龙去脉，她明明已推理得七七八八了，况且伊莎贝尔身上确实藏了一把蛇牌撸子，加上杀人动机又很明确：伊莎贝尔在感情上背叛了步维贤，和别的男人有了婚外恋。

最重要的是，教唆她动手杀人的男人还是个四十岁左右的中国男人。

如果不是唐先生，还会是谁呢？

黄雪唯在墙边驻足。她用钢笔指了指弹孔，对罗思思道：“罗小姐的推理在源头上就出了问题。导致之后的一连串推断，包括对于凶手身高的推断，都是错误的臆想。”

罗思思不明所以：“我的推理哪儿出了问题呢？”

“子弹的轨迹。”

“弹轨没有问题啊。子弹射出后，穿透步维贤的心脏，射入墙里面。将这些点连接起来，不就是一条从下斜着向上的直线吗？”

“你之所以得出这种结论，是因为你没有观察弹孔。”黄雪唯说道，“虽然墙上弹孔内的子弹已被巡捕取走，但子弹留下的孔洞却还存在。如果你仔细观察这个孔洞，就会发现洞内的路线并非是如你刚才推理的那样由下斜上的，而是一条平行于地面的直线。”

罗思思呆了片刻，回过神后，立即趋步上前查看。她把眼睛对准弹孔，观察了片刻，发现黄雪唯并没有骗她。

在子弹射入墙壁后留下的孔洞里，她看到的不是斜线，而是一条水平线。

这就意味着，子弹并非是由下而上地射入墙壁，而是水平射入。

罗思思尝到了失败的滋味，神情颓然。不过，她还是没有放弃最后的希望：“伊莎贝尔确实有个中国情人。那人难道不是唐先生吗？”

这个问题，黄雪唯也回答不了。

“让我上去！”

忽然从楼下传来一阵吵闹声。在大家听来，叫喊的声音有些耳熟。

“我是被邀请来的大侦探。如果你们不放我上去，就要出冤案啦！”

“除了我们，还有谁被邀请？”

在场的侦探们面面相觑，均觉奇怪。还是李亦飞脑子转得快。他仔细听了一下楼下的喊声，恍然大悟道：“是胡大侦探！”

胡弦？原来是那个“失败的侦探”胡弦！

一阵木梯被踩踏的声音从屋外传来。看来门口的巡捕没能拦住这位滑稽侦探，反倒让他溜了上来。

房门被用力推开，出现在门口的果然是他们在杏花楼见过的侦探胡弦。他的身后还紧随着一位气喘吁吁的巡捕。

正当众人以为他闻讯赶来是为步维贤谋杀案出谋划策的时候，他的一句话震惊了在场所有的人！

“伊莎贝尔，亲爱的，对不起，我来晚了！”他冲到伊莎贝尔身边，抓起她的双手，“我不会让他们再欺负你！哦，亲爱的，我的小甜甜，你怎么会是凶手呢？真是太荒谬了！”

他加重了最后那句话的语气，显得格外义愤填膺。

伊莎贝尔眼中噙着泪水，对胡弦道：“你怎么来了？快走，我不想连累你！”

“我们本就是一体的，不存在谁连累谁！”

“我不想你受到伤害啊！”

“亲爱的，失去你，那才是伤害！”

“你还是走吧！”

胡弦一把将伊莎贝尔拥入怀中：“我不允许你说这种傻话。哦，亲爱的，我的小心肝儿。我们说过要生死与共，你忘记了吗？”

伊莎贝尔用力摇头：“不，我怎么会忘记呢？可是……”

胡弦用食指抵住伊莎贝尔的嘴唇：“没有可是，没有！有我在这里，谁也不敢冤枉你，谁也不敢！”

叶智雄最先缓过神来，轻轻咳嗽了一声，提醒胡弦现在不是他们展示爱情的好时机。黄雪唯、罗思思和李亦飞则瞠目看着他俩，惊得眼珠子都快掉下来了。反观霍森，倒是一副事不关己的模样，在墙角抽着一支哈德门香烟。

“这是什么人？你们怎么做守卫的？”

萨尔礼对这位不速之客很是恼怒，开始责备那位没能拦住胡弦的巡捕，还用脏话骂他的舅妈。那位巡捕表示，自己已经尽力了，胡弦太过狡猾，明明说要离开，趁他们不注意，转身就往楼梯上跑。他还提醒萨尔礼，他的舅舅是个光棍，他没有舅妈。萨尔礼一听，更生气了，于是开始骂他的祖母。

罗思思对胡弦道：“你就是她的情人？”

胡弦摇了摇头：“罗小姐，你的用词不是很妥当。我们是爱人。”

罗思思差点被他气笑，道：“我不管你们是爱人、情人，还是姘头！之前我哥约你在四马路上的宝利咖啡馆碰头，请你协助调查布维尔的案子，你说你要接受什么报纸的采访，都是吹牛皮的借口吧？”

“这个……哎，我承认，接受报纸采访是我瞎七搭八。”胡弦伸手挠了挠头，“因为我和伊莎贝尔有这层关系，所以不太好插手步维贤家的案子。你懂的。”

“一天世界。”罗思思吐了吐舌头。

最终，胡弦的出现让伊莎贝尔的嫌疑得以洗清。她那把蛇牌撸子也被证实并没有发射过子弹，一直放在身边，只是为了防身。

罗思思感到十分坍台。

她不曾想到，自己的推理最后竟演变成了一场闹剧。

这下可没法收场了。

“机会我已经给你们了，但是你们还是没法证明叶智雄是无辜的。所以，我决定让手下的人把他带走。”萨尔礼经由翻译得知了这一系列转变后，做出了这样的决定。

巡捕闻言，再次将叶智雄上铐，准备将他带走。

“等等！”

黄雪唯叫住了巡捕。

萨尔礼看着她，目光里充满了挑衅：“你们还有什么话要说？”

黄雪唯端然道：“尽管罗小姐的推理出了点问题，但若不是我指出问题的所在，步维贤夫人早被铐上带走了吧？”

胡弦抗议道：“是胡夫人。从今天起，她不再是步维贤夫人了！”

除了伊莎贝尔用满怀爱意的眼神望着他之外，无人再去理会这位滑稽侦探。

“我不明白你的意思。”萨尔礼对黄雪唯道。

黄雪唯瞥了一眼叶智雄，冲他轻轻点了点头。其中的意思再明显不过——她请他放心，自己一定会尽己所能地去救他。叶智雄的心中涌起了一股暖流。他平常喜欢以硬汉自居，却从不曾想到，能给自己安全感的竟会是一位女子。

不，黄雪唯不是寻常女子。叶智雄觉得自己用尽力气的上蹿下跳却不如她云淡风轻的一句话威力大。

只见黄雪唯淡淡地说道：“我可以给你案件真相，想听吗？”

第六回　画不见了

在揭晓答案之前，黄雪唯向萨尔礼提出了一个要求——搜查管家亨利的卧室。她认为步维贤被杀案的重要线索现在就在亨利的卧室之中。她这一行为等于公开宣布管家亨利就是凶手。事已至此，老亨利再也无法保持他那引以为傲的绅士风度，咒骂起黄雪唯来。

叶智雄在一旁拿腔拿调地道："骂一位女士，这可不是一个有教养的人该做的事情！"

亨利仿佛没有听见，瞧都不瞧他一眼。

萨尔礼考虑了片刻，又与身边的薛畊莘商量了几句，最后答应了黄雪唯的要求。不过，他必须委派一位巡捕跟在她身边，以免黄雪唯破坏现场。得到督察长的同意后，黄雪唯很是高兴。她对大家道："请各位少安勿躁，我去看一下就回来。"

说完，又把目光移至亨利身上："我想我应该可以找到想要的东西。"

亨利低着头，双手紧紧攥成拳头，不敢去跟黄雪唯对视。

黄雪唯离开后，大家陷入了一段长时间的沉默中，每个人都各怀心事。

罗思思扯了扯李亦飞的袖子，问道："我刚才是不是很丢人？"

说这话时她的神情极为懊丧。自她当侦探以来，这是头一回栽跟头，尤其还是在这么多同行面前。罗思思倒不是责怪黄雪唯指出了她推理中的漏洞，而是恨自己为什么不仔细一点？身为侦探的自己犯一个错误，可能就会害别人去坐冤狱。

李亦飞见她这副楚楚可怜的模样，不忍落井下石，于是便安慰道："不，你刚才的推理很……很厉害。仅仅凭墙上的弹孔和步维贤身上的枪伤，就……就能推理到这种地步，比我厉害多了。"

罗思思摇头叹道："我要是再细心一点，就应该先去查看一下墙上的弹孔。是我的错。我太心急了。我……"她看了一眼李亦飞，"我太想赢你们了。"

李亦飞发现她的眼圈都红了。

"我们不是来比赛的。"他结结巴巴地说，"侦……侦探的职责是发掘真相。侦探不是运动员，我们之间不存在竞……竞争关系。几个侦探就算一起办一个案子，也应该团……团结一致，互相帮助，一同找出案件的真相。我们是人，人就会有弱点，你……你有弱点，我也有弱点，但是我们一起工作就可以互相弥补对方的短板。"

李亦飞的话深深地触动了罗思思的心灵。

她从小就好强，无论做什么事情，都要争第一，就算面对哥哥罗闻，也是分毫不让。她厌恶当下社会中重男轻女的风气，认为社会上男人之所以强过女人，是因为教育不公导致的。因为她是女人，所以在经办案件时她的推理常常被人蔑称为"妇人之见"。但最后结果总能证明她是对的，那些愚蠢的男巡捕们就不得不对她另眼相看。当然也有人不买账，甚至说罗思思的成就多要归功于她的哥哥。

对于这种污蔑，罗思思当然很生气。但这样的说法越多，就越能激发她内心的不甘和愤怒。她就是要证明给世人看，自己可以成为上海滩最好的侦探。

不是最好的女侦探，而是最好的侦探。

李亦飞更激发了她这种斗志。李亦飞足够优秀，不同于她此前遇到过的那些草包。所以，每次她见到李亦飞，都会打起十二分精神，要与他一较高下。正是这样的执念，让罗思思失去了往日独自办案时的那份理智，继而在调查取证的过程中忙中出错。

李亦飞的那句“侦探的职责是发掘真相”把她从这份执念中拽了出来。

——“是啊！破案又不是比赛。我追求的是真相，而不是奖杯！”

“谢谢你。”罗思思用手指拭去眼角的泪水，“是我脑子搭错了。”

“人非圣贤，孰能无过。你……你也别太在意。”李亦飞道。

“不过呢，你也别太得意！”罗思思虽然还红着眼睛，但脸上却露出了往日的笑容，“虽说我们都有弱点，但你的弱点一定比我多！”

“哪有？”李亦飞不满道。

“首先，你说话就说不利索！”罗思思学他结巴的样子，“每……每次听你说话，我……我都觉得好……好累……”说罢哈哈大笑。

李亦飞看着她，也跟着笑了起来：“太夸张了吧？”

两人正说笑间，楼道里便响起了高跟鞋踩踏地板而发出的声音。看来黄雪唯已完成了她的勘查工作。把门推开后，美丽动人的黄雪唯小姐笑吟吟地出现在门口。立在她身后的巡捕手里捧着一幅油画，画被一块白布遮住，大家看不清上面画了什么。

“不好意思，让各位久等了。”

她缓缓步入房间，一直走到步维贤遇害的位置，才停下了脚步。

“查明白了吗？”萨尔礼问她，口气依旧很不友好。

黄雪唯点头：“是的，我找到了我想要的证据。”

“那你的推理能否可以开始了呢？”萨尔礼指了指自己的名牌手

表，“我可没时间在这里耗上一夜。明白吗？”

“没问题。”黄雪唯道，“我们这就开始吧！”

老管家直勾勾地看着巡捕手中的油画，额头上布满了细密的汗水，双肩微微抖动。他这一系列反常的表现全都落入黄雪唯的眼中。

亨利所表现出的焦虑和恐惧令她很满意。

黄雪唯缓步走到墙边，走到罗思思刚才站立的位置上，其他人则在她对面围成了一个扇形。她的目光从他们的脸上掠过。有人惊讶，有人疑虑，有人愤怒，有人面无表情，唯独亨利的脸上写满了惊惧。亨利的不安太过明显，就连萨尔礼都察觉到了他的异常，于是低声吩咐身边的巡捕打起精神，待会儿千万不要让这老东西跑了。

“和罗小姐一样，最初引起我注意的也是墙上的弹孔。”黄雪唯双手抱臂，在白墙前来回踱步，仿佛在自说自话，“步维贤先生胸口中弹。子弹贯穿了他的身体，然后射入墙壁而形成一个弹孔。不论怎么看，都能得出‘步维贤在这面墙前被射杀’的结论。那么，为什么步维贤先生会站在这面墙壁前呢？刚才罗小姐在推理的时候并没有给出答案。”

罗思思不好意思地低下了头。她确实没来得及思考这个问题。

黄雪唯继续道：“这个问题困扰了我好一会儿。我仔细检查这面墙壁后，便有了答案。请大家仔细看这里。”她用手指了指弹孔周围的墙面。

众人的目光都投向了她所指的地方。弹孔的上方有一个很小的挂钩，挂钩的周围有一块长方形的印记。如果不仔细分辨，就很难发现这块印记，因为它与墙面的色差不大。屋内响起了一阵低语，大家都明白了黄雪唯想要表达的意思——这里曾经挂过一幅画作，而现在那幅画不见了。

“步维贤站在这里，也就是这幅画作前，是在做什么呢？观赏这幅画作吗？还是在将这幅画作取下来？”黄雪唯说到此处，略微顿了一顿，见众人没有反应，于是继续说了下去，“我猜是后者。”

嚓——

安静的屋子里忽然发出一记轻微的声响。原来是站在角落里的霍森划燃一根自来火的声音。他探出脖子，将叼在嘴里的香烟凑近火苗。微弱的火光将他半张脸映成了橘黄色。将烟点燃后，霍森甩灭了火苗。

“为什么说是后者呢？”黄雪唯瞥了霍森一眼，迅速把注意力又集中到自己的推理上，“因为我在墙下的地毯上发现了四个奇怪的凹痕。于是我猜测是有人将一张小凳子放在那里而留下的。凳子的四条腿立在柔软的地毯上，从而造成了这样的痕迹。那么，步维贤为什么要将凳子放在这面墙之前呢？”

“他想取画？”不知是哪个人说了一句。

黄雪唯笑着点了点头：“没错，他想取下画作。我们来看一下挂钩的位置，就晓得步维贤为什么要踩着凳子取画了。这个挂钩离地将近六尺。尽管步维贤的身高将近五尺五寸，他举起双臂也许能够取下，但是画框太沉重，所以必须借助凳子才行。所以，我的推理是，步维贤先生取来了凳子，当他站在凳子上取画的时候，被凶手突然射杀了！而那幅画就藏在管家亨利的卧室里！”

“不！不是我！”亨利歇斯底里地喊道，“你是个恶毒的女人，你想污蔑我！”

“请大家欣赏一下这幅卡巴内尔的真迹——《白衣少女》！”

黄雪唯打了个响指。与此同时，那位手持油画的巡捕立刻将盖在画上的白布扯去，露出了画作的真容。

画中的少女实在美极了。她金发碧眼，白衣飘飘，皮肤宛如奶油般细腻，笑容如春日阳光般温煦，但微笑中似乎还带着一缕哀伤。她像是在等待爱侣，又像是在告别情人。但凡有一点美术常识的人，都能从这幅画作中看出拉斐尔的柔和与米开朗基罗的韵味。它在表现女性的丰腴和娴静上，就连安格尔的仕女图都无法与之相提并论。

“这幅画确实是步维贤先生卧室里的！”女佣艾琳惊讶地说。她立刻捂住了嘴，看了看亨利，又看了看那幅画。

“为什么这幅画会在你的卧室里？”黄雪唯问出了至关重要的问题。

亨利拼命摇头：“是步维贤先生送我的。我没有杀他！”

“既然是他送给你的，那你为什么要把它藏在床下面呢？”黄雪唯又问。

“因为……因为……这是我的自由！”亨利暴怒起来，“你无权过问！”

此时萨尔礼突然插嘴道：“你必须回答，不然我就把你抓到巡捕房里去！”

他的眼神里隐隐透着愤怒。身为高层，下属的背叛，最令他难以接受。这一刻，他无比同情步维贤。

“我……我……”亨利忽然抱住脑袋，跪在地上，“我承认是我偷的。”他哭了起来。

“所以是你杀了他?!”萨尔礼高声问道。

“不！我没有杀他！我进屋的时候，他已经死了。我只是把这幅画取下来而已。我真的……求求你们，我只是个管家……”

“你说，你偷画的时候，步维贤已经死了？”

“是的。”

“那时候是几点？”

“十点十分。”老亨利抬起头，回忆片刻，坚定地重复了一遍，“没错，十点十分，一分一秒也不差。当时我还特意看了手表！”

“枪声响起的时候是十点半。你说，在十点十分的时候步维贤就已经死了。”萨尔礼大笑起来，“你是把我们都当成傻瓜了吗？嗯？我看上去像是个傻瓜吗？”

“不，您不像。可是我说的是千真万确的啊！你们一定要相信我。”

黄雪唯冷笑：“让你当管家，真是屈才了。你演技这么好，应该去演莎士比亚的戏剧。”

“我向上帝发誓，我没有杀步维贤先生！”亨利再次声明。

“好吧。既然你如此坚持自己的说法，我就把刚才的推理讲完，让你死得其所。”

黄雪唯走到床头柜边上，弯腰搬起了那张凳子，接着走到白墙前，将凳子的四只脚对准波斯地毯上的凹痕，放了下去。

简直可以用严丝合缝来形容凳脚盖上凹痕的样子。

黄雪唯满意地道：“看来我猜得没错。之前放置在地毯上的就是这张小凳子。步维贤被杀之后，凶手为了掩盖步维贤取画的事实，故意将凳子移到了床头柜那里。在此之前，这张凳子一直是在这里的。”

亨利哭丧着脸，不停地摇头，可能是累了，嘴里并没发出抗议声。

“为什么要掩盖取画的事实呢？原因有两个。第一个原因就是凶手不想让大家联想到画作消失这件事。在这栋宅邸中，除了步维贤外，最懂艺术的人就是亨利。他对卡巴内尔画作的热爱简直可以用狂热来形容。这样一幅真迹消失，他很难不被怀疑。至于第二个原因么，就比较隐晦了。他是为了掩盖自己杀人罪行才将椅子移走的。”

屋子里没人说话。所有人都竖起耳朵，生怕错过了黄雪唯即将揭晓的答案。

“答案就在墙上的弹孔里。”黄雪唯先说了一句谁都听不明白的话，紧跟着又道，“不知大家是否还记得？方才罗小姐的推理之所以站不住脚，是因为子弹不是由下而上地射入墙壁，而是水平射入。那么问题就来了，步维贤先生中弹的心脏明明离地四尺五寸，但为何墙壁上的弹孔离地却有五尺二寸呢？”

她环视屋内的众人。没人能给出答案，或者说，没人愿意打断她的叙述。

黄雪唯继续说了下去：“因为这张凳子的高度就是七寸有余，所以当步维贤站在这张凳子上的时候，他的心脏就正好与墙壁上的弹孔在一条水平线上，两者离地高度都是五尺二寸！”

众人还是一脸茫然。他们并不理解，黄雪唯得出的这个“五尺二寸”的数字意味着什么。

但是几位大侦探的表情开始发生了变化。

罗思思最先领会了黄雪唯想要表达的意思，恍然大悟，连连称赞黄姐的推理能力了不起。而李亦飞的眉头却锁得更紧了，看样子他虽嘴上不说，但心里未必认同黄雪唯的答案。霍森已经抽完了那支烟，听见黄雪唯说出“五尺二寸”后，露出了疑虑的表情，看来这个解答是他没有预料到的。

黄雪唯不等众人有所反应，又抛出了下一个“炸弹”。

“我们这里单手平举时离地高度为五尺二寸的人只有一个。”黄雪唯把脸转向身高超过五尺七寸的管家老亨利，“只有像你这么高的人，才能办得到。”

这下黄雪唯想要表达的意思就清晰多了。步维贤为了取画站在了凳子上。当他把卡巴内尔的画作取下时，亨利偷偷潜入了他的房间，并用枪对准了步维贤的心脏。当时屋内发生了什么，他们之间又有怎样的对话，恐怕没人能够知道了。总之，亨利最终还是略微抬高了手肘，瞄准步维贤的心脏，扣下了扳机。

子弹穿过步维贤的心脏，水平射入墙壁里面，形成了弹孔。步维贤倒地，当场毙命。亨利拿走了那幅《白衣少女》，为了掩盖自己的罪行，还将凳子移到了床头柜的边上。回到房间，亨利又将《白衣少女》这幅画用白布包裹起来，藏在了床底下。可是他没想到，这幅画还没被自己焐热，就被黄雪唯从床底翻了出来。

黄雪唯对老亨利道：“眼下证据确凿。你还有什么好说的？”

“栽赃！这是栽赃！”亨利还是不服，仿佛他真的受了天大的委屈般，“我对步维贤先生十分忠诚。我怎么会杀他？没错，我确实喜欢这幅画，但我不会为了艺术品去杀人，这是我的底线。而且，我也不怪步维贤先生。最初他确实是打算把这幅画赠送给我，但不知从哪里冒出来一个中国人，出高价要买下《白衣少女》这幅画。他出的价太高了，高到步维贤先生无法拒绝的地步……”

“中国人？”黄雪唯一愣，随即把目光投向了罗思思他们。

——这就对上了！

“你晓得那个中国人叫什么吗？”罗思思急切地问道。

亨利不知他们何故对这个买家产生了兴趣，当下觉得莫名其妙：“不知道。事实上我只是听步维贤先生说过一嘴。有关这件事的真假，我也不十分确定。”

李亦飞打趣道：“说不定又是胡……胡弦先生捣的鬼。”

胡弦听了，板起脸来：“不要把乱哄哄的事情都算在我头上！别说我买不起这种名画，就算买得起，我也不花这种冤枉钱！艺术品也好，古董也好，只是用来妆点自己谈吐的。干吗要拥有它们？简直吃饱了撑的！”

此时的黄雪唯已是十分确定自己的推理百分之百正确。她对亨利道：“那个中国人恐怕就是追杀步维贤的唐先生。他故意设局，假意想买《白衣少女》，引发你对步维贤的不满，从而可以借你的手，替他除掉步维贤。”

亨利大喊道：“不是我！不是我！冤枉啊！”这下他真急了，说了几句中文后，嘴里喷出一大段英文来。由于语速太快，黄雪唯也没能听懂他说的是什么意思，大抵是各种谩骂与控诉。

萨尔礼怒了，对着亨利大骂：“都这个时候了，还在狡辩？快点把他铐起来，带回巡捕房。不给他水喝，也别给他饭吃，我看他嘴能硬到几时！”

几个巡捕得令，撸起袖管，取出手铐，就要将亨利抓捕归案。

叶智雄松了口气，望向黄雪唯，发现对方也在看他。

——终于结束了。

黄雪唯朝他眨了眨眼，笑了起来。

“等……等一下！”

正当巡捕将亨利压在身下、准备上铐之时，李亦飞忽然站了出来。

一时之间，屋内所有人的视线都投射在他的身上。

李亦飞脸颊微微泛红，也许是由于紧张的关系，他的语速很快：“我……我觉得黄……黄小姐的推理还……还有商榷的余……余地。这个案……案子还是有……有疑点的。”

他着急的时候结巴得更厉害。

黄雪唯转过身，面对李亦飞，问：“什么疑点？”

“疑……疑点就是这面墙壁……”李亦飞指着她身后的墙壁道，“太干净了。”

他的话令在场众人不解。

李亦飞进一步解释道：“如……如果如黄小姐所言，步维贤先生是……是站在墙壁前被……被射穿心脏的，那么血液一定会溅射……射到墙壁上吧？但是，请……请大家看这面白墙，墙上除了画框的印记外，什……什么污渍都没有。”

听到这句话，黄雪唯先是一怔，随即道：“可能被他清除了。”

显然李亦飞对这个答案并不满意。他摇着头道：“你看，这……这面墙壁看似一片雪白，但上面其实是有……有纹路的。”

黄雪唯依他所言，细看之下，果然发现了细微褶皱。这种纹路令整个墙面看上去更有层次感，比普通的纯白好看不少。

李亦飞放慢了语速，缓缓道：“这种涂料叫‘皱纹漆’。这种纹路是永固造漆股份有限公司出品的长城牌油漆的特色。这……这种涂料的优点是耐用和美观，缺点是不易打理，沾上脏东西后很难去除污渍。如果沾上血迹，即……即便用抹布揩干净，还是会留下破损的痕迹。所以我不认为凶手清理过这……这面墙。我更倾向认为，死者并不是在这面墙前被射杀的。”

听了李亦飞的推理，亨利像是海难时找到了浮木，整个人精神为之一振：“这位李先生说得没错！我们用的就是长城牌油漆。步维贤先生喜欢这个纹路。我……我还留着收据，我可以去拿给你们看！”

黄雪唯还没死心，她心想，或许是亨利耍了什么诡计，让鲜血没有溅射到这面墙上。她只要静下心，苦思一番，一定能找到漏洞。身为上海滩鼎鼎有名的女侦探，她对自己的推理能力一向很有信心。

不，与其说推理能力强，不如说她的直觉很准。她虽然把直觉凌驾于逻辑思维之上，但也从未失手。

——究竟是哪里出了问题呢？

这时，会客厅的电话铃声大作。驻守在一楼的巡捕接起电话，与对方说了几句，便匆匆忙忙地跑上了三楼。那位巡捕推开门，一脸惊愕地对萨尔礼说：“错了！错了！”

萨尔礼反问他：“什么错了？”

那巡捕喘着气道：“刚才化验室来电话。他们说，经过检验发现墙里的子弹根本不是射死步维贤先生的那枚。这枚子弹锈得十分严重，应该是好多年前打进墙壁的。”

这个消息彻底击垮了黄雪唯的信心。

原来子弹早就在墙内了，只不过上边一直挂着油画，遮住了陈旧的弹孔，所以就连住在这里的伊莎贝尔和艾琳等人也均不知情。

如果说方才李亦飞的质疑是一枚“子弹”，那么这个消息就是一枚“炸弹”！

她所做的推理都基于“弹孔里的子弹就是射死步维贤的那枚”这个前提。就像一栋摩天大楼，如果地基坏了，那么不论摩天大楼造得多么豪华、多么壮丽，都不过是一栋空中楼阁，总逃不过土崩瓦解的命运。

萨尔礼听了，愣了许久。他对黄雪唯道：“你还有什么话想说？”

黄雪唯呆立在墙边，看着白墙上那一道道细微的纹路，一时语塞。

她犯了和罗思思一样的错误——救人心切，导致情感战胜了理智，因而连这么显眼的细节都忽略了。想到这里，她不禁苦笑起来。

看来叶智雄真是个令她昏头的男人。

第七回　敞开的窗

谁都没想到，黄雪唯也会重蹈罗思思的覆辙。她们两人所做的推理看似逻辑自洽、合情合理，但都倒在了细节上。然而，这些失败是否证明她们侦探能力不足呢？并不是如此。至少和她们合作过的巡捕们都不会这样认为。

黄雪唯与罗思思是上海滩最好的侦探，这点是毋庸置疑的。如果时间充裕，或许她们就不会这样心急。但罗思思好胜心切，黄雪唯又牵挂着叶智雄的安危，所以难免乱中出错，差点冤枉了好人。不，老亨利实在算不上是个好人，充其量是个胆小懦弱的小偷。他们这种人嘴上深爱着艺术，但行动上却把艺术的教养都抛诸脑后，最后活成了一个可鄙的俗人。

尽管最后证明杀死步维贤的人不是亨利，但巡捕依旧要将他带回巡捕房，做进一步的审讯。如果他偷盗的对象是中国人，那么身在租界的亨利就拥有治外法权，连中国的司法机关也拿他没有办法。但因为受害对象是洋大人，所以就不会这么简单放过他了。

被押走前，李亦飞走近亨利，问他道："你……你刚才说，偷画的时候，步维贤先生已经死了，这……这是真的吗？"

“事到如今，我还有必要撒谎吗？”

老亨利垂着头，一副无精打采的模样，仿佛瞬间老了十多岁。

“时……时间是十点十分？”

“对，我还特意看了一下手表。”亨利举起手，朝李亦飞亮了亮自己的那块瑞士腕表。

身为这座洋房的管家，亨利需要安顿好这里的一切，自然需要时时刻刻注意时间，所以养成了不时看一眼手表的习惯。

李亦飞取出记事本，在上面写下了一行字。

当亨利被巡捕押走的时候，霍森也跟着出了门，说是去找点洋酒喝，还问李亦飞要不要。李亦飞不抽香烟，也不喝酒，就拒绝了。黄雪唯和罗思思因推理失败而备受打击，尚未缓过神来。目下，如果李亦飞再不出手相助，叶智雄就要被萨尔礼带走了。可李亦飞遇到的问题和前两位侦探一样，虽有想法，但证据还不充分。

“如果你们没有其他话要说，我们就得回巡捕房了。”薛畊莘将萨尔礼的话翻译出来给大家听，“一定要带走叶智雄。在这件事没搞清楚之前，他必须对步维贤的死负责。”

“你们这是拿叶探长当替死鬼！”罗思思气极了，指着萨尔礼大骂。

站在一旁的朱斯特和李约翰早就不耐烦了，不停撺掇巡捕快些将人押走，好让他们清静清静。而胡弦和伊莎贝尔还拥抱在一起，完全不把此地当成命案现场，互相说着令人作呕的情话。女佣艾琳惶惶不安地望着他们，心里没底，不知道购买砒霜这件事会给她带来怎样的后果。她可不想在监狱里过下半辈子。

争吵声持续了很久，不过侦探们的抗争并没有起到改变萨尔礼心意的作用，他还是决意要带走叶智雄。眼见叶智雄就要被带回巡捕房，这时要是不加以阻止，将来想要从监狱里捞人，就更难办了。李亦飞挣扎了许久，终于做出了决定。

“且慢！”

萨尔礼沉着脸，对李亦飞道：“你们又想耍什么花招？”

李亦飞道：“请……请您不要误会。我只是想把我的推理讲一遍，以供督察长您参考。”

“你们讲得还不够多吗？”萨尔礼像一头愤怒的蛮牛，鼻孔喷着粗气，“一个说完，又来一个。她说完，你又要说。没完没了！”

“我……我向您保证，不会再有下一次了！请……请再给我们一次机会！”

李亦飞苦苦哀求。

见他这样，黄雪唯和罗思思隐隐感到内疚。她们错误的推理把这位督察长的耐心都耗尽了，致使他连听一下李亦飞推理的兴趣都没有。

叶智雄劝道：“算了，李先生，你的好意我心领了。步维贤的死与我无关。我行得正，坐得端，不怕有人冤枉我。我相信真相一定会大白于天下，只是时间问题。”

“不行！”李亦飞突然朝叶智雄大喊，“迟来的正义不是正义！”

他涨红了脸，仿佛用尽了所有力气说这句话，而且没有结巴。

在场的人都被李亦飞的反应吓到了。在此之前，他就是一个斯斯文文、有点腼腆的男孩子。谁都不曾想到，他竟会发出这样歇斯底里的喊叫。

胡弦在一旁拍着胸口道：“老实人发起狠来，邪气吓人！”伊莎贝尔将他抱得更紧了。

萨尔礼被李亦飞惹怒了，恶狠狠地道：“臭小子，嚷嚷什么！你是不是也想去蹲监狱？如果你再阻止我们办案，我就把你当成叶智雄的同伙，一道抓起来！”

屋里顿时乱成一团。黄雪唯和罗思思上前找萨尔礼理论，认为他应该听一下李亦飞的推理再做定夺。叶智雄劝李亦飞克制一下情绪，不要惹翻了法国人。其他人则抱着幸灾乐祸的心情看着这场闹剧。

“你们就没人想晓得，窗……窗户为什么开着吗?!”李亦飞冲着众人大喊。

由于太过激动，李亦飞的眼镜从鼻梁上滑落了下来，歪挂在脸上，使他显得特别狼狈。

他的提问起到了作用。屋内喧闹声渐止，恢复了平静。

李亦飞伸出食指，将玳瑁边眼镜推回原处。

“这……这扇敞开的窗就是我们打开真相之门的钥匙！”

罗思思急了，对他道：“李亦飞！你能不能说人话？”

她知道：剩下的时间不多了，没时间废话，眼见天就要亮了，到时无论再做什么，也拖不住萨尔礼，所以一定要快刀斩乱麻，在萨尔礼还没反应过来之前将案件的真相放在他的眼前。

李亦飞会意，于是加快了语速：“初……初次进这间屋子的时候，我就感觉到一阵寒意，然后我注意到窗户是开着的。这扇窗户的样式很普通，向外开启，窗框用的是红漆。开……开窗很正常，但令我感到疑惑的是两边的窗扇均被开到最……最大，而且还是在这么凉的夜里。这件事十分反常。于是我不停问自己，步维贤先生为……为什么要这样做呢？”说完，李亦飞看向萨尔礼。

果然，这个法国人被问住了，他和李亦飞同样疑惑，步维贤何以做出这样反常的举动？

窗户有必要开这么大吗？

李亦飞继续道：“步维贤先生实……实在没有任何理由将……将卧室内的窗开到这种地步。那……那么在这里容我做一个大胆的假……假设，开窗的人不是步维贤先生，而是凶手。”

“凶手为什么要这么做？”萨尔礼问道。

“问得好！”李亦飞走到窗前，望着窗下的人工池塘，缓缓说道，“凶……凶手开窗一定有其不可告人的目的。换言之，他不开窗的话，就无法完成这次的犯罪。”

罗思思思维敏捷，立刻跟上了李亦飞的思路：“你的意思是，凶手开窗是因为窗下有人工池塘？”

“没错！”李亦飞点头。

叶智雄道：“难道凶手是想把枪丢进人工池塘里，消灭证据？”

李亦飞摇头道：“这……这口人工池塘并不大，想要从里面打捞一把枪，并……并非难事。凶手要藏凶器，应该不会选择这种方式。”

“那凶手为什么要这么做呢？”

叶智雄心里这么想，但没继续问下去，可能是怕问多了，会显得自己无知。

“用……用人工池塘藏一把枪，当……当然不是什么好主意。但如果凶手想要藏的是另外一种东西的话，那就未必了。”

李亦飞话音刚落，黄雪唯和罗思思便憬然而悟，齐声道：“原来如此！”两人均注意到了对方的反应，不由相视一笑。她们在了解李亦飞的想法后，心里不由对这位看似老实巴交、实则敏锐聪慧的少年郎多了一分敬意。

萨尔礼兀自不明所以，细问道：“凶手要藏什么东西呢？”

“督察长先生，您仔细想想，这……这间屋子里缺了什么？”李亦飞反问他道。

“缺了什么？”萨尔礼低头思索一阵，还是找不出答案，“你说，缺了什么？”

“子弹。”

“子弹？”

“没错，就……就是子弹！”李亦飞说到这里，情绪已然平复，脸上也褪去了因焦急而产生的红晕，“既……既然打入墙壁的那枚子弹是陈年旧弹，那……那么打穿步维贤先生心脏的那枚子弹又在何处呢？巡捕房的人找遍了这间屋子，都没能找到那枚子……子弹，但是弹壳又清清楚楚、明明白白地躺在屋内的地……地毯上。”

经他这么一说，众人才恍然大悟。弹壳掉在屋内，说明凶手就是在房间里开枪的，但是墙壁上弹孔里的子弹却不是杀死步维贤的那枚。若不是老亨利取走了油画，进入现场的侦探们或许都不会发现墙上还有个弹孔。那么问题来了，真正射穿步维贤心脏的那枚子弹究竟在何处呢？李亦飞对众人道：“答案就在窗外。”

“人工池塘？”萨尔礼瞪大了眼睛。

“是的。子……子弹射穿步维贤后，掉入了窗外的人工池塘。实……实际上，凶手打开窗户，就……就是为了让这枚子弹消失。”

李亦飞告诉众人，他曾在窗沿下的地毯上发现了一块血迹。所以他大胆推测：凶手起初用枪胁迫步维贤，命他打开窗户，然后站到窗前开枪将他射杀；子弹穿过心脏后，就掉入了人工池塘。

凶手这么做，其目的就是让巡捕找不到那枚子弹。

萨尔礼又问道：“凶手为什么要这么做呢？有必要吗？”

此时的他完全沉浸在李亦飞的推理之中，已经忘记自己前一秒还下令立刻带走叶智雄。凶手诡异的行为让他好奇不已。

“这……这么说吧，如果这枚子弹让巡捕房的人找……找到，那么凶手的身份就会暴露。”

李亦飞回过头，将朱斯特、李约翰和艾琳的脸都看了一遍。

没有例外，他们每个人都显得极为紧张和不安。

“难道这枚子弹有什么玄机？”萨尔礼道。

“不是玄机啦，而是证据。”罗思思替李亦飞答道。

"什么证据？"

"督察长，子弹上能留下什么证据呢？"这次说话的人是黄雪唯。她的脸上一扫刚才的颓态，又焕发出了自信的光彩。

见萨尔礼还是想不明白，李亦飞便出言提醒道："是膛线。"

"凶手想隐藏子弹上的弹道痕迹？"萨尔礼终于明白李亦飞的意思了。

所谓弹道痕迹，就是子弹上的螺纹痕迹。子弹上本身是没有螺纹的。当子弹被火药推动至枪管的时候，枪管的膛线会在弹体上削出螺纹，这种螺纹是独一无二的。而膛线的作用则是使弹头旋转运动，以保持飞行的稳定性，提高子弹的命中精度。

"没错，每一把枪都……都有独一无二的膛线。一把枪射出的子弹，在挤……挤过枪管的膛线后就……就会在弹体上留下弹道痕迹。只要检查这些痕迹，我们就……就能晓得这枚子弹自哪一把枪射出，从而就能锁定凶手。"

"为了隐藏子弹，才让步维贤在窗口被射杀……"萨尔礼低头喃喃几句，又抬起头来，"不对！还是说不通。凶手把枪丢了或者藏起来，岂不是更好？何必费这么大的力气去隐藏一枚子弹呢？"

李亦飞摇头道："因为枪丢了也没用，只……只要巡捕找到子弹，就可以确定他是杀人凶手。因为那……那枚子弹上有无法磨灭的痕迹。"

"无法磨灭的痕迹？是膛线造成的痕迹吗？"

"不，恰恰相反。"

李亦飞的话，又让众人陷入了云里雾里。

他明明刚才还说，凶手将子弹射入人工池塘，是为了隐藏子弹上的弹道痕迹。现在又改口说，子弹上无法磨灭的痕迹并不是膛线造成的。大家不明白李亦飞到底想要表达什么，唯有耐着性子听他慢慢讲下去。

“督察长前面说得对。如……如果凶手想要隐藏子弹上的痕迹，大可以藏起枪，甚……甚至可以嫁祸给别人。毕竟只能证明子弹是从这把枪射出来的，却……却无法证明是谁开的枪。但是，凶手藏起了子弹，这说……说明凶手无法丢掉那把枪。”

“无法丢掉那把枪？”萨尔礼问，“是什么意思？”

“因……因为那枚子弹上没有弹道痕迹。”

“什么？”

“那是一把没有膛线的枪。”李亦飞放缓语速，一字一字地道。

他这个观点震惊了在场所有人。

要知道，为了提高子弹的精准度和稳定性，大部分的枪械都在枪管内部刻上了膛线。因为如果没有膛线，射程超过一定距离，子弹就会发生偏移。

在美国独立战争期间，大家用的都是没有膛线的枪，弹头射程九十米，子弹可以偏出三米。现在看来，这些枪几乎就是没有精度的废枪。

不过，现在也不是所有的枪都有膛线。

比如滑膛枪。

李亦飞开口道：“没……没有膛线的枪，我们称之为‘滑……滑膛枪’，而常见的滑膛枪是狩猎用的猎枪。”

说完，他把目光投向了朱斯特。同一时间，屋内其他人也都看向了他。

朱斯特脸上一阵青一阵白，显得心虚到了极点。当李亦飞提到“膛线”的时候，他就有一种不祥的预感。结果预感变成了现实，李亦飞果然指出他有嫌疑。

——“早知如此，就不应该让他知道自己打猎的事……”

现在后悔也于事无补了。

李亦飞对他道："朱……朱斯特先生，我没记错的话，你的房间里应……应该有不少滑膛枪吧？"

"不是我……"也许是因为紧张过度，朱斯特的肩膀抖得厉害，"真的不是我！"

萨尔礼厉声道："回答问题！你的房间里是不是有滑膛枪？"

朱斯特慌忙应道："是……是有几把……但伯父的死与我无关！我是不可能用猎枪打人的，不过打一些动物。"

萨尔礼转身吩咐手下去朱斯特的卧室搜枪，把能找到的猎枪全都带到这里。

朱斯特彻底崩溃了，向萨尔礼求饶，求他放过自己："我真的没有杀伯父！那些枪真的只是用来打猎的！我可以向上帝发誓，我每一句话都是真的！虽然有人曾建议我这样做，但我根本没往心里去……"

"有……有人建议你杀了步维贤？"李亦飞问道，"是不是一个中国人？大……大约四十岁左右的男性？"

"对，是中国人。"朱斯特哭丧着脸，"不过看上去没那么老。"

李亦飞觉得大差不差，那个中国人应该就是他们想找的唐先生。他回过头，视线与叶智雄的相遇，两人相视一笑，一切尽在不言中。若不是李亦飞强行留住萨尔礼，叶智雄此时恐怕已被打入大牢，在黑暗潮湿的监狱中等待会审公堂的判决了。

巡捕给叶智雄松了手铐，还向他道歉。叶智雄当然不会挂在心上，笑着说："没事。"另一边，萨尔礼又命手下去人工池塘打捞子弹。那是物证，判决的时候可少不了。至于朱斯特，必须先带回巡捕房，进行进一步的审讯。

两位巡捕一左一右将朱斯特按在地上，给他上了手铐。朱斯特则不停喊冤。可惜在场所有人都认定他是凶手，没有人同情他。不过，大家对步维贤早就心存不满。朱斯特解决了他，也算帮其他人除掉了心头大患。从这点来看，他还是他们的恩人呢！

伊莎贝尔被胡弦拥在怀里，完全不理睬朱斯特的求助。老亨利还沉浸在悲伤中。李约翰则沉默以对。女佣艾琳是唯一一个想要帮助他的人。但面对凶悍的巡捕，她也无能为力，只能对朱斯特说一些无意义的劝慰的话。

叶智雄转到黄雪唯面前，对她深深鞠了个躬。

黄雪唯笑道："做啥？你应该谢谢李亦飞，不是谢我。"

罗思思在一旁道："对啊，叶探长，你这就偏心了。我和李亦飞可都算出了力，帮你洗脱冤屈。怎么你就独谢黄姐一人？"

叶智雄用手挠着脑袋，难为情道："都要谢的，都要谢的。"

罗思思寻不到李亦飞的人，环视一圈卧室，发现他正呆立在窗前，一副若有所思的样子。他似乎并不快乐，脸上完全没有破解谋杀案后应有的喜悦。

"你怎么啦？"罗思思走过去问他。

"有……有点不对劲。"李亦飞眼睛看着窗外，说道。

"哪里不对劲？我觉得你刚才的推理很精彩啊！"

难得被罗思思认可，但李亦飞仍是一副闷闷不乐的样子。

"时……时间对不上。"

罗思思没听明白他的意思。

李亦飞转过头，对她道："我们可能都错了。但是，我……我现在没有证据，我……"

他话还未说完，身后就传来一阵叫骂声，是萨尔礼的声音。

"我命令你让开！不然我就立刻逮捕你！"

原来，巡捕们正准备将朱斯特带离卧室，却被霍森挡在了门口。

不论巡捕怎么说，他都不肯移开半步，而且态度十分坚决。

霍森对萨尔礼道："你大可把我一起带回巡捕房，只要你负得起这个责任。我跟你们的警务总监费沃利先生很熟。你不信，可以动我试试。"

萨尔礼一听他认识费沃利，气势就弱了许多。

"你让我们放了他？"萨尔礼抿着嘴，摇晃着脑袋，"这不可能。忙活了一晚上，你让我们双手空空地回去，怎么向公董局的人交差？"

"巡捕的任务是将真凶抓捕归案，而不是去冤枉一个好人。如果巡捕都这么处理案子，那法租界岂不乱了套？"

霍森说话声音很轻，不疾不徐，但字字掷地有声。

萨尔礼指了指站在窗边的李亦飞："刚才这小子说，凶手就是朱斯特。你们不是一伙的么？难道你不认可他的推理？"

李亦飞听了，低下头，不敢和霍森对视。他在心里没底的情况下就贸然做出推理，完全是为了救叶智雄。至于案件真相是否如他所言，他对此完全没有把握。

从事侦探工作这么久，李亦飞头一回有这种无力感。

霍森见李亦飞情绪低落，于是心里有数。他收回视线，对萨尔礼道："李先生的推理相当精彩。不止他的推理，还有罗小姐和黄小姐的也是毫不逊色，听得我想鼓掌。可是，破案讲究的是什么？讲究的是证据。想象力再丰富，得出的结论也只是假设。靠假设是定不了罪的。"

萨尔礼道："难道你有证据指证凶手？"

霍森朝他点了点头："当然，我有证据。但凶手绝不是朱斯特先生。"

萨尔礼追问道："那是谁？"

霍森忽然笑了笑，然后伸手指向人群中的某一个人，大声宣布道："凶手就是你！"

他所指的对象出乎在场所有人的意料。

此人的身份不仅让巡捕吃惊，更让步维贤家的嫌疑人们吃惊。当然，最惊愕的绝对是那群大侦探们。

罗思思用双手捂住嘴，生怕自己叫出声来。李亦飞立在窗台前，惊得瞠目结舌，就连鼻梁上滑落的眼镜也忘了去扶正。黄雪唯吓得脸都发白了，哆嗦着嘴唇，想说点什么，却发不出声音。她比谁都清楚，眼前这位上海滩第一神探霍森，自出道以来从未失过手。

尽管黄雪唯内心深处极不愿意相信，但这很可能就是案件的真相。

霍森所指的人，就是总巡捕房的华人探长——叶智雄。

第八回　朝天一枪

霍森的话令在场的所有人倍感震惊，其中自然包括叶智雄本人。

奇怪的是，他并没有像大家预料的那样朝着霍森大吼大叫，抑或是满腹委屈地申辩，而是愣愣地立在原地，没有焦点的双眼无神地望向前方。这算是什么反应呢？是默认自己的罪行，还是对这位名满天下的大侦探彻底失望了？答案恐怕只有他自己才知道了。

已被巡捕拿下的朱斯特听了霍森的发言，焦急地对身边的巡捕道："霍大侦探都发话了，凶手是那个叶智雄，不是我。你们快把我放了吧！"

巡捕狠狠瞪了他一眼，道："你给我闭嘴！"

这些巡捕平素都受过叶智雄照顾，并不讨厌他，对他甚至还很有好感。若不是督察长亲自下令，他们决计不会动叶探长半根毫毛。当下好不容易将叶探长的嫌疑洗清，谁知霍森突然反水，正自烦恼，被这洋人一催，不由怒上心头，开口就骂。

黄雪唯对霍森道："你说叶智雄是凶手，可有证据？"

霍森斜睨着她说："假如没有证据，我就不会站在这里，言之凿凿地发表长篇大论了。"

他这句话一语双关：一来表明他手里已掌握了叶智雄犯罪的证据，二来讽刺三位侦探在没有证据的情况下就发表了推理。黄雪唯觉得他的话很有挑衅的意味，但也不好反驳什么，毕竟他们的推理确实有很大的漏洞。但李亦飞的推论在她听来十分合情合理，除了暂时没有决定性的证据之外，并没有什么问题。

她刚想提出这个疑问，不料霍森就抢先一步答道："李先生方才的推理相当精彩，我深感佩服。只不过，精彩归精彩，靠的却还是想象力，不够严谨。"

李亦飞道："请……请霍先生指教。"

霍森挺直了身子，朗声道："李先生会用枪吗？"

李亦飞摇了摇头："不曾开过枪。"

说这句话时，李亦飞气势上就落了下风。除了无知妄人，大部分人对自己不熟悉的领域都抱有一点敬畏之心，不敢把话说满。

霍森点头道："那便是了。因为你从没开过枪，是以对开枪后的结果一无所知。用滑膛枪近距离轰中心脏，你知道会产生什么效果吗？"

李亦飞还是摇头。

罗思思怕李亦飞吃亏，上前一步道："你开过枪，你倒说说，会有什么效果？"

她的口气很冲，几乎将霍森看成了敌人。

但霍森毫不在意，还用相当温柔的口吻说道："任何枪械在近距离击中心脏后都会引发大量出血，也就是说，中弹后鲜血瞬间就会喷射而出。但是你看窗下的地毯上并没有太多血迹，只有一小块，墙边地毯上的血迹反而更多。所以李先生的推理在这一点上是站不住脚的。"

李亦飞听了，一阵面红，双手尴尬地握在一起。这确实是他的疏忽。

“就算李亦飞的推理不对，那你又凭什么说凶手就是叶探长呢？”

罗思思还是不依不饶。

霍森笑着道：“我会把我所做的推理以及掌握的证据在此地完完整整地讲一遍。不过我希望在我讲述时各位不要轻易地打断我。”

屋内泛起一阵低语声，大家在小声议论着什么。罗思思抱起双臂，冷冷看着霍森。李亦飞仍然低着头，为之前的鲁莽感到惭愧。黄雪唯则向叶智雄投去关切的目光，只见他仍是一副失神的模样，完全看不出他在想啥。

萨尔礼对霍森道：“请你说快一点，我只给你十分钟。”

霍森踱步到窗户前，扫视屋内的众人。此时的他俨然成为了全场的焦点。直到屋内的议论声停止，他才开始说话。

“在开始我的论述之前，我想先给大家看一张时间表。这张时间表记录了案发当晚的一些情况。我相信，大家看了这张表后，会对我之后的推论有更深刻的理解。”

霍森说完，取出一张白纸，在上面写满了时间和事件。他将白纸拿在手上高高举起，好让屋内所有人都能看清。时间表如下：

19：00	众人在餐厅用餐
19：40	步维贤回房休息
20：10	其余人回房，叶智雄留在客厅
21：00	霍森抵达步宅
21：20	管家带霍森上楼，敲门不开
21：45	黄雪唯、李亦飞和罗思思下楼
22：10	管家盗画，声称步维贤此时已死（存疑）
22：25	霍森离开步宅
22：25	叶智雄前往二楼上卫生间
22：30	枪声响起，步维贤被杀
22：45	法医赶到现场进行尸检

23:00	尸检完毕，巡捕护送尸体回巡捕房，霍森陪同
23:30	黄雪唯、李亦飞和罗思思勘查现场完毕，霍森从巡捕房返回步宅
00:00	出验尸报告，死因确为枪杀

霍森确定每个人都看过了这张时间表，才继续说了下去。

“相信大家在看完后对案发当晚的情况大致有了一个初步的了解。虽然管家亨利声称，他在十点十分潜入步维贤卧室内盗画的时候，步维贤已经死去，但由于他急于给自己脱罪，所以我不采纳这种证词。”

管家亨利听了，也不敢反驳，只是默默低下了头。无论如何，他的盗窃罪已经被坐实，他可不想再多生事端。

“如果去掉管家的证言，那么时间线就清晰了许多。案发时间是十点三十分，除了坐在客厅的黄雪唯、李亦飞、罗思思，以及离开这座洋房的我，其余的人都有嫌疑，包括走去二楼、号称要上卫生间的叶智雄探长。”

“抱歉，我有句话想要说。”打断霍森的人是女佣艾琳。

霍森把头转向她：“请问您有什么想要说的吗？”

“是的。”艾琳用力点了点头，然后看了一眼叶智雄，“我可以证明，在枪响的时候，他还在二楼的卫生间里。”

“是吗？”霍森挑了挑眉毛。

“千真万确！当时我正准备去清理二楼的卫生间，亲眼见叶智雄探长走了进去。我想等他用好之后，再进去打扫，就在门口等他出来。谁知等到一半，听见了枪响。我实在太害怕，就慌忙跑开了。但是我可以向上帝保证，从叶探长进卫生间至枪声响起的这段时间里，他没有离开过那儿。”艾琳这段话说得活灵活现，不像是临时编造的。

她的证言也让黄雪唯他们看到了一丝希望。

可霍森再次浇灭了他们的希望之火。

“这无关紧要。”霍森的嘴角掠过一丝微笑，“请让我继续讲完。

之前说到，除了我、黄雪唯、李亦飞和罗思思外，其余的人都有杀死步维贤的机会。枪声响起之后，几位侦探立刻跑上了三楼，但是到达现场之后却没有发现凶手的踪影。这点令我十分不解。按理说，枪击之后，凶手要下楼回到自己的房间，就极易被从会客厅上楼的侦探们撞见，但凶手为什么没有被看见？有两种解释。第一种，凶手对自己的行动力十分自信，坚信在完成谋杀后可以不出意外地顺利逃回自己的房间。第二种，凶手使用了某种诡计，一旦实施成功，就不怕行凶后被侦探们逮住。”

霍森顿了片刻。在场众人被他的话吊起了胃口，一脸迫切地看着他。

“我个人倾向于后者。”霍森继续说道，“这位凶手很有智慧，策划了这样一起复杂的谋杀案，可见其心思之细密，绝对不是那种鲁莽的人。那么凶手究竟用了什么样的诡计呢？这个问题，我们暂且放下，先看另外一个问题。大家不要急，我们一个一个地解决问题。最后你们会发现，这两个问题之间联系的紧密程度远远超乎你们的想象。进入谋杀现场，最先引起我注目的就是这扇敞开的大窗。于是乎，我内心的疑问几乎和李先生的一模一样——凶手何故要打开这扇窗户呢？这是一个很关键的问题。”

“在屋内打开窗户，除了为了隐藏子弹之外，难道还有其他目的？”李亦飞专注地听着霍森说的每一句话，同时在脑中急速思考其他的可能性。

“这么冷的天气，把窗户开这么大，还是在卧室，这种行为确实很反常。于是我就开始思考凶手做这件事的目的。当然，李先生的结论，我也考虑过，但仍觉得不合逻辑。最终我尝试换一种思路——窗户为什么不能是死者开的呢？换言之，打开这扇窗户的未必是凶手，很有可能是步维贤先生自己！”

霍森的这番话引起了一阵骚动，在场的巡捕纷纷低头议论起来。

对于李亦飞来说，霍森的观点像是给他打开了一扇通往新世界的大门。在此之前，他从未想过这种可能性。他深刻地认识到，身为一个侦探万万不能养成某一种思维定式，否则可能就此葬送整个职业生涯。不止李亦飞，黄雪唯和罗思思也均有醍醐灌顶的感觉，但为了顾及叶智雄的感受，不便流露出这种惊讶的感觉来。

“到目前为止，我们有两个疑问——‘凶手如何隐藏自己的行踪’和‘死者为何要打开窗户’。这两个问题，单独来看，都令人摸不着头脑。但若将两个问题合二为一，真相就呼之欲出了。”可能是因为烟瘾犯了，霍森停了下来，从口袋中摸出烟盒和火柴，转过身，彬彬有礼地向几位女士询问道，“我可以抽一支烟吗？”

得到同意后，霍森取出香烟，用自来火点燃。

深深吸了口烟后，霍森接着说道：“为此，我还特意跑遍了整栋洋房，查找有用的线索。无心插柳柳成荫，我发现了这栋洋房的一个秘密。至于是什么秘密，各位容我卖个关子，先按下不表。我们回到刚才的两个问题，即‘凶手如何隐藏自己的行踪’和‘死者为何要打开窗户’。真相其实很简单。打开窗户这个举动是凶手要求死者做的，死者就照做了。”

众人的神情变得疑惑起来——死者怎么会听从凶手的指挥呢？他们有的满脸疑惑，有的深信不疑，还有的同李亦飞一样，面无表情，只是凝神倾听。

“好了，讲到这里，我可以揭晓答案了。没错，我还是认为，凶手是叶智雄探长，就算他有女佣艾琳小姐替他作不在场证明。但恰恰是艾琳小姐的证言更让我坚信，凶手就是他！”霍森语速很快地说道，“实际上，叶智雄探长正是在卫生间里完成这起谋杀案的。”

“怎么可能？”艾琳不解道，“他没有离开卫生间啊！”

“他站在二楼卫生间里，开枪射杀了站在三楼卧室里的步维贤。”霍森吐了口烟，自信满满地说道，“答案就是——敞开的窗户！”

这一句话如同一道将黑夜瞬间照亮的闪电，驱散了缭绕在众人心头的迷雾。

“叶智雄在厕所里打开窗户，然后抬头呼喊楼上的步维贤。准备入睡的步维贤听见窗外有声响，便打开窗户，探出半个身子去看。眼前的景象令他吃了一惊，因为他看见的是握着手枪并把枪口对准他的叶智雄。步维贤想将半个身子缩回去，可惜已经来不及了，叶智雄一枪就打穿了步维贤的心脏。中弹之后的步维贤整个人往后摔倒，虽然立刻用手捂住伤口，朝墙里边躲去，但是只踉跄了几步，就倒地而亡了。

“得手后的叶智雄忙将手枪藏好，离开了卫生间。我想，你们一定会疑惑，把身体探出二楼卫生间的窗户，能否看得见步维贤的卧室呢？实际上，二楼卫生间就在三楼步维贤卧室的正下方。也就是说，叶智雄和步维贤如果同时从窗户探出身子，就能清楚地看见对方。不得不说，凶手耍的诡计十分厉害，在为自己制造不在场证明的同时，又顺利地把嫌疑推到了别人身上。”

屋内鸦雀无声。

直到黄雪唯轻声咳了几下，才将众人从震惊中拉回现实。

“证据呢？”她淡淡问道，“你有证据支持刚才的推理吗？”

面对黄雪唯的诘问，霍森不慌不忙地答道：“当然，证据就在我的手上。”说着，他将香烟叼在嘴边，从裤兜里取出一块白色方巾，然后缓缓将其展开：“这是在洋房的屋顶上找到的。不得不说，这个杀人诡计实在是精妙，一石二鸟，既有不在场证明，又可让子弹消失于无形。只可惜我比叶智雄你快一步找到这枚子弹，否则的话，想定你的罪可就难了。”

方巾的中央有一枚金属色的子弹。

霍森忽然沉下脸来，神情严肃地对叶智雄道："叶探长，您的配枪是斯密司惠生转轮手枪吧？总巡捕房探长的标准配枪。这种枪除了你之外，这里没人有。你承认吗？"

叶智雄点了点头。他额头上的汗水在吊灯下微微反光。

"斯密司惠生转轮手枪一共六轮，也就是有六发子弹。请你将手枪拿出来，给大家看看还剩几枚子弹？"霍森着看叶智雄说道。

"我……"叶智雄本想说点什么，话到嘴边，又咽了回去。他从腰间取出配枪，转出弹筒，子弹一枚枚掉在地毯上。整个过程中，叶智雄的动作很慢，且十分僵硬。

掉在地上的子弹一共五枚，而斯密司惠生转轮手枪是六轮。

黄雪唯呆住了。她抬头去看叶智雄，发现他的状态不比自己好多少。

霍森问道："还有一枚子弹去哪儿了呢？"

叶智雄怔怔地看着地上那五枚子弹，惊惧交加："这……这不可能！我出门前装的子弹，明明是六发，怎么变成五发了？"

霍森双目迫视叶智雄道："很简单，因为你朝步维贤开了一枪，枪里自然会少一枚子弹！"

"不可能……我没有！"此时的叶智雄比之前要被萨尔礼带走时惶恐多了，他将手中的那把转轮手枪重重地摔在地上，大喊道，"我没有杀他！枪我也没有开过！为什么会少一发子弹？为什么会这样？你们不要冤枉我，我什么都没干！"

霍森将手里的烟头弹出窗外，转过身，面朝萨尔礼："这枚子弹你们可以拿回去检验一下弹道痕迹。如果证实是从叶探长这把枪里射出来的，那么这起案子就结了。"

他轻描淡写地说，仿佛在讲一件和自己完全无关的事。

萨尔礼接过子弹，转交给身后的巡捕："我希望你是对的。"

他说这句话时的语气好了许多。看来他很满意这个结局。

霍森对叶智雄道："叶探长，我感到非常抱歉。虽然我和你算得上是朋友，可破案是我的职责。我只负责找出真相，不负责道德评判，即便步维贤是个恶人。我还想问你一个问题，你杀步维贤是因为受唐先生指使，还是另有原因？"

"不，不是我……这到底是怎么回事？"

叶智雄整个人都开始发抖。到底是出于恐惧，还是别的什么，他自己也说不清。

"叶探长，你先别急……"

罗思思上前安抚他，却被叶智雄一把推开！若不是李亦飞在身后扶住她，她恐怕要摔倒在地。这一变故来得实在太过突然。他们几位侦探都愣在原地，来不及做出反应。

"你们走开！"

叶智雄见四下里都是巡捕，实在无路可逃，便朝窗口跑去。有两个巡捕试图拦住他的去路，却被他用身体生生撞出一条路来！

萨尔礼见状，怒不可遏，抽出腰间配枪，对准叶智雄的后背，就要射击。站立在他身边的翻译薛畊莘与叶智雄私交很好，见督察长起了杀心，慌忙用手去托了一把。与此同时，萨尔礼扣下了扳机，子弹呼啸着朝叶智雄飞射而去！

黄雪唯面无人色，冲着他的背影大喊道："小心！"

叶智雄慌不择路，从窗口一跃而下，跳进人工池塘。正当他踏上窗台时，子弹打中了他的背部，一股鲜血随之喷射而出。

叶智雄只觉得背心仿佛被人用巨锤击中一般，整个人不由自主地向前一扑，从三楼窗口掉了下去。

电光石火间，叶智雄的身影便消失在窗口。几秒钟后，从窗外传来一阵沉闷的响声。屋外守卫的巡捕喧闹起来，有人惊叫，有人叫骂，还有人痛哭失声。

远处的天空慢慢泛白，天就要亮了。

终　章

天色才破晓不久，毛毛雨又淅淅沥沥地落下来了。

明明昨日傍晚才下过一场大雨。俗话说得好，一场秋雨一场寒。这突如其来的寒潮冻得路人个个都缩紧了脖子。在十六铺码头上，四处都是苦力和商贩的吆喝声。他们踩着地上的积水，迎着那溅起的水花，为生计匆匆往来。

霍森左手撑着一把油纸伞，右手拎着一个手提皮箱，正在往候船大厅的方向赶。因风大的关系，细密的雨水从侧面灌进霍森的脖子里，冷得他打了个寒噤。他身上披着一件厚重的黑色呢大衣，里面照例是一套挺括的西装，西装里面还穿了一件羊毛开衫，饶是如此，还是抵不过上海初冬的挞骨阴湿。

两天之前，他在麦高包禄路上的步宅破获了一起轰动上海的大案，上了报纸的头条。报上称其为“洋房血案”。被害人步维贤是个法国人，也是法租界的著名商人，而杀死他的人竟是总巡捕房的探长叶智雄。这桩奇案十分曲折，但破案的手法却干净利落。霍森仅仅用了一个晚上就找出了凶手的漏洞，并将其绳之以法。不，用“绳之以法”这个词或许还言之过早。这位凶手先生此时还躺在广慈医院里抢救，目前生死未卜。受伤这件事也怪不得别人，谁让他拒捕逃逸，督察长也是被迫开的枪。

候船大厅里没几个人，四周一片沉静。霍森找了一把干净的椅子坐下，然后从烟盒里取出一支香烟，放入口中。他伸手入内侧袋寻了片刻，发现自己竟忘了带自来火。

“需要借火吗？”

一个女声从他头顶传来。霍森抬起头，瞧见说话的人是黄雪唯。

“你也来坐船啊？”霍森没有表现出惊讶的样子，语调平和地问了一句。

黄雪唯没有答话，而是挨着他坐下来。她从皮革手提包里取出一盒自来火，递了过去。霍森接过，从其中抽出一支划燃，把烟头凑了上去。

烟雾腾起，霍森转过头，对黄雪唯道：“你要不要来一支？”

“我自己有烟。自来火，你也留着吧，我还有。”黄雪唯摇摇头。

“你不是来坐船的吧？”霍森嘘了口烟，将烟盒和自来火盒一起收入大衣的内侧袋里，“为了那个叶探长而来？”

黄雪唯笑了笑，没有回答。

霍森叹道：“当我发现凶手竟是叶探长的时候，我也难以接受这个事实，但真相就是如此，不容我们感情用事。黄小姐，你是个出色的侦探家，应该明白我在说什么。”

“杀人犯自然是要被缉捕归案的，这无可厚非。”

“你明白就好。”

“但前提是叶智雄确实杀了人。”说到这里，黄雪唯收起了笑容。

霍森将烟灰点在地上：“你的意思是我的推理出了问题？”

“您觉得呢？叶智雄杀步维贤的动机何在？如果说是被唐先生买通了，叶智雄就完全没有必要封锁洋房，这样不是徒增谋杀的难度么？”

黄雪唯提出的这一点确实不合常理。面对她抛出的问题，霍森应对得不紧不慢：“这就要问问叶智雄本人了。如果他能醒过来，我就有办法让他说出真相。可惜，他现在躺在病床上，我们无法知道他最终是死是活。”

“我认为他没有杀人动机。”黄雪唯道。

霍森若有所思地沉默了片刻，突然摇着头笑起来，接着转过头对黄雪唯道：“你的意思是我的推理错了？杀死步维贤的人不是他，而是另有其人？”

“是的，我认为你错了。”黄雪唯从手提包里取出一张相片，递给霍森，“以防你质问我‘凭什么这样认为?’‘有没有证据?’，所以这次我有备而来。”

相片拍摄的是步维贤洋房的外立面，相机的镜头正好对准了三楼卧室的窗户和二楼卫生间的窗户。相片不是特别清晰，但隐约能够看清二楼卫生间的窗户呈关闭的状态。霍森起初并没有在意，但他渐渐发现了这张相片的玄机，眉头不由自主地皱成一团。

黄雪唯向他解释道：“这张相片是一家报社的记者拍摄的，时间是在案发当晚的十点五十分。按照霍先生的推理，这个时候叶智雄应该已经完成了谋杀。但相片所呈现的场景显然与您的推理有点出入，不晓得您怎么解释这个问题？”

霍森定定地瞧着相片，说不出话来。

他当然说不出话。如果这张相片不是黄雪唯伪造的话——事实上她也没本事伪造一张这样的相片——那么他之前对叶智雄的一切指控就都变成了污蔑。相片照得清清楚楚，卫生间的窗户上长满了爬山虎。如果是叶智雄打开的窗户，这些爬山虎的藤蔓就会遭到破坏。从相片来看，它们当时显然没有，都长得很好。但后来大家去检查卫生间的时候，窗户却已经被人打开过了。

“我问过女佣艾琳，她告诉我，二楼卫生间的窗户，他们从不打开。换言之，步维贤先生被杀的时候，卫生间的窗户是关着的，但是有人在他被杀之后偷偷去开了窗。那个人之所以要这么做，恐怕就是为了栽赃叶智雄。”

别说是一个有经验的侦探，就算换作是任何一个普通人，面对这种自相矛盾的证据，也会得出和黄雪唯同样的结论。

“你没错，错的人是我。”霍森将相片还给了黄雪唯，“看来凶手另有其人。”

“到底是谁，你不好奇吗？”黄雪唯意味深长地瞥了他一眼。

“这个案子太复杂了。说实话，我感觉我们被这个凶手玩得团团转。”霍森吐着烟圈，脸上隐隐现出一丝不安，“凶手应该就在那些人里面，但究竟是谁，我实在不敢胡乱推测。哎，没想到我竟害叶探长落得这种下场。我实在不能算是个优秀的侦探。”

他将烟头丢在地上，用脚狠狠踩灭。

两个人都没有再说话，保持了十多分钟的沉默。

霍森站了起来，用手指弹去大衣上的烟灰：“对不起，黄小姐，我的船要开了，我必须走了。如果叶探长醒过来，请你代我问他一声好。等我下周回上海的时候，我会去医院探望他，到时候再当面向他道歉。”

黄雪唯对霍森说的话没有做出任何回应。她就坐在那儿，一动不动。

霍森只道她心里还在怨他害了叶智雄而正在气头上，所以也不再多言，转身就要离去。

便在此时，另一个人从大门口朝他走来，来人竟是另一位侦探罗思思小姐。

“这就要走了？我们的话还没说完呢！”罗思思走到霍森面前，伸出双手，将他重新按回椅子上，“霍先生，这次的事件关乎叶探长的清白。你是我们这儿头脑最好的侦探，一定要帮帮忙，可不能一走了之。”

“我有急事……”

未等他把话讲完，罗思思就打断道：“什么事比叶探长的命更重要呢？对了，霍先生这么匆匆忙忙的，是要去哪儿啊？”

霍森感觉到了她的敌意，冷笑道：“我去哪里，恐怕和罗小姐没有关系。”

“没错，确实与我无关。但你也晓得，本小姐的职业是侦探，职责就是要抓出杀死步维贤的凶手。所以，我不能放过任何一个嫌疑人，你说是不是？”

“你怀疑我？”霍森突然放声大笑起来，“你倒是可以出去说说，或者让你们的记者朋友写成文章登在报纸上，看看上海滩有谁会信你？”

“不是怀疑你。”黄雪唯立起身，俯视霍森，一字字地说道，“而是确信你就是凶手。”

霍森止住大笑，问道：“你们疯了吧？步维贤被杀的时间是十点三十分，我在此之前就离开了洋房，去屋子外面透气了。在洋房门口守卫的巡捕可以证实这一点。”

罗思思道：“这只不过是你耍的诡计罢了，可惜当时我们都被你蒙蔽了，没有察觉出来。”

黄雪唯接着她的话说了下去：“管家亨利说过，他在十点十分潜入步维贤卧室盗画的时候，步维贤已经死了。但你却认为这是他为了自保而说的谎话。那我倒要问一句，如果当时步维贤没死，又怎么会眼睁睁看着老管家把这幅名画带走呢？”

“也许他睡着了呢？九点二十分的时候，亨利曾带我上楼去拜访步维贤。当时我敲门敲了很久，也不见他来应门。”霍森解释道。

罗思思完全不信他的话，反驳道：“这都是你的一面之词。确实是亨利领你上的楼，可下楼的却只有你一人。因此，最有可能的是，亨利将你领到门口，然后离开了，你就是在这个时候进入了步维贤的卧室，杀死了他！”

“我在九点二十分就动手杀了他？你在开玩笑吗？当时没有枪声！”

黄雪唯冷笑道：“我们没说你用枪杀了他。”

“可是验尸报告……”

“验尸报告确实写的是枪杀，但你用的却是刀。”

听到她这么说，霍森就不再争辩了。

黄雪唯继续道：“这当然也是你的诡计。你在九点二十分时用刀刺中了步维贤的心脏，使他毙命，继而又将一枚弹壳放在卧室中，用来误导我们。不过你没想到的是，在你走了之后，管家亨利竟然偷偷潜入卧室偷画。他的行为撞破了你的诡计，也启发了我们，真是冥冥之中自有天意呢。随后，你下楼与我们聊天，并借机窃取了叶智雄的配枪。你坐在他身边，偷像叶智雄这种粗枝大叶的男人的枪，并不是什么难事。在他讲述完童工的故事后，你假意离开洋房透气。其实你是去做一件更重要的事——准时在十点半的时候开响那一枪，为自己制造不在场证明！

“是的，你在洋房外开了一枪。因为我们在保护步维贤，听见枪声，下意识会认为是从他的卧室传出来的。于是我们立刻赶去了三楼卧室。开枪之后，你用方巾收起子弹的弹头，回到洋房内部，与我们会合，而后趁我们一不留意，下到二楼卫生间，打开了那扇窗户，又顺手将手枪放回了叶智雄身上。我不知道你是临时起意，还是蓄谋已久，但我挺佩服你随机应变的能力。法医初步验尸，确认了步维贤因心脏受损而死，但不能确定伤口是否是枪伤。于是你便自告奋勇地护送步维贤的尸体回巡捕房，然后抓住时机，用你自己的手枪对准尸体刀伤的位置，又开了一枪，从而完成了你的整个杀人计划。这样一来，即便是再老到的法医，也瞧不出问题了。因为步维贤的心脏确实遭到了枪击，只是在他死亡之后。

"最后，你假装识破了这个诡计，装模作样地在我们面前进行推理，将凶手的罪名栽赃给了叶智雄。其实你根本没有爬上屋顶去找子弹。你一早就准备将那枚子弹作为决定性的证据拿出来，毕竟这枚子弹上有弹道痕迹，只要检查一下，就能确定子弹是从叶智雄的那把斯密司惠生转轮手枪中射出来的。这种手枪在上海滩本就不多见，大都是巡捕房探长的配枪。如此一来，铁证如山，叶智雄不想死也得死。"

霍森安静地听完黄雪唯冗长的推理后，鼓起掌来，脸上似笑非笑地道："黄小姐，你的想象力可真丰富，不去当侦探小说家，我都替你感到可惜。我倒要问问你们，我与步维贤和叶智雄往日无仇、近日无怨，何必大费周章地去害他们？我图什么？"

"你为的是除掉步维贤。"

从身后又传来一个男声，声线很熟悉。霍森不用回头也知道，说话的人是李亦飞。

"你们都来了？好大的阵仗啊！"

汽笛几声长鸣，轮船准备起航。候船大厅里的人大都跑去登船，只剩下他们四位侦探。除了霍森之外，其余三人都站着。

李亦飞对霍森怒目而视，口中道："大……大侦探霍森与步维贤当然是两个世界的人，互……互相之间也不会有什么恩怨。即便有，身……身为侦探的霍森也不会杀害他。"他说话的时候涨红了脸。

霍森苦笑道："你这是在替我申辩吗？"

李亦飞摇了摇头："不，我……我是在替大侦探霍森申辩，你应该明白我的意思。"

黄雪唯接过李亦飞的话头，高声道："对不起，也许我们不应该再称呼你为'霍先生'，而叫你'唐先生'才更合适。"

罗思思也笑道："是啊，冒牌货，就别再装大侦探啦！"

那位"霍森"虽然面无表情，嘴角甚至还挂着一丝笑意，但额上青筋都已暴起。若非内心愤怒到极点，他绝不会有这样的表现。

"你伪装得很好，举……举手投足之间颇有霍森的风……风范，却犯了两个错误。这……这两个错误使我们起了疑心。"李亦飞对假霍森竖起两根手指，"霍森先生是个爱国者，一直倡导大家要用国货，所以抽的烟是白金龙香烟，喝的是张裕白兰地，穿的也都是中国产的衣服。而你却抽哈德门香烟，穿英吉利的手工皮鞋，实在与霍森的行为不符，这是其一。那次我们在宝利咖啡馆见面，并决定一起去步维贤家，你却推说有事。在麦高包禄路上的洋房里也是如此。只要步维贤露面，你就消失。呵呵，你当然不能让他见到你的真容，因为他一眼就能认出你便是那位叫'唐先生'的骗子！真正的霍森，现在人还在苏州，并未回到上海。怎么样，你还有什么好说的？"

唐先生调整了一下自己的情绪后，站起身子，对李亦飞道："说了那么多，你有证据吗？没有证据的指控就是污蔑。"

罗思思不给他喘息的机会，立刻道："当然有证据啦。我们不仅有物证，还有人证！'赵慕英'这个名字，你应该不会陌生吧？'富华'号客轮，听说过没有？"

唐先生沉着脸，没有回答。

罗思思继续道："我哥已经派人将你那艘驶往宁波的客轮截停了。船上的科学家们及其家属也都已被解救。当然啦，你手下那些喽啰也都被一个不留地一网打尽！你真的很聪明，想用调虎离山之计来迷惑巡捕。当初叶探长截停的那艘轮船根本是个傀儡船，船上被杀的人质也根本不是科学家们。你安排了一个替死鬼——赵慕英为你殿后。真是差点被你蒙混过关了呢！现在证据确凿，你就准备好在监狱里度过下半辈子吧！”

原来，在了解到案件的真相后，罗闻就立刻向警务处高层申报了这一情况，并得到拦截船只的批准。他们与华界警方联手，在“富华”号客轮靠岸之前，逮捕了一干匪徒，并成功解救了一部分科学家及其家人，成功捣毁了以唐先生为首的诈骗团伙。

“闭嘴。”唐先生怒喝了一声。

此时的他已经红了眼，额上的青筋暴起。他一改之前儒雅的形象，整个人散发出一股暴戾之气，令人胆寒。

“你……你想干吗？”李亦飞到底是个学生，吓得往后退了一步。

唐先生单手紧了紧领带，冷眼看着他们：“你们胆子不小啊！三个人就来抓我？信不信我现在就可以杀了你们。”

黄雪唯却不怕他，微微仰起脸道：“信啊。不过，唐先生，你该不会蠢到以为，我这次来找你，只带了他们两个人吧？”

随着李亦飞的一声哨响，原本沉静的候船大厅里蓦然响起了橐橐的脚步声，空荡荡的大厅瞬间被三四十个荷枪实弹的巡捕填满了。巡捕手持枪械，将他们四人团团围住，带头的人正是萨尔礼的翻译薛畊莘。

见到此情此景，唐先生只是苦笑：“你们太愚蠢了，实在是太愚蠢！”

罗思思对他道：“在监狱里继续做长生不死的美梦吧！”

唐先生突然仰天长啸起来，声音中充满了不甘、愤怒和仇恨。他这突如其来的行为惊得巡捕们纷纷举起了手枪，将枪管对准了他的脑袋。啸声停止后，唐先生又开始歇斯底里地狂笑起来。他弓着背，将双手插入头发，搅乱了涂满发油的头发。

“差一点就成功了，就差一点。”唐先生疯疯癫癫地说道，“你们放我走，我让你们都长生不老，好不好？我真的就要成功了，只差最后一步。不信你们可以去问那个叫‘陈应现’的教授，他亲口和我说的，人可以不死，我是可以不死的。”

话说到这里，他突然顿住，用警惕的目光扫视在场的人。

“不，你们不行。”他又改口了，“你们这群底层人凭什么和我一起长生不死？不行！不可以！只有我这样的人才有资格不死。我拥有这么多，我凭什么该死？你们什么都没有，死了也无所谓，是不是？哈哈哈哈！”

李亦飞凑近罗思思的身旁，问道：“他……他是不是疯了？”

罗思思道：“谁晓得呢？这家伙诡计多端，说不定是在装疯卖傻！”

李亦飞又问：“那参加五老会是……是不是真的管用？”

罗思思白了他一眼，嫌弃道：“你不会连这种都信吧？当然是虚构出来、用来敛财的组织！你连这都不懂，真笨！”李亦飞被她骂得不敢回嘴。

“是啊，”他看着罗思思的侧脸，心想，“在你面前，我总是这么笨。”

薛畊莘抓准时机，对巡捕们下令道：“把他拿下！”

众巡捕得令，一拥而上地扑向正自癫狂的唐先生！谁知这唐先生身手了得，四五个巡捕都近不了他的身，有几个还被他一拳一脚打晕了过去。薛畊莘见他们久攻不下，心里十分焦急。这样一来，不仅巡捕因伤者太多而丢了面子，而且他回去也不好向萨尔礼交代。于是他便端起手枪，瞄准唐先生的右腿，打了一枪。

中弹后的唐先生失去平衡，摔倒在地。就在此时，十多个巡捕像叠罗汉般，一个个扑到他身上。唐先生功夫虽好，但因手脚受制而无从发力，就这样被他们擒住了。有几个方才被他打伤的巡捕站起身来，朝他脸上狠狠踩了几脚，又啐了几口唾沫。唐先生虽然被他们踢得狼狈不堪，却兀自大笑不止。他癫狂的模样让罗思思和黄雪唯心生几分恐惧。

四个人将唐先生从地上架起，往候船大厅外走去。薛畊莘走到黄雪唯、罗思思和李亦飞面前，向他们三人道谢："辛苦了。若不是三位神探出手相助，我们都要中这厮的诡计！"

"他会被定什么罪？"黄雪唯问道。

薛畊莘摇了摇头："不知道，这得看会审公堂怎么判了。不过他既然敢在法租界杀洋人，这罪就轻不了，多数是要赔命，除非……"

罗思思注意到他的神情有一丝犹豫，便追问道："除非什么？"

薛畊莘话到嘴边，却咽了回去，只是笑了笑："没什么。总之谢谢各位！十分感谢！"

他既有难言之隐，他们也不好意思再继续追问。与薛畊莘互相道别后，三人便离开了候船大厅。大厅里又再次恢复了宁静。

薛畊莘回到总巡捕房后，接到一个关于唐先生的电话。打电话的人希望总巡捕房能够立刻放人，否则后果不堪设想。起初，薛畊莘以为这是某人的恶作剧，因为巡捕房常常会接到这种电话。他刚想出言责骂，谁知对方直接亮明了身份，并让他别再插手此事。之后，唐先生案件的相关材料都被移交到了警务总监费沃利的手中。

从此之后，关于这个案件的始末，巡捕房就再也没人提起了。

夜色渐浓，黄浦江上一片雾气。即便打了探照灯，江面上的能见度还是很低。

平静的江面上波光粼粼，一艘小渔船在江面上缓缓行驶。渔船的船长坐在船尾的船舷上抽着烟斗。有个船员正在检查渔网，还有几个正准备去睡觉。除了捕鱼，船长偶尔还会用这艘船接一些摆渡的工作，赚点小钱。甲板上那位绅士正是这次搭他船的乘客。

这人打扮入时，身上穿着一件笔挺的西装，衬衫如同打过蜡般光洁，领带当然是鲜明的红色。江风太大，所以他把帽子戴上，接着又把襟角间的花手帕抽出来，折叠齐整后再小心地插好，最后还悠然地整理了一下他的那条红领带。他的耳轮上有一颗鲜红如血的红痣，面貌很是英俊，双目散发出一种令人不敢逼视的威棱。

船长别过头，不去看他。像他这样体面的客人坐这种船，着实很少见。但近五十年的人生阅历告诉他，在上海这座城市，想要活得长久，就少管闲事。

船身随着波浪缓缓起伏，不少江水也涌上了甲板。

“船家，稍微慢一点！”那位绅士忽然叫起来。

“为啥？”船长立刻来了精神。

“水里厢有个人，在右艄方向。”

循着绅士所指的方向看去，船长果然看见有个白色的小点漂在水面上。他没想到这位绅士的视力竟然这么好，离得如此远，就能看清那是个人。

船长控制着船的舵轮，让船身渐渐靠近那个漂在江面上的人。

只见那人双手紧紧抱着一块残木，面色一片惨白，身上还流着血。若不是看见他双手还死命抓着木板，简直就要以为他是一具已溺死的尸体。船长忙指挥船员用绳子将他套起，从江面拉回船上。那人已经昏迷了，但手还是死命地抓着木板，无论如何就是不松手。船员只得让他带着木板一起回到舱内。那位绅士也紧随其后。

渔船上的汽笛鸣响了一下，声音十分尖锐。

也许是被这汽笛声惊到，那人慢慢睁开双眼，眼神迷茫地看着他们。

“我……我死了吗？”他断断续续地问。

“差一点就死了。”绅士说完这句，又问了他两句，“你是谁？怎么会掉江里的？”

有个船员多嘴，说了一句：“大概是自杀。”接着被船长狠狠地瞪了一眼，就不敢再说话了。

那人用双手捧着脑袋，脸上现出痛苦的表情：“我不知道，我……我头好痛……你们是谁？”

“我姓罗。”绅士发现，这人竟有六根手指，“你还记得点啥事情？”

“我好像在一个杂技团工作……”他拼命回忆自己的过去，“没错，我是在杂技团工作。我怎么会到这里？这是哪里？”

“黄浦江上。”船长回道。

“上海？”

“是的，你在上海。你不记得自己是怎么落水的吗？”绅士又问。

那人先是吐了口气，接着用一种极为缓慢的速度摇了摇头。

“那你还记得自己是谁吗？”绅士关切地问道，“或者你在杂技团里从事怎样的工作？”

“小丑。”他很快答道。

他又想了半天，还是没能想起自己的名字。最后，还是只能回这两个字。

而这“小丑”两个字就是他对自己身份的唯一印象。

（本书完）

民国侦探
小档案

填写人： 战玉冰

序号	侦探（或团体）名称	保密级别
1	霍　桑	
2	鲁　平	
3	李　飞	
4	徐常云	
5	宋悟奇	
6	杨芷芳	
7	叶黄夫妇	
8	狄大头	
9	夏华侦探事务所	
10	胡　闲	

绝密档案

NO.1 霍桑

程小青笔下的霍桑是当之无愧的民国第一名侦探。按照小说《江南燕》中助手包朗对霍桑的介绍，我们可以对霍桑的外形、经历与性格特点有一个大致的了解："霍桑是我的知己朋友，也可称之为'莫逆之交'，我们在大公中学与中华大学都是同学，前后有六年。我主修文学，霍桑主修理科。霍桑体格魁梧结实，身高五尺九寸，重一百五十多磅，面貌长方，鼻梁高，额宽阔，两眼深黑色，炯炯有光。性格顽强，智睿机警，记忆力特别强，推理力更是超人，而且最善解人意，揣度人情。"

探案能力无人能及的大侦探霍桑一方面被称为"东方福尔摩斯"，以凸显其出色的探案能力，另一方面霍桑又和福尔摩斯有着很大不同："霍桑的睿智才能，在我国侦探界上，无论是私人或是职业的，他总可算首屈一指。但他的虚怀若谷的谦德同样也非寻常人可及。我回想起西方的歇洛克·福尔摩斯，他的天才固然是杰出的，但他却自视甚高，有目空一切的气概。若把福尔摩斯和霍桑相提并论，也可见得东方人和西方人的素养习性显有不同。"(《无罪之凶手》）而根据文史掌故名家郑逸梅的说法，霍桑与包朗这一对组合其实是有着现实生活的原型的，即霍桑就是以程小青自己为原型，包朗则是根据程小青的好友赵芝岩而设计出来的人物："小青的侦探小说主脑为霍桑，助手为包朗，赵芝岩和小青过从甚密，又事事合作，所以吾们都承认他为包朗。"(《记侦探小说家程小青轶事》）

在探案能力方面，霍桑固然擅长现场勘探、逻辑推理、跟踪嫌疑人，乃至追拿罪犯等当时侦探的全套本领，可谓“文武双全”。此外，他还特别擅长乔装易容，程小青就曾在《案中案》中专门强调过霍桑易容手法的熟练与迅速：“霍桑有一种特技，在紧急的关头，举动的敏捷会出于人们的意想之外。有一次我见他卸去西装，换上一身苦力装来，又用颜料涂染了脸部，前后不过两分另六秒钟。”

与此同时，霍桑还有着强烈的爱国主义情结。比如霍桑的吃穿用度与日常生活用品都被明确地声明为“中国制造”“国货”。程小青的儿子程育德就曾回忆说：“对于霍桑这样一个人物，我父亲十分注意宣扬他的爱国行动，连霍桑的衣着、生活也要突出其爱国的一面。看《霍桑探案》不难发现，霍桑吸的纸烟是南洋兄弟烟草公司生产的白金龙牌纸烟，用的牙刷是梁新记双十牌牙刷，牙刷杯是江西景德镇的产品，穿西服的面料是章华毛纺厂出品的羝羊牌毛料，甚至连他寓所会客室里的地席也注明是温州产。这样不厌其烦地描述霍桑，无非是我父亲一片爱国之心在其作品中的反映。”（《程小青和〈霍桑探案〉》）甚至于程小青还会专门在小说中强调“这时候黄包车夫也在吃大量销行的外国烟了，他吸的还是那快近落伍的老牌子”，“纸烟还是白金龙”（《雾中花》），其爱国侦探的形象由此可见一斑。

NO.2　鲁平

“鲁平”是作家孙了红笔下塑造出来的“另类”侦探形象，被称为“侠盗”。鲁平一方面有着绝对醒目和与众不同的“商标”——永远打着鲜红的领带，左耳廓上有一颗鲜红如血的红痣，左手戴着一枚奇特的鲤鱼形大指环，酷爱抽土耳其香烟。但另一方面，他又让人感到难以捉摸，比如他行踪不定，有着至少一百个名号，更有着高超无比的乔装易容手段，在江湖上被称为神秘莫测的“第十大行星”。同时，鲁平还是一个神秘组织的“歇夫”(chef，法文“首领”之谓)，手下有胖律师老孟、“上海百科全书”韩锡麟、“小毛毛”郭泽民、“黑鸟”等一班得力干将。

在不同的案件故事中，鲁平几乎都是以不同的形象、身份和相貌出现，令对手防不胜防，他甚至还曾多次假扮侦探霍桑来获取情报、迷惑警方，甚至连霍桑的助手包朗有时都“难辨真伪”，是一个令“东方福尔摩斯”都感到十足头痛的“东方亚森·罗苹”式的人物。特别值得一提的是，鲁平自身的“本来面目”还是非常英俊潇洒的，比如在小说《乌鸦之画》的开篇，某公司地下餐饮部的一群年轻女服务员就对鲁平究竟是像劳勃脱杨（Robert Young，现一般译作“罗伯特·扬”，好莱坞男明星，曾与秀兰·邓波儿合作电影《偷渡者》）、乔治赖甫德（George Raft，现一般译作“乔治·拉夫特”，好莱坞男明星，曾主演《疤面人》《热情如火》等影片），还是贝锡赖斯朋（Basil Rathbone，现一般译作“巴兹尔·拉思伯恩”，好莱坞男明星，曾主演《出水芙蓉》《巴斯克维尔的猎犬》等影片）而争论不休。她们还时时不忘用眼神与话语和鲁平调情，鲁平也经常向她们做出电影银幕上常见的“飞吻”手势，浪漫与魅力十足。而女服务员们拿当时最流行、最当红的好莱坞小生和鲁平的外貌做比较，足可见出鲁平长相帅气迷人之一斑。

此外，鲁平身为“盗”，绝对是手段高超、无人可及，他经常能通过绑架、冒充、诈骗、撬保险箱等手段从囤积居奇者或者富家大户那里大捞一笔“横财”。比如在小说《鬼手》中，鲁平假扮霍桑，一下子就拿走了十二颗大钻石。但鲁平身上又确实少有余财，经常是左进右出，口袋空空，更不用说置有产业。小说《三十三号屋》一开始就交代了“那位神秘朋友鲁平，生平和字典上的‘家’字，从不曾发生过密切的关系。”甚至于连烟不离手的鲁平抽的也只是低等而廉价的土耳其纸烟，他自己便亲口承认：“你知道，我是专吸这种下等人所吸的土耳其纸烟的。”

当然，我们不能将鲁平简单地视为一名“盗贼”，而更要看到他身上“侠”的一面，比如他所“盗窃”和惩办的对象，通常都是那些为富不仁、唯利是图、在战争时期通过囤货居奇大发国难财，甚至里通外国的“恶富”与“豪强”。而在对待弱势群体（孤儿寡母或者被欺凌的底层舞女等）时，鲁平则经常是“义务”出手相助，甚至自己慷慨解囊。同时鲁平还抱有一颗拳拳爱国之心，比如在《蓝色响尾蛇》一篇中，他就曾冒着生命危险和女特务黎亚男斗智斗勇。

NO.3　李飞

李飞是民国文人陆澹安创造的侦探形象，最早在小说《棉里针》中登场时年仅十七岁，是一名和工藤新一同岁的学生侦探。他与王韫玉女士结婚后，又陆续破了《古塔孤囚》《合浦还珠》《三A党》等知名疑案。

相对而言，李飞是头脑派侦探类型，最擅长的还是“通过灰色的脑细胞”（波洛语）进行逻辑推理，而非追击、格斗与抓捕罪犯。其在《夜半钟声》中“戴一副罗克式的玳瑁边的眼镜，披着一件厚呢的大衣，左手插在衣袋里，右手却拿着一顶哈德门的呢帽”的登场造型，似乎也说明了他的文质彬彬和“小开”气质。

此外，李飞还是一名十足的“电影迷”，很多客户和警察登门委托李飞帮忙查案时，他都泡在电影院里看电影，并且还不一定在哪一家电影院。因此，想要李飞帮忙找出犯罪凶手，你首先得能找出李飞又躲到哪家电影院里“撸片”去了。

NO.4　徐常云

徐常云是著名作家张天翼在十六七岁时以“张无净”为笔名创造的侦探形象。徐常云既善于观察推理，又能够亲自参与抓捕行动，可谓文武双全，再加上助手龚仁之的相助，更是如虎添翼。

徐常云较为擅长密室类案件（比如《空室》《玉壶》），大概是民国时期最早破解密室犯罪的侦探。而在《X》一案中，他成功破获了神秘匿名案、医护被袭案、河边枪杀案，并最终将八年前的黑社会组织“二十五人团伙”查得水落石出，从此成为一位堪与霍桑比肩的名侦探。

但徐常云为人性格特别“闷骚”，经常通过刻意的“有话不说”来制造一种悬疑感与自己“高深莫测”的姿态，甚至经常连自己的生死搭档龚仁之也一并蒙在鼓里。有时候，到了大家一起潜伏在指定地点等待凶手出现的关键性时刻，却只有徐常云自己一个人知道到底谁才是凶手。所以，结果往往是徐常云看到凶手出现后就率先扑上去，然后警察一众人等再一起跟着蜂拥而上，抓捕凶犯。其过分自大与个人主义的性格或许是徐常云的致命弱点。

NO.5　宋悟奇

宋悟奇是张碧梧“家庭侦探宋悟奇探案”系列的侦探主角。这一侦探系列小说有五十多篇，在民国时期可以说是除了“霍桑探案”之外故事最多的本土侦探小说创作。不同于霍桑、鲁平经常需要面对重大案件，比如连环杀人、甚至是间谍案等，宋悟奇被称为“家庭侦探”，他所破获的案件的背景、主要线索及相关人物多囿于家庭内部，故格局相对较小，情节也普遍比较简单。争夺遗产是最主要的犯罪动机，下毒杀人是最常见的杀人手法（有时甚至就是仆人偷主人财物一类鸡毛蒜皮的小案子）。而身为“家庭侦探”，宋悟奇也没有鲁平等一票团队手下，甚至没有一个助手帮忙，全靠自己一个人侦查、搜证、谈话、推理、破案。或者我们可以视宋悟奇为“蜘蛛侠”一般的“邻家好侦探”。有他在，虽不一定能对付得了“江南燕”或者“蓝色响尾蛇”，但起码能够保卫一众街坊邻里的平安生活。

NO.6 杨芷芳

杨芷芳是民国侦探小说评论家朱戦“杨芷芳探案”系列中的侦探主角。杨芷芳与其助手吴紫云的破案能力或许并不如霍桑-包朗、徐常云-龚仁之这样的名侦探与助手组合，但却可以称得上是民国时期最痴情的侦探与助手。在小说《伊人》中，杨芷芳有一个梦中情人，每日睹像思人，难以自持，整篇小说也正是围绕着这个梦中情人而展开的。而在另一篇小说《情痴》中，助手吴紫云也陷入了恋情，甚至还对女友（后成为其夫人）励操有过一段颇为直接的“表白”，这在当时的侦探小说中非常少见，大概可以称得上是“言情侦探小说”了。

与此同时，杨芷芳所破的案件也多半是“情杀”案，《自杀之人》《可怜虫》《歌舞场中》《银海明星》等都是一些“关涉着暧昧的案件”，“是一幕恋爱活剧，酸化发作罢了”。不过话说回来，由“情种”侦探去破情杀案件，或许是再合适也没有了。

NO.7 叶黄夫妇

长川的“叶黄夫妇探案”系列以警察叶志雄和妻子黄雪薇作为夫妻侦探来进行破案。其实早在二十年代陆澹安的“李飞探案”系列中，侦探李飞与助手王韫玉女士就是以夫妻的面貌出现的。但实际上，当时的“李飞探案”本质上仍是在模仿福尔摩斯探案中福尔摩斯与华生的组合模式，只不过陆澹安把华生的身份置换成了李飞的妻子，以便其更容易且合理地见证、参与和记录李飞所侦破的每一桩案件。但“叶黄夫妇探案”则不然，他们夫妻二人在案情分析和案件破获过程中所起到的作用是旗鼓相当的，完全脱离了福尔摩斯探案的“侦探＋助手”模式，而采取了较为新颖的“双侦探模式”，可以称得上是“夫妻双双把案破”。

在很多案件的破获过程中，妻子黄雪薇在探案能力上还要更胜丈夫一筹。在角色设计方面，长川将丈夫叶志雄设定为警察，干练、勇武、随身配枪，是警界的一名得力干将。而妻子黄雪薇则由于爱读侦探小说而渐渐成长为一名私人侦探家。并且在具体处理案件的过程中，长川一反中国传统故事里“夫唱妇随”的基本模式，而让妻子黄雪薇表露出了更多的侦探才华（详见《一把菜刀》《怪信》等），并且在有意无意间将黄雪薇的这种侦探才华和女性的纤细、敏感、善于观察等特点联系在了一起（如《翡翠花瓶》）。

NO.8　狄大头

狄大头是郑狄克“大头侦探案”系列中的警察名侦探。不同于民国侦探小说或模仿福尔摩斯，或师从亚森·罗苹，“大头侦探案”更充分学习和借鉴了西方侦探小说黄金时代的写作手法，比如小说里经常能看到诸如模仿阿加莎·克里斯蒂、埃勒里·奎因等作家作品的痕迹。比如侦探“狄大头”的形象：“狄大头是个肥胖有经验之侦探，他的头特别大，有人给他一个绰号曰‘大头侦探’，此人年约四十左右，天性幽默，喜说笑话，穿着一套半旧西装，裤带上挂着一支六寸白郎宁（即勃朗宁）手枪。”这样一个生得肥肥胖胖、动作摇摇摆摆的侦探，显然是借鉴了阿加莎·克里斯蒂笔下的名侦探波洛（Hercule Poirot）的相关特点。而郑狄克也的确曾经阅读过甚至亲自翻译过阿加莎“波洛系列”的侦探小说，可为参证。

具体来说，郑狄克的“大头侦探案”以青年侦探狄国辉和其搭档/助手老苏为基本的探案组合，这大概借鉴了福尔摩斯与华生的搭档方式。而老苏在小说中被设定为“鲁莽之老苏”，并强调“生成的脾气，阎王的派相，老苏永远是这种急性作风”，主要负责“失败”“误导”和“搞笑”担当，之后精明能干的青年侦探狄国辉会把查案引到正确的方向上去。但由于案件的曲折疑难，导致狄国辉往往只能将怀疑范围缩小到几个人物身上而无法进一步确认其中到底谁才是真正的凶手，这时就需要动用到“末一着棋子”，即去请狄国辉的叔叔、警察局侦缉长狄大头前来帮忙。于是在老苏的反衬与狄国辉的正衬之下，狄大头作为一名眼光敏锐、能力卓著的神探形象就呼之欲出了。

NO.9　夏华侦探事务所

在位育笔下的“夏华探案”系列小说中，侦探夏华有着自己的侦探事务所和分工明确、各有所长的助手及探案团队做后备支撑。按照小说中的描述，夏华的侦探事务所名为“夏华侦缉事务所”，地址在上海静安寺路一〇〇〇一号，主要侦探是夏华，助手有郑旦

（专门负责验尸）、郭中（专门负责调查和行动）、许良（夏华的秘书）等人。此外，还有警察总局刑事警察处科长葛世弘做外援支持。其团队规模和正规化、职业化程度甚至连霍桑、徐常云、李飞都无法比拟。

NO.10　胡闲

作为民国时期最著名的“失败的侦探”胡闲的创造者，赵苕狂本人有着“门角里福尔摩斯”的称号，而在其早期（20世纪20年代）的“胡闲探案”系列小说中，几乎处处可见其有意为之的对经典侦探小说（从“福尔摩斯探案”到“霍桑探案”）的“戏仿”（Parody）。比如，在人物形象上，侦探胡闲的助手是一个跛子：“这位助手，唤作夏协和，是个二十多岁的少年，生得一表人才，但是我所以选取他的，却不在此，实因为他是一个跛子。”司阍则是一个“天聋地哑”之人：“讲到这位司阍，那更妙了。他姓皮，并没有什么名儿，因为是寅年生的，乳名就唤作老虎，大家也就唤他皮老虎，倒是一个大名件，天聋还兼地哑。”这就与传统侦探小说中的助手和司阍（看门人）即使不如侦探神勇智慧，却也起码是“得力帮手”的形象设定形成了有趣的差异和对照。

至于侦探胡闲本人，其实也完全不像是一个侦探。而这种“不像侦探”的人物特点，竟然成为了胡闲被邀请去查案的理由：“因此我到你这里来，想把这桩事烦劳你。因为你的外貌，绝不像是个侦探，使他见了，不致起疑呢。”而在具体的查案过程中，胡闲也是处处犯蠢，比如在小说《榻下人》中，胡闲在勘查犯罪现场时，一方面忙着模仿福尔摩斯等名侦探趴在犯罪现场的地上找头发和指纹，另一方面却竟然没有看到“靠墙的地上的一柄手枪”以及“榻下”藏了一个大活人，其“眼大漏神”的程度实在让人惊叹！而到了四十年代，胡闲则好像变得靠谱一点了，无奈命运捉弄或案件确实太过疑难（如《少女的恶魔》），他仍然没有逃脱“失败的侦探”的名声与“噩运”。

【作者简介】

战玉冰，男，黑龙江哈尔滨人，现为复旦大学中文系博士后，主要研究方向为：中国现当代文学、类型文学与电影等。在《中国现代文学研究丛刊》等刊物发表学术论文多篇，著有《民国侦探小说史论（1912—1949）》。

图书在版编目（CIP）数据

侦探往事 / 时晨著 . — 北京 : 北京联合出版公司，2021.9
ISBN 978-7-5596-5442-7

Ⅰ . ①侦… Ⅱ . ①时… Ⅲ . ①侦探小说—中国—当代 Ⅳ . ① I247.5

中国版本图书馆 CIP 数据核字（2021）第 141883 号

侦探往事

作　　者：时　晨
出 品 人：赵红仕
选题策划：上海牧神文化传媒有限公司
责任编辑：李艳芬
特约编辑：华斯比
美术编辑：周伟伟
插图绘制：Million

北京联合出版公司出版
（北京市西城区德外大街 83 号楼 9 层　100088）
北京联合天畅文化传播公司发行
上海盛通时代印刷有限公司印刷　新华书店经销
字数 232 千字　890 毫米 ×1240 毫米　1/32　9.5 印张
2021 年 9 月第 1 版　2021 年 9 月第 1 次印刷
ISBN 978-7-5596-5442-7
定价：59.00 元